가족인 줄 알았는데, 사람이었어

가족인
줄
알았
는데,

사람
이었어

지상 장편소설

문학수첩

차례

각자
도생

/

뿌리 깊은 나무인 줄 알았던 가족도 비바람이
몰아치면 가지가 부러지고 밑동이 흔들린다.
우수수 떨어진 나뭇잎들은 바람을 타고 어디
론가 날려간다. 모두 각자도생해야 하는 외롭
고 불안한 시절이 다가왔다.

내 간을 드릴게요

　내 방은 나의 요새다. 비록 상가건물 2층의 좁은 방 한 칸이지만 몸을 웅크리면 아무도 침범하지 못하는 동굴이다. 나는 가끔 누워서 빈둥거리는 곰도 되었고, 엎드린 채 밖을 살피는 늑대도 되었다. 하지만 4월 중순의 봄기운이 방 안을 휘저으면 가슴이 두근거렸다. 창문을 여니 싱그러운 봄바람이 확 몰려들었다. 상쾌했다. 봄은 어김없이 오고 있었다. 부르르 오토바이 질주하는 소리가 한가로웠고 아이들 떠드는 소리도 아늑했다. 하지만 어디선가 스피커 소리가 들려왔다. 선거 구호였다. 굵은 남자의 목소리가 지나고 나면 톤이 높은 여자의 소리가 이어졌다. 투표일이 다가오나? 창밖의 세상이 요동치고 있었다. 시끄럽고 피곤했다.

창문을 닫고 휴대폰을 들었다. 내 방과 세상 사이에 강물이 흐르기 시작했다. 휴대폰의 '라디오 태국' 앱을 터치하니 수많은 방송 리스트가 나왔다. 개미가 기는 것 같은 글자들 사이에서 'COOL 93 Fahrenheit'를 터치했다. 잠시 후, 요란스러운 여자의 목소리가 울려 퍼졌다. 성조가 5성이나 되는 태국어는 현란했다. 갑자기 목소리가 높아졌다. 아마 광고일 것이다. 짤막한 외침이 지나고 상큼한 태국 노래가 방 안을 휘저었다. 뜻을 알 수 없지만 달콤새큼한 파인애플 맛이다. 그때 창문 틈으로 베트남쌀국수 냄새가 흘러 들어왔다. 죽인다. 점심은 베트남쌀국수가 좋겠다.

태국 방송에서 나와 'Radio Vietnam Online'으로 들어갔다. 종종 듣는 'FM MEKONG'을 터치하자 태국어보다 높낮이가 더 급격하게 변하는 여성의 목소리가 튀어나왔다. 뉴스 같았다. 잠시 후, 방정맞은 목소리로 여자가 외쳤다. 염소 울음 같은 베트남어가 여행의 추억을 불러내고 있었다. 문득, 베트남의 어느 허름한 여관에 묵고 있는 느낌이 들었다. 여자 아나운서의 발음이 베트남의 연유커피처럼 쓰고 달콤했다. 음악이 듣고 싶어서 'FM2'를 터치해 보았다. 흐느끼는 듯한 베트남 전통 관악기와 타악기 멜로디가 흐르다가 여성이 노래를 부르기 시작했다. 경쾌했다. 민요인가?

가족인 줄 알았는데, 사람이었어

아는 것이 고통이요, 모르는 것이 즐거움이다. 폐허로 변한 의미의 세계를 모호한 소리가 재건하고 있었다. 평화가 내 안의 짜증을 어루만져 주었다. 이번에는 서양으로 가볼까? '라디오 포르투갈'을 켰다. 수많은 방송 중에 무엇을 들을까? 모르겠다. 'RFM'을 눌렀다. 오, 여성의 말소리가 부드럽게 굴러가더니 뒤이어 노래가 흘러나왔다. 탁 트이고 시원했다. 포르투갈의 어느 해변에 온 것 같은 느낌. 그 옆의 뉴스 방송을 터치하니 남녀가 대화를 나누고 있었다. 부드러웠다. 이번에는 스페인으로 가볼까? 'Radios de España'를 누르고 'BOM RADIO'로 들어가니 정열적이고 빠른 목소리가 울려 퍼졌다. 뒤이어 신나는 라틴 음악이 가슴을 흔들었다. 포르투갈과 스페인은 서로 옆 나라인데도 분위기가 매우 달랐다. 포르투갈어는 졸졸 흐르는 계곡물 같고 스페인어는 폭포수 같았다.

나는 텔레비전을 안 보고, 라디오도 듣지 않았다. 주로 휴대폰으로 유튜브나 외국 방송을 들었다. 내가 알아듣는 것은 인사말 정도였다. 의미를 알 수 없는 소리는 자유롭고 평등하며 순수했다. 언어를 긍정적으로 보며 소설을 썼지만 그것은 내 작품 안에서의 일이었다. 현실, 특히 정치판에서 의미를 담은 언어들은 허황하고 불평등하며 불결했다.

한동안 뒹굴뒹굴하다 근처의 베트남 식당에서 쌀국수를 먹었다. 돌아오는 길에 허리를 굽혀 인사하는 선거운동원을 만났다. 파란색 옷을 입고 있었다. 조금 더 걸어가자, 이번에는 빨간색 옷은 입은 이들이 손을 흔들며 공손하게 인사했다. 그들의 공손함 앞에서 나는 황송했고 그들의 절실함 앞에서 나는 불편했다.

나는 편의점에서 아르바이트하고 있다. 근무시간은 낮 12시에서부터 저녁 6시까지. 마흔 일곱이란 나이에 쑥스러운 직업이지만 그래도 생활은 할 수 있다. 마음씨 좋은 편의점 주인이 오늘부터 한 달간 휴가를 주었다. 형 때문에 그럴 수밖에 없었다. 무급휴가지만 그래도 나중에 나를 다시 쓰겠다는 약속을 했으니 편의점 주인에게 고마울 따름이었다. 형이 간경화증 말기라는 것을 얼마 전에야 알았다. 아버지 제삿날에만 어머니 집에서 만나니 우리는 서로의 사정을 모르고 살았다. 가족이지만 각자의 방향으로 뻗어나간 가지처럼 형은 멀게 여겨졌다. 그런데 일주일 전, 형수로부터 전화가 왔었다.

"형이 지금 힘들게 됐어요."

형수의 목소리가 푹 가라앉아 있었다.

"네? 무슨 일이 있어요?"

"…간경화 말기예요. 병원에 입원해 있어요."

가족인 줄 알았는데, 사람이었어

올 것이 왔구나. 쉰을 앞둔 형은 술고래였다. 통화를 끝낸 후 인터넷을 찾아보았다. 간경화는 여러 원인이 있지만 형의 경우에는 틀림없이 음주가 원인일 것이다. 형이 그렇게나 술을 많이 마시는 줄은 10여 년 전, 아버지 제사를 처음 지낼 때 알았다. 그때 나는 어머니와 함께 살고 있었는데 형은 제사 음식과 함께 소주를 다섯 병이나 마셨다. 형은 맥주 '한 짝' 정도를 마셔야 간에 기별이 간다고 했다. 맥주 한 짝이면 무려 스무 병이다. 나는 생맥주 천 cc만 마셔도 취하고, 2천 cc 정도면 정신이 혼미해지는데 형의 주량은 나로서는 가늠할 수 없었다. 형은 아버지를 닮았다. 본인이 끄떡없다고 했고 실제로 그랬기에 식구들도 말리지 않았다. 하지만 간경화는 '침묵의 질환'이다. 초기에는 증상이 거의 없고 진행이 되어도 잘 모른다. 거기다 고지방, 고칼로리 식습관도 간에 나쁘다는데 형은 고기를 엄청나게 먹어대곤 했다. 형은 퇴근 후, 집에 와서도 소주 한두 병과 함께 고기를 먹었다고 했다.

며칠 전 가본 병원은 쾌적하고 평화로웠다. 병자들의 아픔과 죽음은 먼 곳에 있어 보였다. 그곳에 가기만 하면 모든 병이 다 나을 것 같은 분위기였다. 그러나 입원실에 가니 죽음의 기운이 어른거렸다. 형의 사지는 침대에 묶여있었다.

"허허, 내 꼴이 웃기지? 저것들이 나를 이렇게 묶어놨어. 저

죽일 놈들이! 내가 도살장의 돼지냐!"

형은 고래고래 소리를 질러댔다. 형수는 절망적인 표정으로 말했다.

"어젯밤에 큰일이 있었어요. 우주인들이 곧 지구를 폭파시킨다고 난리를 쳤어요. 이틀 전에는 인천상륙작전에서 폭탄을 맞았다고 이야기하더니…. 그때는 얌전하게 말만 했는데, 어제는 주삿바늘을 뽑고 난리를 쳐서 병원에서 손을 묶어놓은 거예요."

형수의 말에 의하면 형은 간성뇌증이었다. 간경화 말기에 독소가 간에서 해독되지 못하고 뇌로 가면 나타나는 현상이라는데 한마디로 정신이 오락가락하는 것이다.

"야, 저거 안 보이냐? 저기 공중에서 왔다 갔다 하는 우주인들! 머리가 삼각형에 오징어처럼 발이 많이 달린 저놈들이 나한테 달려들 거라고!"

형은 허공을 바라보며 다급하게 외쳤다.

"치료는 어떻게 합니까?"

나는 형수에게 물었다.

"이미 늦었대요. 간이식 수술을 받는 수밖에 없는데… 나랑 딸은 혈액형이 달라요. 아들이 같기는 한데 그 어린 것의 간을 줄 수도 없고. 입시도 치러야 하는데…."

가족인 줄 알았는데, 사람이었어

형수는 흐느끼기 시작했다. 남자 조카는 이제 고등학교 2학년이다.

"뇌사자의 간이식 수술을 받아야 하는데 그건 로또 맞는 거라네요. 이제 어떡하죠?"

"어떡하긴 어떡해? 나 여기서 퇴원시켜 줘. 요양병원 가서 술 마시다 죽으면 되지!"

정신이 돌아온 형의 말을 듣고 형수는 기가 막힌 표정을 지었다.

"남편 말로는 동생 간을 받을 수는 없다면서 그런 말은 꺼내지도 말라고 화를 냈어요."

형의 혈액형은 B형이다. 간을 줄 수 있는 사람의 혈액형은 B형과 O형밖에 없었는데 내가 B형이었다. 형수는 A형, 그 딸도 A형, 아들은 B형이었다.

"또 그런 소리 하네. 내가 동생 간 빼먹을 일 있어? 나 많이 살았으니까 그런 소리 꺼내지도 말아."

형이 이번에는 풀죽은 목소리로 중얼거렸다. 짐작건대 형수는 내 간을 이식하자는 이야기를 형에게 했나 보다. 형의 눈꺼풀이 파르르 떨리고 있었다. 그토록 강했던 형이 저렇게 되다니… 믿을 수 없었다. 두둑한 뱃살이 허리를 두르고 어깨가 딱 벌어진 형은 볼품없는 통나무처럼 보였다. 나는 말없이 형을 바라보았다. 꼼짝도 못 한 채 묶인 형의 모습에서 어릴 때의 형이 보였다. 내가 어디서 맞고 들어오면 씩씩거리며 자기보다 나이 많은 애들도 패주던 형이었다. 방 안에서 이불을 펴놓고 상상 속에서 놀 때면 우리는 난파선에서 표류한 모험가들이었다. 형은 섬에서 식인종에게 붙잡힌 나를 몇 번씩이고 구출해 주었다. 그 형을 저렇게 보낼 수는 없었다. 나는 형수에게 말했다.

"걱정하지 마세요. 내 간을 드릴게요."

나는 간암으로 죽는 환자를 예전에 본 적 있었다. 아버지가 뇌출혈로 쓰러지셔서 2년 반 동안 집에서 버티다가 돌아가시기 2주일 전 폐렴에 걸리셔서 병원으로 갔을 때였다. 그때 박사학위 수료 후, 논문을 쓰지 못하던 내가 아버지 병간호를 했다. 지옥 같은 시절이었다. 일주일쯤 되었을 때던가? 수간호사가 나에게 와서 도움을 청했다.

"옆방 환자를 침대로 옮겨야 하는데 도와주시겠어요? 직원이 와야 하는데 아직 오지 못해서."

그곳에 가니 몸집이 자그마한 40대 중반의 사내가 휠체어에 앉아있었다. 수간호사와 내가 간신히 그를 침대에 올려놓자, 그는 벽에 기댄 채 허공을 바라보았다. 밀랍 인형 같은 그의 얼굴은 영혼이 빠져나간 듯한 모습이었다. 밖으로 나오자, 간호사가 낮은 목소리로 말했다.

"중환자실에 있던 분인데 이제 임종을 맞기 위해 이곳에 모셔왔어요. 간암인데… 조금 있다가 가족들이 올 거예요."

그때 환자의 배는 볼록 튀어나와 있었는데 지금 생각하니 복수가 찬 것 같았다. 한참 후에 가족과 교회에서 온 사람들이 찬송가를 부르며 기도했다. 금방 세상을 뜬 것 같지는 않았다. 한동안 옆방에서 말소리가 들려오며 어수선했다. 중학생으로 보이는 남자아이 두 명이 복도에 서서 창밖의 캄캄한 어둠을 바라보고 있었다. 싸늘한 네온사인 불빛이 멀리 보였고 아이들의 얼굴에는 불안한 표정이 가득했다. 나는 어린 조카들이 그렇게 되는 것을 보고 싶지 않았다. 그 환자는 다음 날 새벽, 세상을 떴다.

핵개인들은 각자도생해야 해

"간을 형에게 이식해 주면 앞으로 힘들 텐데요…."

무인카페 안에서 지혜가 걱정스러운 눈빛으로 나를 바라보았다.

"형을 그대로 죽게 할 수는 없어요. 안 주면 죄책감 때문에 나도 살기 힘들어요. 뭐, 간은 다시 자란다니까…."

초췌한 지혜의 눈빛이 잠시 흔들렸다. 지혜는 나보다 네 살 어린 여자 친구다. 나는 작년 여름에 이곳, 동네 무인카페에서 우연히 그녀를 만났다. 갑자기 소나기가 퍼붓던 한낮, 그녀는 길 잃은 새처럼 무인카페로 들어왔다. 카드밖에 안 되는 자판기 앞에서 머뭇거리던 그녀에게 나는 카드를 빌려주었고, 그 걸 계기로 우리는 사랑하게 되었다. 그녀는 등단한 지 10여 년

가족인 줄 알았는데, 사람이었어

이 되어가는 소설가로 필명이 '울프'였다. 늑대라는 뜻의 울프(Wolf)가 아니라 버지니아 울프(Virginia Woolf)에서 따온 울프였다. 하지만 나는 그녀를 톨킨의 《반지의 제왕》에 나오는 요정의 이름인 '엘프'라고 바꿔 부르다가 요즘 와서 본명으로 불렀다. 지혜는 나를 '알베르토' 혹은 '돈키호테'라고 불렀다. 알베르토는 내가 스페인어 학원에 다닐 때 임시로 지었던 스페인식 이름이다. 그녀는 내게 행동하는 사람이 되라고 돈키호테라는 새로운 별명을 지어주었지만 요즘에는 본명을 불렀다. 우리가 태어나던 1970년대 후반에는 이름에 '지' 자 들어가는 것이 유행이었다. 무인카페 창밖의 어둠이 우리 가슴에 어려왔다. 지혜는 한숨을 쉬다가 입을 열었다.

"내일 입원하자마자 수술해요?"

"우선 입원해서 간이식 수술에 적합한지 검사를 받아야 한대요."

지혜는 우울한 표정으로 고개를 끄덕였다.

"저는 내일 삼우제 지내러 아버지 묘에 가요."

그녀는 말을 마친 후 긴 침묵 속에 빠졌다. 며칠 전에 일어났던 일을 나도 잊지 못한다. 그날 밤, 우리가 석촌호숫가에서 벚꽃 놀이를 하고 내 방에서 사랑을 나눌 때 그녀의 아버지는 심장마비로 돌아가셨다. 결혼을 재촉하는 아버지의 말에 그 전날 그녀는 화를 내며 문을 쾅 닫고 나왔다고 했다. 중단편도 많이 발표했고 장편도 두 권이나 낸 그녀는 글쓰는 것 외에는 아무것도 몰랐다. 많은 것을 아버지에게 의존하고 있었기에 아버지의 죽음은 그녀에게 큰 충격을 주었다. 든든한 기둥이었던 아버지는 흙으로 돌아가셨고 그녀에게는 죄책감만 남았다.

　나는 소설가 지망생이다. 사회학과 대학원에서 박사학위 과정을 수료했지만 논문은 못 썼다. 박사학위논문을 써도 교수가 되기 힘든데 논문마저 못 쓴 나의 앞길은 뻔했다. 시간강사 생활을 몇 년 하다가 길을 잃었다. 논문을 못 쓴 이유 중 하나는 아버지 병간호도 있었다. 내 무능함에 대한 변명 같지만, 그 고통과 좌절감을 타인들은 잘 몰랐다. 그저 내 가슴속에 삭이며 사는 수밖에 없었다. 다행히 지혜를 사랑하면서부터 소설을 쓰기 시작했다. 사랑의 힘이 나를 다시 살게 했다. 그녀의 글은 매혹적이었다. 읽고 있으면 마치 다른 세계를 여행하는 기분이 들었다. 알 듯 말 듯한 모호한 분위기 속에 다른 세계로 가는 통로가 곳곳에 숨겨져 있었다. 하지만 그녀는 소설의 이미지와 달리 언행이 명쾌하고 술도 많이 마셨다. 그런데 아버지의 죽음이 그녀를 비에 맞아 오돌오돌 떠는 초췌한 새처럼 만들었다. 나는 그녀를 옆에서 지켜주는 보디가드 같은 존재가 되고 싶었지만, 간을 형에게 떼어 주는 수술을 마주하게 되자 겁이

났다. 세상에 납작 깔리는 기분이 들고 있었다.

그때 무인카페의 문이 활짝 열리고 빨간색 점퍼를 걸친 중년 여성 두 명이 들어왔다. 그들은 긴말하지 않은 채 허리를 굽혀 인사했다. 지친 표정의 그들은 목이 쉬어있었다.

"기호 2번입니다. 잘 부탁드립니다."

잠시 후, 이번에는 파란색 옷을 입은 젊은 여자 둘이 문을 열고 들어왔다.

"기호 1번, 잘 부탁드립니다."

웃고 있었지만, 그들 역시 지쳐 보였고 한 명은 발을 절고 있었다.

"저런 모습을 보면 누구라도 찍어주고 싶은 생각이 들어요. 안쓰러워요. 내일 투표해요?"

"아, 투표일이 내일인가요? 나는 내일 입원해요. 나 같은 사람은 이런 현대판 부족 전쟁에 끼어들 데가 마땅치 않아요. '핵개인'의 운명입니다."

"핵개인이라니요? 처음 들어보는 말인데요? 현대판 부족 전쟁은 전에 지훈 씨가 한 말이지만."

"요즘 유행하는 말이에요. 핵가족이 무너지자 이제 낱낱의 핵개인으로 살아간다는 이야기지요. 가족 간에도 정치나 종교가 다 갈리잖아요? 그것 때문에 갈등도 많다는 이야기 들었는데, 지혜 씨도 핵개인 아닌가요?"

"하긴 아버지가 돌아가시고 나니 더욱 그걸 느껴요…. 아버지와 정치에 대한 논쟁도 많이 했어요. 아버지는 군인 출신이라 아주 보수적인 분이었는데 저와 매우 달랐죠…. 그런데 돌아가시고 나니 그런 아버지가 그리워요."

지혜는 초점 잃은 눈초리로 창밖의 어둠을 바라보다 말을 이었다.

"저도 이번에는 투표 못 해요. 아침 일찍 묘에 가서 삼우제 지내고 오면 하루가 다 갈 거예요. 투표할 기분도 아니고요."

어둠이 점점 짙어지자 무인카페 앞의 행인들도 사라졌다. 선거운동을 하던 사람들도 보이지 않았다. 이제 자정이 되면 선거운동은 끝날 것이며, 그들은 모든 것을 운명에 맡길 것이다.

"선거 끝나고 나면 그 모든 게 순식간에 잊힐 거예요. 표를 달라는 사람들이나 찍는 사람들이나 모두…. 그리고 사연 많은 개인의 일상은 변한 것 없이 그대로 굴러가겠지요."

창밖의 불빛을 바라보며 내가 말했고 지혜는 한숨을 쉰 후, 한참 만에 입을 열었다.

"우리나라 사람들은 정에 약하고 또 선동에 약한 것 같아요. 저부터 왔다 갔다 하거든요."

"원래 투표는 근대국가에서 나타난 형태고, 이성적으로 해

가족인 줄 알았는데, 사람이었어

야지요. 또 전 국민이 투표하고 나서 모두 결과에 승복해 나라와 공동체를 지키고 번영시키자는 것이 민주주의잖아요. 근데 지금 사람들 속에는 자기 집단의 이익, 지역감정, 부족의 함성, 편협한 감정, 분노가 들끓어요. 말로는 나라와 사회정의를 외치지만 속 깊은 곳에서 소용돌이치는 것은 그런 겁니다. 이념과 가치는 희미해졌어요. '빠'들의 열기와 그들을 선동하는 인간들이 세상을 소란스럽게 만들고 있어요. 100여 년 전의 왕정체제가 무너지면서 온갖 우여곡절 끝에 근대 민주주의가 이식된 줄 알았더니 아니에요. 옛날 왕에게 바치는 맹목적 충성심이 군중들 안에 도사리고, 나라가 어찌 되든 물질의 유혹에 빠져 흥청거리는 대중들이 그득한 사회에서 민주주의란 뭘까요? 나는 점점 무력감을 느껴요. 여기에 인공지능이 등장하고, 가짜 뉴스가 판치면서 더 혼란스러워요. 이제 엄청난 변화가 올 것 같아요. 공상영화에 나오는 디스토피아일지, 사람들이 각성해서 새로운 세계를 열어갈지 나는 모르겠어요. 다만 험난한 시간이 앞으로 펼쳐질 것 같은 예감이 들어요."

"그래도 아직 나라를 걱정하는 사람들은 있잖아요?"

"물론 있지요. 어느 편에든 그런 사람들은 있어요. 하지만 그들은 현실 정치판과 군중 앞에서 힘을 못 써요. 자기들 편 속에서도 왕따를 당하잖아요. 더 깊은 무력감을 느끼겠지요."

내 이야기는 우울했지만, 지혜는 이런 말을 남기며 나와 자신을 위로했다.

"포르투갈의 시인 페르난두 페소아가 《불안의 서》라는 책에서 이런 말을 해요. '나는 강하지 않기에 분노하지 않고, 고귀하지 않기에 좌절하지 않으며, 위대하지 않기에 침묵하지 않는다. 그리고 나에게는 꿈이 있다'라고요. 우리는 분노할 힘도 없지만, 어차피 바닥에 처한 사람들이니 좌절할 이유도 없어요. 여기서 더 어디로 내려가라고요. 그러나 세상을 초월할 만큼 위대한 사람들은 아니니까 침묵하지 말아야지요. 계속 글로, 말로 자신이 살아있음을 표현해야 한다고 생각해요. 우리에게는 꿈이 있잖아요?"

나는 지혜의 말을, 넋을 잃은 채 들었다. 역시 작가는 달랐다. 초췌해 보이는 그녀의 얼굴이 빛나고 있었다. 부드러운 재즈 음악을 뒤로하고 우리는 서로의 건강을 빌어주며 헤어졌다. 지혜는 내가 수술을 받게 되면 면회를 오겠다고 했지만 나는 거절했다.

"걱정하지 말아요. 각자의 건강은 각자가 지키면 됩니다. 지혜 씨도 아버지를 잃은 슬픔 잘 이겨내기 바랍니다. 외로운 핵개인들은 각자도생해야 해요. 한 달 후에 건강한 모습으로 만나요."

가족인 줄 알았는데, 사람이었어

어디까지가 가족일까?

　나는 입원 후에 검사를 받았고 다행히 형에게 간을 떼어 줄 수 있다는 판정을 받았다. 하지만 안도감과 함께 겁도 났다. 의사는 내 간의 60퍼센트 정도를 절제해야 한다고 했다. 20퍼센트나 30퍼센트 정도 떼어 주는 것으로 생각했는데 반 이상이라니? 가슴이 쿵 내려앉았다. 수술 전날, 자기 전에 인터넷에서 경험자들이 올린 글을 보았다. 간이식을 받은 사람은 평생 면역억제제를 먹으며 살아야 하고, 간을 준 사람 역시 재생된다고 해도 부작용에 시달린다고 했다. 마음이 심란해졌다. 내 나이, 아직 쉰도 되지 않았는데 앞으로 계속 비실거리며 살아야 하나?

　그날 뒤숭숭한 꿈을 꾸었다. 나는 캄캄한 들판에서 도깨비에게 쫓기고 있었다. 뿔이 하나 있고 얼굴이 붉은 도깨비였다. 나는 산길에서 넘어지고, 뒹굴면서 허겁지겁 도망쳤다. 발이 잘 떼어지질 않아서 심장이 터질 것만 같았다. 내 다리를 잡은 도깨비는 휙 날아와서 내 가슴 위에 올라탄 후, 날카로운 손톱으로 가슴 속의 간을 파냈다.

"으악!"

비명을 지르며 눈을 떠보니 입원실이었다. 꿈은 그것으로 끝나지 않았다. 다시 잠이 들락 말락 했는데 현실 같은 꿈이 펼쳐졌다. 나는 수술대 위에 사지가 묶인 채 누워있었고 형네 식구들이 내 주변에 모여있었다. 그들은 차가운 눈초리로 나를 내려다보았다. 형이 식칼을 들고 내 가슴을 겨누고 있었다. 나는 버둥거렸지만 소리가 나오지 않았다. 묶인 손과 발 때문에 꼼짝할 수 없었다. 헉헉거리며 숨을 몰아쉬다가 눈을 떴다. 온몸에 식은땀이 배어있었다. 창밖으로 아침이 밝아오고 있었고 간호사들의 발걸음 소리가 들려왔다.

수술은 다행히 잘 끝났다. 마취에서 깨어나니 간호사가 다가와 중환자실이라고 했다.

"간이식 받은 환자는 수술이 잘됐나요?"

"지금 수술 중이에요. 공여자는 다섯 시간 정도 걸리지만,

수혜자는 열두 시간 정도 걸려요. 잘될 겁니다."

간호사의 차분한 말투에 마음이 안정되었다. 문득, 다른 세계에 떨어진 기분이 들었다. 수술받기 전의 불안감은 물러갔다. 나의 의무를 다했다는 만족감과 평화로움이 몰려왔다. 형의 수술이 잘되기를 기원하다가 잠이 들었다.

이틀 동안 중환자실에 머물던 나는 일반병실로 이동했다. 수술을 잘 마친 형은 중환자실에 일주일간 머물며 섬세하게 예후를 지켜본 후, 1인 격리병실로 이동하여 약 한 달 정도 머문다고 했다. 나는 회복을 위해 2주 정도 입원실에 더 머물렀다. 그동안 형수가 종종 들렀다. 과거에는 백수인 나를 한심하게 보던 형수는 이제 고마워하는 눈빛으로 나를 바라보았다. 조카들도 두 번 정도 들렀다. 오랫동안 별 왕래 없이 살았던 나는 그들 가족의 일원이 된 기분이 들어 잠시 행복했다. 하지만 그들이 가고 나면 쓸쓸했다.

어차피 그들은 형의 가족이다. 물론 입장이 바뀌어도 형은 내게 간을 주리라고 믿는다. 형은 동생의 위험을 그대로 보고 있을 사람이 아니다. 그러나 형이 주려고 해도 형수가 막았을 것이다. 형은 나의 형 이전에 형수의 남편이고, 아이들의 아버지였다. 가정을 책임지고, 아이들을 키워야 하며, 돈을 벌어야 하는 가장 아닌가? 가족이 무엇일까? 한자로 家族. 가문 밑에 있는 족속. 언어적인 정의를 떠나서 그동안 나에게 가족은 부모, 나와 형 그리고 형수와 아이들이라고 생각하면서 살아왔다. 지금도 그렇게 생각하고 싶지만, 형수와 조카들이 나를 가족으로 여기지 않는 만큼 나도 그들이 멀게 느껴지고 있다.

나는 외톨이다. 형에게 내 간을 주어도 '나를 말려줄' 가족은 없다. 지혜는 나의 여자 친구일 뿐, 그럴 권리가 없다. 이번에 수술이 끝난 후, 가장 보고 싶은 사람 역시 지혜지만 부담을 주고 싶지 않다. 나는 그녀 아버지의 장례식장에도 가지 않았다. 그녀도 장례식을 치른 후에야 아버지의 죽음을 나에게 말했다. 우리의 관계는 무엇일까?

어머니는 가족이지만 예전처럼 함께 밥을 먹고, 서로의 일을 샅샅이 알고 지내는 사이가 아니다. 형에게는 어머니가 가족일까? 그럴 것이다. 가까운 곳에서 살면서 모시고 있으니 말이다. 하지만 자기 처자식이 핵가족이고 어머니는 느슨한 가족일 것이다. 반면에 나는 멀리 떨어진 혈연이다. 형의 목숨이 위태로워지자 일시적으로 나도 그들의 가족이 되었지만 이제 다시 예전으로 돌아갈 것이다. 나는 간이식의 후유증을 안은 채, 외롭게 살아가다가 소멸할 핵개인이다.

수술한 지 2주 만에 나는 퇴원했고 일주일 후, 병원에 와서 검사를 받았다. 다행히 이상은 없었으나 3개월마다 방사선 CT

가족인 줄 알았는데, 사람이었어

촬영을 통해 간 기능 상태를 확인하기로 했다. 의사는 3개월 뒤에는 간이 약 80퍼센트로 회복될 것이라고 말했다. 간 기능은 한 달 후부터는 정상화되니까 그때까지 몸을 잘 보살피라고 했다. 그러나 인터넷에서 본 환자들의 경험담은 달랐다. 간이 세포분열을 통해 커지는 게 아니라, 단지 세포의 크기가 커져서 전체적으로 커 보이는 것이라고 했다. 즉 간이 다시 커진다 해도 예전처럼 건강하게 살 수 없다는 이야기였다. 그러나 그런대로 잘 살고 있는 환자들도 있었다. 건강에 관한 온갖 정보들이 뒤엉켜 있어서 혼란스러웠다. 2주 후, 퇴원하면서 병실에 누워있던 형을 만났다. 형의 얼굴은 수척했다.

"고맙다. 네 덕에 내가 살았다…. 고맙다."

어린 시절 나를 지켜주던 형의 얼굴이 떠올라 가슴이 울컥했다. 내가 형에게 간을 떼어 준 것이 아니라, 형이 나에게 간을 준 사람처럼 보였다.

가족에서 떨어져 나온 외톨이 신세

4월은 나에게 가장 잔인한 달이다. 벚꽃이 만개하던 4월 초순 어느 날, 내가 석촌호숫가에서 벚꽃을 보고 남자 친구의 방에서 가장 황홀한 순간을 맛보던 그때, 아버지는 심장을 움켜쥐고 가장 절망적인 상태에서 세상을 떠나셨다. 의사가 추정한 사망 시간은 그랬다. 아버지가 돌아가신 사실보다 그 전날, 아버지에게 보여준 내 행동이 나를 무너트리고 있었다. 결혼하라는 아버지의 말에 화를 내고는 문을 쾅 닫고 나왔다. 그것이 아버지가 본 나의 마지막 모습이었다. 내가 아버지의 죽음을 안 것은 다음 날 오전이었다. 술이 덜 깬 상태에서 휴대폰을 통해 들려오던 언니의 걱정스러운 목소리는 여전히 생생했다.

장례를 치르던 날, 봄비가 온종일 추적추적 내렸다. 준비성

가족인 줄 알았는데, 사람이었어

있던 아버지가 경기도 여주에 있는 어느 공원묘지에 장지를 마련해 놓았기에 장례는 순조롭게 진행되었다. 비는 내렸지만, 천막으로 가려져 있던 묘지는 아늑해 보였다. 가랑비는 아버지가 묻힐 무렵 잠깐 멈추었고 해가 살짝 들기도 했다. 아버지를 묻은 후, 묘지 인부들이 절차가 다 끝났다고 말할 때 어디선가 새소리가 들려왔다. 언니는 장례식 내내 눈물을 흘렸고, 삽으로 흙을 퍼서 덮을 때는 통곡했지만 나는 울지 않았다. 모든 것이 현실 같지 않았다. 장례식을 끝낸 후, 집으로 돌아오니 늦은 오후였다. 집에 오자마자 풀썩 쓰러져 정신을 잃었다. 깨어 보니 밤이었고 지훈 씨로부터 메시지가 와있었다. 그전에도 메시지가 온 것은 알았지만 장례식을 치르는 동안 읽지는 않았다. 우리는 그날 밤에 만났다. 늘 만나던 무인카페에서 모차르트의 〈피가로의 결혼〉에 나오는 아리아를 들으며 그제야 나는 눈물을 흘렸다. 그리고 베토벤의 교향곡 〈운명〉이 흘러나올 때 지훈 씨의 절실한 사랑 고백을 들었다. 슬픔과 기쁨, 절망과 희망이 겹치는 시간이었다.

다음 날, 점심쯤에 아버지 집에 갔다. 문을 여는 순간 걷잡을 수 없는 슬픔과 죄책감이 밀려왔다. 아버지가 안방에서 문을 열고 "우리 딸 왔어?"라며 나올 것 같았지만 고요했다. 아버지에게 쏘아붙이고 문을 쾅 닫고 나왔을 때, 아버지는 어떤 심

정이셨을까? 그것이 마지막이 될 줄 나는 상상조차 할 수 없었
다. 가슴을 움켜쥐며 갑자기 쓰러져 홀로 세상을 뜨신 아버지
의 눈앞을 스친 장면은 어떤 것이었을까? 뱃속 깊은 곳에서 울
음이 터져 나왔다. 나는 풀썩 엎어지면서 몸부림을 쳤다. 미칠
것 같았다. 나도, 세상도 모두 무너졌다. 얼마나 지났을까? 컴
컴한 어둠이 나를 짓누르고 있었다. 세상은 고요했고, 무심했
고, 냉혹했다. 나 혼자서 황량한 들판의 어둠에 내동댕이쳐진
기분이 들었다. 불을 켠 후, 아버지 방에 들어갔다. 책상에는
노트가 단정하게 놓여있었다. 나는 노트를 펼쳤다.

방금 딸이 화를 내고 갔다. 내 잘못이다. 자기는 속이 얼마나 답
답하겠나. 결혼할 입장이 아닌데 그런 소리를 했다. 거기다 네 소
설은 이해할 수가 없다고 말했으니… 내가 못 할 말을 했다. 딸은
그거 쓰느라 얼마나 고생했겠나. 자기 엄마를 닮은 애다. 오늘따라
세상을 뜬 아내가 보고 싶다.

나는 머리를 책상에 찧으며 통곡했다. 울음이 목구멍에 막
혀서 꺽꺽거리다 숨이 막혀왔다. 그대로 정신을 잃은 채 죽고
싶었다. 그래도 시간은 흘러갔다. 이틀 후, 아버지의 묘에 가
서 삼우제를 지냈다. 하필, 그날이 국회의원을 뽑는 선거일이

가족인 줄 알았는데, 사람이었어

었다. 세상은 떠들썩했지만, 아버지가 묻힌 공원묘지는 적막했다. 날이 맑아서 좋았다. 초봄의 파란 하늘이 정겨웠고 산들바람이 부드러웠다. 평화로운 곳에 묻힌 아버지의 영원한 안식을 마음속으로 빌었다.

모든 음식은 언니가 했다. 나보다 세 살 더 먹은 언니는 결혼하고, 아이를 키워서인지 어른스러웠다. 아버지 묘 앞에서 절을 올리니 마음이 평안해졌다. 이 공원묘지는 전망이 좋았다. 언덕과 드넓은 들판에 묘들이 가지런하게 정렬되어 있었고 묘 앞에 꽂힌 조화들이 아름다웠다. 무덤가에 앉아 언니네 식구와 함께 밥을 먹었다. 각각 고등학생, 중학생인 두 조카는 외할아버지의 무덤 앞에서 음식을 맛있게 먹었다. 그런 아이들을 형부와 언니는 흐뭇하게 바라보았다. 나는 왠지 초라한 느낌이 들었다. 내 어두운 표정을 보자 형부가 부드러운 목소리로 위로했다. 언니나 형부나 좋은 사람들이었다. 하지만 나는 언니네에 얹혀있는 더부살이가 된 기분이었다. 부모가 건재하던 시절에는 언니도, 형부도, 아이들도 모두 나에게는 가족이었다. 그러나 어머니가 돌아가시자 분위기가 변했다. 엄한 아버지와 사이가 별로 좋지 않았던 언니는 아버지와 차차 거리를 두었다. 그에 비하면 나는 아버지에게 반항하면서도 의존하는 가운데 더욱 깊은 정이 쌓였다.

언니는 아버지를 잃은 슬픔을 금방 회복했다. 언니에게는 보살펴야 할 아이들과 남편이 있었다. 반면에 나는 깊은 늪에 빠져있었다. 외로움은 이미 가장 말이 잘 통하던 어머니가 세상을 떴을 때부터 느꼈다. 그 시절, 사춘기에 접어든 조카들은 옛날 같지 않았다. 어릴 때는 주물러 터트리고 싶을 정도로 예뻤다. 돈을 별로 벌지 못하던 나였지만 용돈을 모아 어린이날이나 생일날에는 조카들에게 선물을 사 주었다. 아이들이 집에 오는 날에는 가슴이 두근거릴 정도였다. 그러나 점점 재롱도 피우지 않고 이모가 가까이 가면 거리를 두었다. 하긴, 나도 자랄 때 그랬으니 이해가 갔다. 그런데 이제 가족의 연을 맺어주던 아버지라는 고리가 풀리자 더 멀어지는 느낌이 들었다. 거기다 아버지가 주던 월세와 생활비가 끊어졌다. 조금이나마 저축해 둔 돈이 있어서 몇 달은 버틸 수 있었지만, 그다음이 막막했다. 소설 써서 돈을 벌 수 있는 상황이 아니었다. 언니에게 의존할 수도 없었다. 발밑이 꺼지고 있었다. 마흔세 살의 나는 그렇게 허깨비가 되었다.

가족인 줄 알았는데, 사람이었어

부족원들의 전투

내 옆방은 사무실이다. 무슨 사무실인지 모르겠지만 늘 여자 목소리만 들렸다. 대개는 전화하는 소리였다. 가끔 까르르 웃기도 했다. 걱정이나 고민 하나 없는 목소리였다.

간 수술을 마치고 나니 나만 빼고 다들 행복하게 사는 것 같았다. 후유, 한숨이 나왔다. 40대 후반에 내가 이런 신세가 될 줄은 상상도 하지 못했다. 이제 인생을 반전시킬 만한 큰 희망은 없어 보였다. 전번에 썼던 첫 소설은 계속 표류 중이고 두 번째 소설도 진전은 없었다. 몸에 힘이 빠지니 미래가 암울했다. 퇴원 후 잘 먹으려고 노력했지만 식욕도 들지 않았다. 식사는 대개 동네 백반집에서 해결했고 가끔은 지혜와 함께 삼겹살도 먹었지만 무한정 잘 먹을 수는 없었다. 의사는 차차 회복

될 거라고 말했지만 한 달 내내 쉬면서도 계속 피곤했다. 그래도 일하지 않으니 견딜만했다. 종종 편의점 사장과 마주칠 때마다 그는 따스하게 인사했다.

"잘 쉬어요. 얼굴이 피곤해 보여요."

동갑내기 편의점 사장과 그의 아내는 요즘 보기 힘든 선한 사람들이다. 두 사람은 해외여행은 물론 국내여행도 거의 가보지 못한 채 하루하루 일만 하며 살고 있었다. 양가 부모들에게도 잘하고 자식들에게도 친절했다. 가끔 지치고 피곤한 표정을 짓지만 그들의 눈빛과 말투에서 나는 선량함을 느꼈다. 그들만 보면 내 마음이 차분해지고 겸허해졌다.

나는 종종 손님처럼 편의점 앞 테이블에 앉아 두유나 우유를 마셨고 무인카페에서는 커피를 마셨다. 선거가 끝난 후 언제 그랬냐는 듯, 평온한 일상이 흘러가고 있었다. 그러나 곳곳에서 부족들의 전투는 끝나지 않고 있었다. 저녁나절 편의점 앞 테이블에 앉아 두유를 마실 때였다. 옆의 테이블에 모여 앉은 다섯 명의 사내가 열띤 토론, 아니 말싸움을 하고 있었다. 그중 두 사람은 나도 아는 사람이었다. 둘 다 머리 긴 남자들이었는데 한 명은 가족과 함께 인도를 여행하고 온, 말 많은 사내였고 또 한 명은 캠핑카를 타고 아내와 함께 전국을 여행했던 이다. 그 두 명과 비슷한 연배인, 60대 초반으로 보이는 나머지

가족인 줄 알았는데, 사람이었어

세 사람은 서로 잘 아는 사이 같았다. 서로를 '사장'이라고 부르는 것으로 보아 시장에서 장사하는 사람들 같았다. 은퇴 후, 즐거운 노후 생활을 즐기는 장발 사내들과 시장에서 현역으로 뛰고 있는 사장들 사이에 전선이 형성돼 있었다. 한랭전선과 온난전선이 만나면 구름이 생기고 비가 오듯이, 이들 사이에도 소낙비가 내리고 있었다.

"아니, 25만 원 지원금이 왜 나쁘다는 거요? 돈을 나눠주면 사람들이 시장에 와서 옷이라도 사고, 고기라도 먹어서 경기가 좋아지잖아요?"

사장 중 한 사람이 걸걸한 목소리로 말했다.

"누가 돈이 나쁘대요? 아, 나도 받으면 좋지. 그런데 그 돈이 다 어디서 나오는가 말이요. 다 국민 세금에서 나오는 것이고, 나중에 우리가 세금 더 내야 하는 겁니다. 나라 전체를 생각해야지. 이건 포퓰리즘이란 말입니다. 결국 선거가 거기에 영향을 받아서 이 모양이 되었지만 나라가 이렇게 돌아가면 안 되는 겁니다!"

인도를 다녀온 장발이 큰 목소리로 외쳤다. 그러자 다른 사장이 받아쳤다.

"여보쇼, 돈 많은 사람들이 세금 좀 많이 내서 가난한 사람들 도와준다고 볼 수도 있잖아요. 그게 왜 나빠요? 그래야 우리 같은 서민들도 살아가지, 자기들만 잘살면 되나? 그리고 우리는 세금 안 내나? 우리도 세금 낸다고요!"

"시장에서 현금 장사하는 사람들이 세금을 제대로 내나? 우리는 직장 다닐 때 갑근세 꼬박꼬박 냈고, 은퇴 후에도 재산세니, 뭐니 해서 뜯긴단 말이오. 그리고 누가 돈 주지 말자는 거요? 모든 사람에게 주지 말고 없는 사람들에게 더 줘야지, 왜 모든 사람에게 주냐 말이지. 우리는 안 받을 각오도 되어있다고! 이것이 다 표 얻으려는 수작이란 말이야."

캠핑카 사내가 받아치자 시장 상인들이 눈빛을 번쩍이며 흥분하기 시작했다. 이어서 그들의 불타는 가슴에 인도 사내가 휘발유를 들이부었다.

"사람들이 자꾸 그런 돈 받는 재미에 취하면 거지가 되는 거요! 그것이 옛날에 막걸리 얻어먹고 표를 파는 것과 뭐가 달라요? 수십 년 전에 그랬는데 아직도 그러면 안 되지요! 그거 먹는다고 살림이 펴요?"

"우리가 거지라고? 표를 팔았다고?"

사장 중에서 가장 큰 목소리를 냈던 사람이 외쳤다. 그 말을 받아서 옆에 있던 사람이 말을 이었다.

"이런 염병…. 25만 원 풀어서 돈이 좀 돌면 경기가 풀려, 서민들이 살기에 좋아진다는 이야기를 하는 건데, 우리가 거지라고? 당신들이 세금 얼마나 내는지 모르지만, 보아하니 그리 많이 내는 것 같지 않은데, 당신들이 나라 살림에 얼마나 보탬이 되는 일을 했다고 그래? 은퇴하고, 앞으로 연금 타먹을 주제에 뭔 국가 경제에 도움이 된다고…. 당신들이야말로 거지지!"

"뭐가 어째? 연금이 거저 나오냐? 내가 피땀 흘려서 넣은 돈 돌려받는 건데, 거지라고? 이거 왜 이래? 우리는 투명한 사람들이야. 누구에게 거지라고 그래? 말이야! 방귀야! 당신 기초수급자 아니야? 현금 장사하면서 돈은 돈대로 챙기고, 세무 신고도 제대로 안 하고, 가난한 척하면서 그런 거 타먹는 거 아니야? 나라 생각은 하지 않고 그렇게 살면 안 되지! 사람들이 전부 해이해지고 방탕해지면 나라가 망하는 거야."

"지랄, 염병하네. 너만 나라 생각하냐? 나 시장에서 평생 땀 흘리며 정직하게 장사해 온 사람이야. 누구를 거지라고 그래! 맥주 두 캔 마시고 지랄하고 있네!"

사람들이 모두 벌떡 일어났고 목소리는 더 커지기 시작했으며 멱살이라도 잡을 기세였다. 편의점 사장이 그 사태를 알고 나와서 말리기 시작했다.

"아이고, 사장님들 왜 그러세요! 고정하세요, 다 지나간 일이잖아요…. 투표야 앞으로 몇 년 후에 또 있고, 그거 지나가면 또 있고, 계속 있을 건데 흥분하실 필요 없어요. 세상은 계속 이렇게 굴러가는 건데요. 사장님들이 여기서 싸우시면 우리 매출 떨어지고, 매출 떨어지면 우리 애 학비도 못 내고 곤란해집니다. 제발 싸우지 마세요."

편의점 사장의 간절한 표정과 '아이 학비도 못 낸다'는 말에 사람들이 진정하기 시작했다. 비록 서로 생각은 달랐어도 살 만큼 살아온 사람들이라 절박한 삶의 현장에서 우러나오는 말을 외면하지는 않았다. 사태는 그렇게 수습되었다.

그 과정을 옆에서 모두 지켜본 나는 2층에 있는 내 방으로 돌아와 창문을 열었다. 방충망 너머에는 무인카페의 불빛만 비칠 뿐 길거리는 조용했다. 그러나 내 머릿속에서는 생각들이 나방처럼 어지럽게 날아다녔다.

한 푼이라도 받으면 나야 좋지. 하지만 그 돈 받았다고 암담한 내 인생이 펴지는 것은 아니다. 또 인플레이션으로 물가가 오르면 잠깐 단맛에 취했다가 더 손해 볼 수도 있지…. 그러나 없는 사람들에게는 꿀맛 같은 돈일 테고…. 나라 곳간에 돈이 얼마나 있는 거지? 나는 경제도 잘 모르고 세금도 거의 안 내는, 편의점에서 아르바이트하는 부실한 인간일 뿐. 간이식 수술 후, 내 몸 하나 간수하기도 힘든 상태다. 그런데 요즘처럼 자동화와 로봇화가 진행된다면 그래서 가까운 미래에 일자리

가족인 줄 알았는데, 사람이었어

가 줄어들어 사람들이 빈곤해지면, 인공지능 회사와 로봇 회사가 벌어들인 막대한 이익을 세금으로 환수해 국민에게 나눠주어 국민들의 소비력을 높일 수 있다는 이야기를 들은 적 있었다. 하지만 잘 모르겠다. 정보가 홍수처럼 범람하는 시대다. 공부한 사람인데도 나는 급변하는 세상을 읽기가 힘들다. 나는 급류처럼 흘러가는 세상에 휘말린 채 자맥질하며 어디론가 가고 있었다. 그렇게 무력감은 점점 깊어지고 있었다.

능력 없는 핵개인들의 불안감

　자기 형에게 간이식을 해준, 나의 사랑하는 지훈 씨는 3개월이 지나자 조금 좋아진 것 같았다. CT 촬영을 해보니 간이 재생되는 중이라고 했다. 40대 후반의 나이에 사회학 박사학위를 못 받은 채 편의점 아르바이트를 하고, 형에게 간을 떼어 준 그가 안쓰러웠다. 그와 나의 관계는 무엇일까? 사랑하지만 서로 간섭할 수 없는 사이다. 얼마 전 그의 형은 지훈 씨에게 2천만 원을 보냈다고 했다. 그의 형은 돈이라도 주지 않으면 죄책감 때문에 견딜 수 없다고 했단다. 지훈 씨는 자기보다도 월급쟁이 형을 걱정하고 있었다. 형의 입원비와 수술비가 3천만 원 정도, 지훈 씨의 입원비와 수술비가 천만 원이 들었다니, 한 번이라도 병을 앓으면 돈이 엄청나게 들어간다. 지훈 씨나 나 같은 사람은 그런 일을 당하면 수술도 못 받을 것이다. 언젠가 지훈 씨에게 우애가 좋냐고 물었더니, 그는 특별히 그렇지는 않다고 말했다.

"형이 결혼한 후에는 좀 멀어졌지요. 그러나 이런 일을 당했는데 모르는 체할 수 없잖아요."

나는 어떻지? 아버지마저 돌아가시자 정신적으로 언니에게 의지하고 싶었다. 그러나 초여름의 더위가 몰려오는 7월 중순, 유산을 나누고 나서부터 언니가 멀게 느껴졌다. 언니는 유산 분배를 정확하게 처리했다. 언니는 아버지 집을 팔고, 통장의 돈을 모두 정리해서 정확하게 반으로 갈랐다. 내 몫으로 떨어진 돈은 반전세금 7천만 원에 2억 원이 조금 넘는 현금이었다. 갑자기 부자가 된 기분이 들었지만 잠시였다. 앞날을 곰곰이 생각하니 두려웠다. 이 상태로 얼마나 버틸 수 있지? 소설은 돈 버는 일과 거리가 멀다. 더군다나 내 소설은 잘 팔리지도 않는다. 소설만 쓰면서 산다면 목돈을 까먹어야 한다. 그동안 월세와 연금과 보험을 혼자서 감당하며 버틸 수 있을까? 만약 병이라도 난다면…. 지금이라도 잘 팔리는 소설을 써서 돈을 번다는 것은 꿈같은 일이다. 10년 후에도 살아가려면 소설만 쓰면 안 된다. 그럼, 이 목돈으로 뭘 하지? 주식? 장사? 전혀 모르는 분야다. 나는 오로지 글 쓰는 것밖에 모른다. 글만 쓰며 살다가 빈털터리가 되는 50대 초반을 상상하니 암담하다. 갑자기 험한 비탈길로 내동댕이쳐진 기분이 든다. 아버지라는 방파제가 무너지자 냉혹한 현실이 해일처럼 몰려오고 있다.

저녁에 텅 빈 방에 앉아있으면 기분이 더 우울해졌다. 적막 속을 비집고 부부싸움 소리나 콩콩거리는 아이들 발걸음 소리라도 들리면 차라리 위안이 됐다. 사람들이 서로 얽혀서 살아가는 소리였다. 방음이 잘 안 되는 집이지만 예전에 살던 볕 안 드는 반지하 방보다는 훨씬 낫다. 이곳으로 방을 옮기게 된 이유는 아버지의 속 깊은 뜻 때문이었다.

"그래도 작은 방이 두 개 정도는 되어야 네가 아무 때고 결혼할 수 있어. 남자만 있으면 언제든 같이 살아도 되잖아?"

반전세금 7천만 원에 월세가 70만 원으로 나에게는 호사스러운 곳이었지만, 그런 따스한 보금자리를 만들어 준 아버지에게 야박하게 쏘아붙인 나였다. 이 죄책감은 평생 내게서 떠나지 않을 것이다.

또 앞으로 반전세금과 월세가 오를 수도 있었다. 불안했다. 아버지가 살아계셨다면 내 몫을 더 챙겨주었으리라는 생각이 머리에서 떠나질 않았다. 언니가 야속했다. 언니가 시집갈 때 부모님은 언니에게 목돈을 주었다. 정확한 액수는 잘 모른다.

가족인 줄 알았는데, 사람이었어

짐작건대 2억 원은 되지 않았을까? 언니에게 줄 돈을 마련하느라 아파트를 팔고 빌라로 이사하며 한숨을 내쉬던 부모님의 표정을 기억한다. 언니는 그 돈과 형부의 돈을 합쳐서 아파트 전세에 살았고 그 후 대출을 받아 아파트를 샀다. 나도 만약 결혼했다면 아버지가 모아놓았던 목돈을 내게 주었을 텐데. 언니는 나의 결혼자금이란 존재는 아예 생각도 하지 않은 채 유산을 정확하게 반으로 갈랐다. 자기가 옛날에 미리 받았던 돈은 생각하지도 않고. 하지만 이런 이야기 하면 언니와 나 사이의 관계가 어떻게 되리라는 것은 뻔했다. 어쩌면 언니는 내가 그동안 아버지로부터 받은 생활비를 자신의 결혼자금과 '퉁'쳤는지도 모른다. 그런데 계산을 어떻게 한 것일까? 언니는 그것에 대해 아무 말도 하지 않았다. 나는 늘 반찬을 사서 아버지 집에 드나들었고, 또 병원도 늘 모시고 다녔다. 물론 돈이야 아버지 돈이었지만 나의 노력과 시간은 돈으로 환산되었나? 내가 앞으로 계속 결혼하지 않는다면 아버지는 집을 나에게 주었을지도 모른다. 아버지는 집을 은행에 담보로 잡히고 평생 돈을 받는 주택연금이란 것이 있다고 내게 말했다. 연금을 받는 아버지가 그런 생각을 할 이유는 따로 없었다. 평생 소설이나 쓰며 혼자 살 둘째 딸에게 집이라도 물려주고 주택연금이라도 받으라는 뜻에서 그랬던 거 아닐까? 하지만 아버지는 유서도, 유언도 없이 일기장 하나만 남겨두고 떠나셨다. 언니는 집이 있고 든든한 직장을 가진 형부가 있으며 자라나는 아이들이 있지만, 나는 좁은 반전세 빌라 하나와 10년 정도 버틸 수 있는 목돈 그리고 무능력한 몸 하나만 남았다.

　이런 생각을 하고 나면 자괴감이 몰려왔다. 나는 속물이구나. 고상한 언어로 초월적인 작품이나 쓰고, 돈에 신경 안 쓴다고 생각하며 살았던 나였는데 이런 돈 계산이나 하고 있다니. 부끄러웠다. 무능력하니 생각도 쫀쫀해졌다. 아버지의 집은 당연히 언니도 받을 권리가 있지 않은가? 40대 초반의 허약한 인간이 돌부리에 걸려 넘어지자 자기 생각만 하고 있다. 내가 그동안 쌓았던 작품, 가치관이 모두 모래 위의 성이었고 나는 글로만 그럴듯한 인간이었다. 생각할수록 치욕스럽고 비참했다. 이렇게 늙어가다 비참하게 고독사하겠지. 내가 그동안 돈벌이에 신경 쓰지 않고 살아온 업보를 이제부터 받을 것이다. 내가 병들어도 찾아올 사람 없고, 방구석에서 쓸쓸하게 고독사하거나 요양병원에서 외롭게 죽겠지. 내가 지금, 당장 죽으면 어떻게 될까? 그럼, 그나마 남은 내 돈은 언니에게 가고 죽음이 화제가 돼 베스트셀러라도 오른다면 그 목돈은 조카들의 것이 되겠지. 사랑하는 지훈 씨는 법적으로 나와 아무 관계가 아니다.

　　　　　　　　가족인 줄 알았는데, 사람이었어

나는 못되면 비참하고, 잘되어도 허전하다. 언니의 눈에 비친 나라는 존재는 무엇일까? 허깨비가 되어가는 내 심정을 언니는 알까? 언니네는 가족인 듯, 가족 아닌, 가족 같은 존재다. 자기네끼리 똘똘 뭉쳐있고 나는 뿌리 없는 부평초다. 지훈 씨가 보고 싶다. 그의 말대로 나는 능력 없는 핵개인이다. 그처럼 편의점 아르바이트라도 해야 하나? 그에게 도움을 요청해 볼까?

가족은 가건물

한여름의 더위가 몰려왔지만 무인카페 안은 시원했고 늘 그
렇듯이 아무도 없었다. 그곳에서 만난 지혜의 얼굴에는 그늘이
드리워 있었다.

"안색이 안 좋네요. 무슨 일이 있었어요?"

그녀는 한동안 망설이다가 자기와 언니 사이의 유산 분배에
관해 이야기했다. 지혜는 자세한 액수를 말하지 않았지만, 나
는 언니에 대한 그녀의 섭섭한 감정을 느낄 수 있었다.

"우리가 이제 진실의 문을 통과하고 있는 것 같아요."

"네? 진실의 문이라니요?"

"가족은 가건물이라는 점을 알아가는 중이라는 거지요."

그녀는 어리둥절한 표정을 지었다.

가족인 줄 알았는데, 사람이었어

"가족의 형태는 하늘에서 떨어진 불변의 것이 아니라 계속 변해간다는 이야기입니다. 누가 말한 게 아니라 그냥 내 생각이에요."

"모든 것이 다 환경의 산물이라고는 생각하지만 그래도 금방 와닿지는 않네요."

나는 잠시 망설였다. 10여 년 전 대학원에서 '가족사회학'이란 과목을 들은 적 있었다. 그때 공부했던 지식이 머릿속에서 소용돌이쳤다. 나는 누군가 관심 있게 들어주면 말하고 싶은 욕구를 억제할 수 없다. 그러나 많은 말을 쏟아낸 후에는 후회한다. 100m 달리기를 하고 난 사람처럼 지쳐버린다. 그걸 알면서도 난 말하기 시작했다.

"우리에게 익숙한 핵가족제도는 근대화 과정, 즉 서구에서 18세기 또는 19세기 무렵부터 나타난 가족 형태예요. 한국도 수십 년 동안 대가족에서 핵가족으로 분화되었는데 이제 그 핵가족도 해체되는 것 같아요."

"그럼 앞으로 가족은 어떻게 변해갈까요?"

"글쎄요. 과거에서도 그 예를 찾을 수 없으니 잘 모르지요. 원시사회에서는 부모를 끔찍이 여기지는 않았을 거에요. 그들에게는 씨족 집단이 중요했지요. 또 일부다처제였잖아요. 그러다 부족사회를 거쳐 왕과 귀족들이 지배계층이 되는 사회에서는 가문이 중요해졌고요…. 유럽의 중세사회 혹은 봉건사회에서는 귀족계급만 가계와 혈통을 유지했고, 한국에서도 '성(姓)'이 나타나기 시작한 때는 신라 말, 고려 초로 보고 있습니다. 지배계급을 중심으로 가문과 가족에 대한 의식이 발달했어요. 그런데 귀족이나 양반 남성들은 한 여자에 만족하지 않았잖아요? 지금처럼 핵가족이 아니라 부계 중심이었지요. 또 근친상간도 많았고요. 특히 신라시대에 보면 지배계층 족보가 혼란스러워요. 지금 우리가 생각하는 '가족'의 형태로 보면 뭐, 개 족보 같다고나 할까, 하하. 김유신 장군만 해도 말년에 자기 질녀, 그러니까 자기 여동생과 김춘추 사이에서 난 딸과 결혼했잖아요. 여자 입장에서 보면 외삼촌에게 시집간 거지요."

"하긴 신라시대 지배계층을 보면 족보의 순수성을 지키기 위해 근친혼이 많았던 것 같아요."

"이집트의 경우도 클레오파트라는 자기 남동생과 결혼했고 지금도 서양 일부나 일본에서는 사촌끼리도 결혼할 수 있잖아요. 요즘에는 흔치 않지만…. 어쨌든 세상의 수많은 관습과 가치관은 계속 변했고 가족제도 역시 계속 변해왔어요."

"그래도 생물학적으로 자기를 낳고 키워준 부모와 그들을 중심으로 한 가족은 중요하잖아요?"

"물론 그렇지요. 하지만 그것도 시대의 산물이라고 봐요. 과

가족인 줄 알았는데, 사람이었어

거 대가족제도 아래에서 양반의 자식은 지금처럼 개인 중심의 핵가족 의식보다 가문 중심의 소속감이 훨씬 더 강했어요. 특히 여자들은 사회적으로 힘이 거의 없었고요. 또 양반들은 첩을 두고, 여자 종들을 마음대로 건드리고…. 조선 말까지도 양반들은 자기 집 노비들을 팔았잖아요. 그러니 노비들은 가족은커녕, 자기 한 몸 유지하기도 힘든 고달픈 삶을 살았을 겁니다."

웬 청년이 무인카페 안으로 들어와 내 말이 끊어졌다. 어느샌가 밤이 깊어가고 있었다. 자전거를 탄 노인이 지나가자 거리에는 인적이 끊겼다. 무인카페 안에서는 부드러운 재즈 음악이 흘러나오기 시작했다. 우리는 한동안 침묵 속에 빠져있었다. 커피를 뽑아 든 청년이 나간 후에야 지혜가 입을 열었다.

"우리 아버지는 늘 김해 김씨 가문으로서, 김수로왕의 자손이라고 자부심이 상당했는데…."

"우리 아버지도 신라의 시조, 박혁거세의 자손이라고 믿고 사셨어요, 하하. 하지만 나는 안 믿어요. 성씨를 갖고, 가문 의식을 가진 사람들은 양반들 일부한테나 해당하죠. 15세기에서 17세기까지 노비의 비율은 30퍼센트에서 40퍼센트 정도였답니다. 기근이 들고 생활이 어려워지면 50퍼센트 정도까지 늘었고요. 그런 사람들에게 무슨 가족이 중요했겠어요. 그러다 조선 후기에 돈 많아진 평민 중에서 호적을 사는 사람들이 많아지면서 양반이 급격하게 늘어났고, 일제강점기에 들어 성씨를 등록하는 가운데 전 국민이 성씨를 갖게 된 거지요. 그러니까 몇백 년 거슬러 올라가면 많은 조상이 가족다운 가족을 유지할 수 없었다는 이야기입니다. 가문을 따지는 행위는 약 천년 전부터 시작된 건데, 양반 혹은 귀족들이 자기 가문의 영광을 드높이기 위해 허구로 만든 것도 많다고 해요. 뭐 수천 년, 수만 년 거슬러 올라가면 다 원시인이었지요. 더 올라가면 유인원들, 포유류 세계가 나오고…. 근본이란 원래 없는 거예요. 세월이 지나면서 형성된 거지요. 그래서 가족은 가건물이라는 표현을 쓴 겁니다. 건물이긴 한데, 세월 속에서 임시로 지은 것이란 이야기지요."

"그런 이야기를 들으니 좀 허무하네요."

"세상에 떠도는 개념들을 파고 들어가다 보면 다 그래요. 하지만 나는 모든 것을 부정하지는 않아요. 자연스럽게 형성된 것은 그만한 이유와 가치가 있다고 봅니다."

"핵가족도 만들어진 이유가 있겠지요?"

"네, 서양에서 중세 시절에 장원 경제에 속해있던 농민들은 단란한 가정생활을 할 수 없었어요. 산업혁명 후에도 여전히 하층민과 노동자 가족은 공장에서 일하면서 가족다운 가족을 갖기 힘들었대요. 다만 재산을 모은 부르주아들이 가족에 대해

가족인 줄 알았는데, 사람이었어

애착심을 가졌습니다. 냉혹한 경쟁을 바탕으로 한 자본주의사회가 프랑켄슈타인, 즉 괴물임을 알아간 거지요. 그 무시무시한 사회를 살아가면서 느끼는 두려움과 외로움을 가족에게 의지하면서 이겨내려고 했던 겁니다. 그래서 근대의 핵가족은 남성 가장을 중심으로 한 제도입니다."

"맞아요. 얼마 전까지만 해도 남자는 밖에서 일하고, 아내는 현모양처가 이상적이라는 이야기가 떠돌았지요. 우리 어머니도 그런 이야기 많이 했어요."

우리 집도 그랬다. 아버지가 돈을 많이 못 벌어도 아버지의 권위가 살아있었고 어머니는 가족을 위해 헌신하는 것을 당연하게 알고 사셨다. 하지만 지금은 다 지나간 일이 되었다. 맞벌이는 기본이며 그에 따라 부권은 상실되었다.

"그런데 요즘 와서 그 핵가족도 거센 물결 속에서 해체되고 있는 것 같아요."

지혜가 창밖을 물끄러미 쳐다보며 힘없이 말했다. 그녀의 눈에 슬픔이 한가득 담겨있었다.

"그런데 나는 가족이 가건물이라 하더라도, 일시적으로 비와 바람을 피하는 소중한 곳이라고 생각해요. 다만 어쩔 수 없이 그렇게 되는 경우도 많으니까, 이제는 변화 속에서 살아가는 방법을 찾아내야 할 것 같아요. 그런데 요즘엔 세상이 너무 급변해서 막 휩쓸려 가는 기분이 들어요."

"그 건물이 튼튼하면 좋겠는데… 아버지가 돌아가시고 나니다 무너지는 느낌이에요. 내 가족은 없고, 이제 외톨이가 된 기분이 들어요."

지혜는 말을 마친 후, 한숨을 내쉬었다. 당당하던 그녀는 아버지의 죽음으로 인해 많이 초라해졌다. 그녀가 안쓰럽게 여겨졌지만, 나는 그녀에게 도움을 줄 수 없는 허약한 외톨이였다. 함께 한숨을 쉬며 창밖을 내다보는 것 외에는 할 것이 없었다.

가족인 줄 알았는데, 사람이었어

우리는 간을 떼어 줄 수 있는 관계

추석에 차례를 지내지 않았다. 명절 차례는 큰아버지가 병으로 돌아가신 후, 둘째 아들인 아버지가 잠시 했지만 어머니가 돌아가시자 중단되었다. 그리고 아버지가 돌아가시자 딸 둘만 남은 상태에서 언니가 할 일도 아니었다. 그렇게 가부장제의 유물인 명절 차례는 사라졌다. 추석날 저녁, 언니가 오라고 전화했지만 몸이 아프다는 핑계를 대고 가지 않았다. 대신 그날 저녁에 케이크를 산 후, 지훈 씨를 내 방으로 불렀다. 그는 아르바이트를 끝낸 후에 맥주와 떡볶이, 순대를 사서 내 방으로 왔다.

"아니, 술도 안 마실 사람이 웬 맥주를 사 와요?"

"반은 무알코올 맥주예요. 그냥 기분만 내는 거지요."

"추석인데 집에 갔다 왔어요?"

"네, 어머니 집에 오전에 모였어요. 차례는 안 지내고 아침에 같이 송편에 이런저런 음식을 먹었어요. 지혜 씨는?"

"언니와 전화 통화만 했어요···. 지훈 씨 말대로 핵개인들은 갈 데가 없어요."

명절이 되니 우리가 더 초라하게 느껴졌다. 선선한 가을밤, 남자 친구와 함께 있어도 쓸쓸했다. 안주로 사 온 순대를 씹으며 그가 말했다.

"아이는 둘만 낳아 잘 키우는 단란한 핵가족이 몇십 년 전 가족 모델이었는데, 이젠 그것도 어렴풋한 추억이 되었어요. 다 뿔뿔이 흩어지고, 결혼 자체를 안 하고, 결혼해도 애를 안 낳지요. 혼자 사는 1인 가구가 현재 35퍼센트라는데 앞으로 더 빨리 증가할 거래요···. 그런데 이상하게도 요즘, 사람들이 바람을 많이 피우는 것 같아요."

그 말을 듣자 나는 웃음을 참을 수 없었다. 놀란 눈초리로 그가 나를 바라보았다.

"하하, 놀라지 마세요. 인터넷에서 본 이야기가 생각나서 그래요. 어느 구청에서 플래카드를 붙였는데, 산에서 그 짓 좀 하지 말고 여관 가서 하라는 내용이었답니다. 산에서 종종 섹스를 하나 봐요, 하하."

"그래요? 아니, 사람들 보는 데서 그러나?"

"뭐, 등산로 조금 벗어난 데서 그러나 보지요. 근데 그거 발 각되면 참 난감하겠어요."

"하긴 나도 예전에 등산객 차림의 중년들이 황급히 여관에 들어가는 모습을 본 적이 있어요…. 등산하는 사람들이 다 그런 것은 아니겠지만요. 그런데 요즘 유튜브에서 이혼 전문 변호사가 이야기하는 걸 들으니 불륜이 이루어지는 곳이 산은 물론 수영장, 헬스장, 동호회 등인데, 재건축 문제로 모여서 이야기하는 단톡방에서도 불륜이 종종 일어난대요. 재건축에 대해 상의하다가, 오프라인에서도 만나면서 불륜이 일어난다는 겁니다."

"하긴… 20년 전, 어느 선배 언니가 주변에 결혼한 이들이, 남녀 할 것 없이 다 애인이 있다는 사실을 듣고 깜짝 놀랐다는 이야기를 한 적 있어요. 또 직장이 외진 곳에 있어서 부부가 따로 방을 얻어 사는 경우에도 그런 일이 종종 일어난답니다. 어느 직종이건 간에… 혼자 살며 직장에서 받는 스트레스가 많다 보면 직장 동료끼리 술 마시고 어울리다가 선을 넘는다는 거예요."

"외진 곳이 아니라 시내에 직장이 있어도 자주 일어난답니다. 몇 년 전 돈 잘 벌고, 얼굴도 잘나고, 성격도 좋은 선배에게

들은 이야기인데, 그 선배가 바람을 피웠어요. 그런데 당당했어요. 자기는 마누라한테 잘하고, 불륜 상대한테도 최선을 다한다는 겁니다. 그 선배 말로는 발각돼도 마누라가 재산 때문에 봐줄 만큼 돈이 있거나, 두 여자에게 다 잘해주고 완벽하게 숨길 정도로 뛰어난 사람들만 바람피우는 거래요. 그 이야기를 듣는데, 결혼도 못 한 내가 얼마나 초라하게 느껴지는지… 처참했어요. 여기도 빈익빈 부익부 현상이 생기고 있어요."

쓸쓸한 표정을 짓는 그가 안쓰럽게 보였다. 우리처럼 돈 못 벌고 혼자서 살아가는 사람들은 꿈도 꿀 수 없는 다른 세계였다.

"저는 평생을 함께 살아가는 소박한 노부부들이 좋게 보여요. 관계와 의리라는 것이 얼마나 중요한지 요즘에 알게 돼요…. 옛날에 부모 밑에서 언니와 함께 자랐던 추억은 따스했는데, 이제는 서로 계산하는 차가운 현실이 되었다는 사실이 슬퍼요. 아버지라는 방파제가 얼마나 든든했던가를 이제야 알겠어요."

그 말을 하고 나자 갑자기 눈물이 솟구쳤다. 아버지와 말다툼하던 마지막 장면은 언제쯤 잊힐까? 그는 내 손을 잡으며 위로했다.

"후회 안 되는 이별이 어디 있겠어요? 너무 상심하지 마세요. 이겨내야 해요."

그의 얼굴이 핼쑥해 보였다. 간이식 수술을 한 지 5개월이 되어가는 그는 좋아졌다고 했지만 늘 피곤해 보였다.

"지훈 씨, 언젠가 당신이 간이 필요하게 된다면… 내 간을 떼어 드릴게요. 약속합니다. 우리는 결혼을 안 해도, 못해도… 간을 떼어 줄 수 있는 관계예요."

나의 말에 그는 창밖으로 시선을 돌렸고 한참 만에 입을 열었다.

"나도 몇 달 전, 지혜 씨 아버지가 돌아가신 후… 무인카페에서 맹세한 것 전혀 변하지 않았어요. 베토벤의 〈운명〉 1악장이 나올 때 이야기한 거 생각나지요? 지혜 씨가 흐느낄 때, 평생 함께하고 지켜주겠다는 말… 한 인간으로서, 핵개인으로서 약속한 겁니다. 결혼하든, 안 하든 우리는 평생 같이 갈 겁니다. 죽을 때까지."

지훈 씨는 사람을 감동하게 하는 구석이 있다. 말이 길고 또 많아서 가끔 머리가 복잡해질 때도 있지만 눈빛이 맑고 선하다. 고지식하고 초라하지만 의리가 있다. 눈빛이 마주치자 우리는 서로의 입술을 거칠게 찾았다. 그의 거친 숨소리와 두근거리는 심장 소리에 정신이 혼미해졌다. 살과 살이 부딪치고 몸이 하나가 될 때 외로움은 사라졌다. 추석은 좋았다. 조상님이 아니라 내 눈앞에서 꿈틀거리는, 벌거벗은 그에게 감사했다.

정상은
무엇일까?

핵개인의 삶은 자유로운 만큼 고단하다. 모든 것을 스스로 해결해야 한다. 물질적인 것은 물론, 정신적인 것도 그렇다. 세상의 관습과 관계에서 벗어난 사람들은 자유롭지만 추락하기 쉽다. 가치관과 삶의 방향을 스스로 정해야 하지만 시류에 휩쓸리지 않기란 쉽지 않다.

유라시아 대륙의 끝에서 온 편지

지훈 씨, 지혜예요. 잘 지내고 있는지요?

벌써 한국을 떠난 지 열흘이 되었네요. 여기는 포르투갈의 카부다 호카라는 곳입니다. 호카곶이라고 불리는 유라시아 대륙의 최서단이지요. 아니, 몬트 이스토릴역 근처의 에스프레소 바일 수도 있고, 카스카이스역에서 이곳까지 걸어오는 바닷가일 수도 있고, 제가 묵고 있는 호텔 방일 수도 있습니다. 혹은 리스본의 거리일 수도 있고, 마드리드에서 리스본까지 오는 기차 안일 수도 있습니다. 한국을 떠난 지 열흘 동안 거쳐온 장소에 대한 기억이 버무려진 글을 적고 있습니다. 전 여행 중에는 이리저리 흩날리는 나뭇잎입니다. 시간의 바람을 타고 날아다니고 있어요.

포르투갈의 수도 리스본은 아담한 도시입니다. 어딜 가나 돌길이 깔려있고 전차가 다니는 언덕길은 엽서 속의 그림처럼 아름다워요. 11월 중순의 이곳 날씨는 선선합니다. 포르투갈도 가을철이 여행하기 가장 좋은 계절이랍니다. 여행자도 드물어서 마음이 넉넉하네요. 이 나라는 다른 유럽 국가보다 물가도 싸고 사람들도 친절해요. 오늘 아침, 호시우광장에서 하늘로 날아오르는 비둘기들을 보며 까르르 웃는 여자들이 얼마나 아름다웠는지 몰라요. 그들의 밝은 표정과 웃음소리에 그동안 잔뜩 긴장했던 마음이 느슨해졌습니다. 여행안내소의 아름다운 여성도 호카곶까지 가는 교통편을 친절하게 알려주었어요. 나긋나긋한 포르투갈어도 매혹적입니다.

리스본에서 기차를 타고 대서양 연안을 달렸습니다. 따사로운 햇별 아래서 바닷가를 따라 길게 뻗어있는 철도와 옹기종기 모여있는 조그만 집들, 아파트 베란다에 매달린 빨래들이 정겨웠어요. 이곳 사람들은 앵글로·색슨족이나 게르만족에 비해 몸집이 작고 집도, 논도 작습니다. 저는 카스카이스역 바로 전 역인 몬트 이스토릴역에서 내렸습니다. 번잡한 바닷가 휴양지 카스카이스보다는 이곳이 조금 한적할 것 같아서요. 그동안 저렴한 숙소에서 배낭여행자들과 어울려 잤지만 몬트 이스토릴역 근처에서는 괜찮은 호텔에서 묵고 있어요. 저에게 부담되는 가격이지만 그래도 가끔은 편하게 쉬고 싶네요. 그럴수록 아버지에게 감사하고 있습니다.

다음 날에 기차를 타고 카스카이스까지 간 후, 그곳에서 호카곶

가족인 줄 알았는데, 사람이었어

까지 가는 버스를 탔습니다. 차창 밖으로 드넓은 대서양이 펼쳐지고 있었어요. 30분 정도 달리자 호카곶이 나왔습니다. 정류장에서 내려 바닷가 쪽으로 걸어가니 '여기, 땅이 끝나고 바다가 시작되는 곳'이라고 적힌 기념비가 우뚝 서있었어요. 포르투갈의 대표 시인 카몽이스가 쓴 시의 한 구절이랍니다. 16세기에 활동했던 그는 조금 앞선 세대의 탐험가, 바스쿠 다 가마가 희망봉을 돌아 인도에 도착한 사건에 감격해 〈우스 루지아다스〉라는 시를 썼다는군요. 15~16세기는 포르투갈의 황금기입니다. 이곳에 서니 그 시절 포르투갈인들의 기상이 느껴지네요. 근처 절벽으로 가니 땅이 가파르게 바다 밑으로 곤두박질치고 거친 파도가 바위를 범하고 있었어요. 대서양에서 불어오는 바람은 숨이 막힐 정도로 강했습니다.

머릿속에서 지도를 떠올렸지요. 바스쿠 다 가마에게는 이곳이 출발지였지만 유라시아 대륙 동쪽 끝의 나라에서 온 저에게는 육지의 끝입니다. 주변에 서양 여행자들 몇몇이 팔베개를 하고 누워 있더군요. 저들은 어떤 삶을 살아가고 있을까요? 요즘은 타인들의 삶이 궁금해집니다. 저 자신이 방황하고 불안하기 때문인 것 같아요. 40대 초반인 저는 제 삶에 칠해졌던 고운 빛깔의 페인트들이 벗겨지는 것을 목격하고 있습니다. 녹슬고 추한 골조들이 드러나는 모습을 보면서 좌절감도 들어요. 제가 지향했던 문학 세계, 세상에 대한 낙관적 시선은 헛것이라는 생각도 들어서 쓸쓸합니다.

남들은 제가 포르투갈을 여행한다고 부러워하겠지만 저의 내면에는 구멍들이 뻥뻥 뚫려있어요. 지훈 씨와 함께 여행한다면 이런 감정은 없겠지요? 그러나 결국 우리는 혼자 남고, 혼자의 길을 간다는 것을 잊지 않고 있어요.

한동안 앉아있다가 다시 버스를 타고 카스카이스역까지 왔습니다. 이번에는 거기서 몬트 이스토릴역까지 걸었어요. 2km 정도밖에 안되는 평화로운 해변 길이었어요. 바닷가에서 아이들이 뛰어놀고 있더군요. 저는 방파제에 걸터앉아 10대 초반의 소년과 소녀 그리고 그보다는 어려 보이는 아이들을 바라보았습니다. 그런데 10대 소년과 소녀는 사랑의 유희를 벌이고 있었어요. 소녀의 가슴에 소년이 얼굴을 바싹 들이대면 소녀는 얼굴을 붉히다 도망쳤고, 쫓아간 소년이 소녀의 상체를 끌어안자 소녀는 소년의 얼굴을 두 손으로 잡고 자기 가슴에 꼭 안았어요. 그러다 소녀가 소년을 밀쳐내고 도망치면 소년이 다시 쫓아가 그 행위를 반복했습니다. 두 아이는 얼굴이 벌겋게 단 채 어쩔 줄을 모르더군요. 밀폐된 방이었다면 서로 옷을 벗겼겠지요. 그것이 본능일 겁니다. 같이 놀던 작은 아이들은 그 애들을 슬금슬금 훔쳐보았습니다. 근처의 벤치에 앉아서 진한 포옹과 키스에 정신 팔린 20대들도 있었습니다. 바닷소리와 바람과 햇살 속에서 그 모든 것이 자연스러웠습니다.

그 아이들을 보면서 당신과 함께 보낸 밤들을 떠올렸지요. 첫날

　　　　　　　　　　　　가족인 줄 알았는데, 사람이었어

밤은 술에 취해서 당신은 아무것도 기억하지 못하지만, 그 후의 밤들은 기억하지요? 감미로웠던 순간들입니다. 결혼제도란 것이 생기기 전, 원시인들은 저런 우발적 본능에 의해서 결합하고 아이를 낳았겠지요. 그렇게 일을 저지르고 난 후에 가족이 되었을 겁니다. 제도나 결혼식은 나중에 생긴 것이겠지요. 지금은 가족이 되기까지 수많은 절차가 있습니다. 그 제도 속으로 들어가면 의무도 많아지고, 또 아이를 키우는 것은 원시시대와 달리 비용이 엄청나게 많이 듭니다. 그래서 결혼을 머뭇거리게 되는 것 같아요. 당신이 몇 달 전에 말한 '가족은 가건물'이란 이야기를 종종 생각합니다. 그런데 오두막이라도 비바람을 피하는 가건물은 좋다는 생각이 들어요. 어차피 가족이 가건물이라면 너무 심각하게 생각할 필요가 없잖아요? 물론 각자가 동굴 속에서 사는 것이 더 편할 수도 있지만요. 어떻게 생각하세요?

노인들이 남청색 대서양에 낚싯줄을 드리운 채 지는 해를 바라보고 있었어요. 세상을 등진 모습이었습니다. 물고기를 기다리는 건지, 다가오는 죽음을 기다리는 건지 모르겠더군요. 한쪽에서는 아이들이 사랑 놀이를 하고요. 우리는 어디쯤 있는 것일까를 생각했습니다. 언제나 저와 함께하겠다는 당신께 감사합니다. 당신은 든든한 친구고 동반자입니다. 그런데 여전히 저 자신에 대해서는 모호해요. 욕망을 불태우고, 생명을 낳고, 키우다가 죽는 것이 삶일 텐데 저는 그저 삶이란 강물을 옆에서 구경만 한 기분이 듭니다.

숙소로 돌아가기 전, 몬트 이스토릴역 근처의 에스프레소 바에서 커피를 마셨습니다. 우리 식대로 생각하면 카페지만 여기서는 맥주도 파니까 '바'라고 부르는 것 같아요. 아주 조그만 곳이고 밖에 파란색 의자들이 몇 개 있는 노천카페입니다. 바로 앞에는 철로가 있고 그 너머로 새파란 하늘과 바다가 드넓게 펼쳐져 있습니다. 야자나무들도 간간이 있고 철도를 건너가면 일렁이는 파도와 바닷가에서 쉬는 갈매기 떼도 볼 수 있는 낭만적인 곳입니다. 관광객들이 일부러 찾아오는 곳은 아니고, 기차 승객들이 잠시 들러 에스프레소 한잔을 마시거나 마을 주민, 특히 노인들이 시간을 보내기 위해서 나오는 것 같았어요. 석양이 비추는 붉은 바다와 바람에 흔들리는 야자 잎에 취해서 맥주를 마셨어요. 수페르 보크가 있더군요. 예전에 마카오 여행 중에 마셔본 포르투갈 맥주인데, 여기서 보니 반가웠습니다. 저 술 잘 마시는 거 알지요? 지훈 씨의 형님처럼 맥주 한 짝을 마셔야 간에 기별이 가는 체질입니다. 아버지 닮아서 간의 해독 능력이 뛰어난데 이제는 좀 절제할 생각입니다. 그래서 세 병만 마셨어요. 포르투갈은 다른 유럽보다 물가가 싼 편이라서 마음이 푸근해집니다. 이곳의 주인 할아버지도 친절했고요. 문제는 이곳이 동네 술꾼들, 특히 노인들이 많이 모인다는 겁니다.

가족인 줄 알았는데, 사람이었어

저처럼 혼자 다니는 여자, 특히 나이에 비해 젊어 보이는 동양 여자는 호기심의 대상입니다. 위험을 느끼지는 않았지만 좀 귀찮더 군요. 다가와서 제가 알아듣지도 못하는 포르투갈어로 말을 붙이는데, 그들의 영어 실력은 "어디서 왔냐?"는 말 정도였어요. 제가 '코리안 걸'이라는 것을 알자 과도한 호기심을 보였습니다. 그런데 말이 통해야지요. 술에 약간 취한 그들은 말 상대가 생겼다는 흥겨움에 빠져버렸어요. 그중에 프랑스 노인이 있었는데 영어를 못하기는 마찬가지였지만 그래도 이곳 주민들보다는 조금 나았습니다. 짧은 영어로 이야기를 나누어 보니 이곳에 혼자 와서 사는 프랑스 노인이었어요. 한 달 살이라도 하는 건지, 오래 머무는 건지 잘 모르겠지만 물가도 싸고 경치도 좋은 이곳에서 핵개인으로 살아가다가, 저녁나절이면 심심함을 달래려고 이곳에 와서 현지인들과 어울리는 것 같았어요. 제 추측입니다만, 혼자 사는 포르투갈 노인들도 점점 늘고 있다는 생각이 들었어요. 스페인이나 포르투갈은 대가족제도가 전통인 나라들이지만 일자리가 도시에 많다 보니 아무래도 청년들이 시골을 떠나지 않을까요?

또 이메일 보낼게요. 치앙마이는 어떤가요? 태국 날씨가 덥지 않은지요? 피곤하지는 않은지요? 늘 걱정이 됩니다. 가이드북을 쓴다는 것이 그리 쉬운 일은 아닐 겁니다. 건강 조심하세요.

포르투갈에서 지혜.

독자들을 후리는 가이드북 쓰기

님만해민 거리는 한국 여행자들에게 '치앙마이의 가로수길'
이라고 알려져 있다. 화려하지는 않지만 아늑한 카페와 식당
그리고 술집이 모여있고, 치앙마이대학교와 가까워 젊은이들
이 많이 모이는 곳이었다. 진이 세 들어 사는 레지던스는 그 근
처에 있었다. 원룸에 넓은 침대, 냉장고, 에어컨, 깔끔한 욕실
이 있는 그곳은 월세가 25만 원 정도라 했다. 진은 동남아에서
거의 5년째 살고 있는데 그의 베이스캠프가 이곳이었다. 그는
나에게 방세는 신경 쓰지 말라고 했다. 어차피 비워두어도 자
신이 내야 되는 돈이라고 했다. 전기세만 내가 쓰는 만큼 책임
지라고 했는데 한 달에 몇만 원 정도라고 했다. 진은 내가 이곳
에 도착하자 다음 날, 하노이로 떠났다. 1월 말쯤에 돌아올 예

가족인 줄 알았는데, 사람이었어

정이라고 했다.

"간이 회복되었다고는 해도 피곤할 테니 천천히 해. 계약한 거도 아니니 마음 편하게 먹고…. 내 책 정보 마음대로 갖다 써. 특히 식당이나 카페 정보 다 각색해서 써. 나는 일일이 다 먹어봤잖아. 그 비용이 숙박비보다 더 많이 들었어, 하하."

고마운 친구였다. 진이 쓴 두터운 태국 가이드북은 치앙마이를 자세하게 소개하고 있었다. 그 덕분에 숙박비는 물론, 취재비도 아낄 수 있었다. 나는 진에게 고마우면서도 허깨비가 된 기분이 들었다. 출판사의 편집장, '짱 언니'의 말이 생각나서 한숨이 나왔다.

지혜가 포르투갈 여행기를 쓰고, 내가 치앙마이 가이드북을 쓰는 작업은 나의 친구 진 덕분에 시작되었다. 그의 이름은 '남궁진'인데 성이 남궁이다. 그의 조상은 먼 옛날, 주나라의 기자가 한반도에 와서 기자조선을 만들 때 함께 왔다고 알려졌지만 진은 믿지 않았다. 그는 가문이나 가족과 상관없이 자신의 삶을 살아온 친구였다. 같은 대학 사회학과 동기인 그는 졸업 후, 직장을 2년 정도 다니다가 홀연히 호주로 떠났다. 그곳에서 워킹홀리데이를 하며 몇 년 살다가 우연한 기회로 동남아에 와서 가이드 생활도 하고, 동남아 가이드북도 썼다.

대학 졸업 후, 10년 만에 그를 만났다. 내가 박사학위 수료 후, 시간강사를 할 때였다. 그때 그는 자신이 쓴 태국과 베트남 가이드북을 나에게 주었다. 그로부터 10년이 흐른 후, 오랜만에 연락이 닿아 올해 8월 초에 그를 다시 만났다.

"야, 오랜만이다. 어떻게 살았어? 박사논문은 썼나?"

그의 질문에 말문이 막혔다. 편의점 아르바이트나 하고 있다는 말이 목구멍에서 나오지 않았다. 그러나 소주를 마시자는 그에게 간이식 수술 때문에 못 마신다고 말했고, 이야기를 더 나누다 내 상황을 실토하고 말았다.

"아, 그렇게 되었나? 안타깝다."

그의 말은 진심이었을 것이다. 특히 간이식 수술을 이야기했을 때 그는 매우 측은한 표정을 지었다.

"그래도 뭔가를 해야지?"

나는 말이 나온 김에 다 해버렸다. 소설을 준비하고 있으며 계속 글을 쓸 생각이라 말했는데, 그는 물끄러미 나를 바라보다가 불쑥 제안했다.

"너, 가이드북 한번 써봐."

"가이드북? 나 그런 거 못한다. 체력도 자신 없고."

"내가 도와줄게. 치앙마이 편 써봐. 태국 치앙마이 알지? 한국 사람들 많이 가고, 한 달 살기로도 유명한 곳이잖아. 나라를

가족인 줄 알았는데, 사람이었어

쓰면 너무 커서 힘들지만 도시니까 해볼만할 거야."

"전문가인 네가 하지?"

"나는 지금 벌여놓은 게 많아. 태국, 베트남, 라오스, 방콕, 하노이, 다낭 편을 이미 썼어. 이거 2년마다 개정판 내려고 매년 6개월 정도를 돌아다녀. 출판사에서 치앙마이 편도 하자는데 내가 거절했어. 힘들어서. 근데 네가 해라. 내가 낸 태국 가이드북에 있는 정보 전부 이용해. 평생 편의점 아르바이트만 할 수는 없잖아? 가이드북 쓰는 거, 힘들기는 해. 아무것도 없는 상태에서 다 체험하고 쓰려면 도시 하나 쓰는 데도 반년 넘게 걸리지만, 내 책 이용하면 두세 달 만에 쓸 수 있을 거야. 너, 글 잘 쓰잖아."

나는 대답하지 않았지만 추석이 지난 후, 그가 다시 연락을 해왔다. 그는 출판사 편집장과도 이야기가 되었다며 함께 만나자고 했다. 진은 편집장을 짱 언니라고 불렀다. 우리보다 세 살 어린 여자에게 남자가 '언니'라고 부르는 것이 이상했지만, 나도 그녀를 짱 언니라고 부르게 되었다. 가이드북을 계속 내는 큰 출판사의 편집장인 그녀는 인상이 고왔지만, 추진력이 강했고 말을 시원스럽게 했다.

"솔직히 말해서 진 씨가 치앙마이 편을 해주기를 바랐어요. 그런데 이렇게 소개를 받고 보니 다른 생각이 드네요. 지금 가이드북 판매가 예전에 비해 많이 떨어졌어요. 진 씨가 낸 시리즈물은 그래도 이름값이 있고, 고정 독자층이 있어서 꾸준히 팔리는 편인데 치앙마이 편을 새로운 저자가 쓴다면 위험을 부담해야죠. 저도 이 결정을 제 마음대로 하는 것이 아니라 본부장의 결재를 받아야 하고 철저히 수익성도 생각해야 하거든요."

"아, 네. 저는 안 해도 그만입니다. 전혀 경험도 없고 생각지도 않은 일입니다."

그러나 짱 언니는 자기 계획을 거침없이 말했다.

"새로운 시리즈를 시작하고 싶어요. 새로운 도시 가이드북 시리즈."

"네? 그게 뭔데요?"

"사실, 요즘 젊은이들은 가이드북을 사지 않고 휴대폰 들고 다니면서 다 해결해요. 숙소는 여러 사이트에 들어가 직접 해결하고, 구글 지도 보거나 블로그, 인스타그램, 페이스북, 유튜브 등을 보면서 다녀요. 예전 같지 않아요. 그럼 가이드북이 죽느냐? 그건 너무도 아쉬워요. 어떻게 이 난국을 돌파해야 하는가가 문제지요."

난국 돌파? 나는 그녀가 무슨 말을 할지 전혀 감을 잡을 수 없었다.

"이야기로 후리는 가이드북을 만들어 보고 싶어요."

가족인 줄 알았는데, 사람이었어

"네? 후리는? 후린다는 게 무슨 뜻이지요?"

"아, 충격이나 자극을 확 줘서 정신을 낚아챈다는 이야기지요."

나는 터지는 웃음을 간신히 참았다. 그러니까 독자들을 그럴듯한 말로 살살 꼬신다는 이야기인가?

"실험입니다. 독자들이 그 가이드북을 보고 나서 가고 싶게 만들자는 거예요. 볼거리도 그렇지만… 요즘 사람들은 전부 맛집, 카페 좋아하잖아요. 그런 이야기들을 많이, 풍성하게, 감칠맛 나게 써서 확 후리자는 거예요."

"하하. 아니, 무슨 이야기 하는 거예요?"

옆에서 듣던 진이 웃음을 터트렸다.

"진 씨, 지금 출판사가 얼마나 힘든 줄 아세요? 10년 전에 비하면 지금 진짜 힘들어요. 이 밀려드는 디지털 세계 앞에서 우리는 절박한 상황이에요."

"하지만 맛집이나 카페 정보는 이미 인터넷에 엄청나게 많잖아요? 무슨 수로 후리지요?"

내가 문자 짱 언니는 거침없이 대답했다.

"저도 SNS 많이 보는데요, 좋은 정보도 많지만 서로 베끼고 부실한 내용들도 너무 많아요. 그래도 자기 이름을 내걸고 쓰는 가이드북은 신뢰가 있잖아요. 그걸 계속 내세우면서 밀어붙이려고요."

묵묵히 이야기를 듣던 진이 말을 덧붙였다.

"지훈이 너 소설 쓰잖아. 그 실력을 발휘해 봐."

갑작스러운 진의 말에 나는 당황했다. 아니, 그런 말을 여기서 하다니.

"아, 그건 소설을 쓰고 있다는 거지… 등단한 것도 아니야. 인정받은 것도 아니고."

"글 실력만 있으면 돼요. 그런 콘셉트로 쓰자는 겁니다."

짱 언니가 단호하게 말했다. 도대체 이 언니는 나를 어떻게 생각하기에 보자마자 그런 실험을 함께 하자고 할까?

"그럼 가고 싶게 만들기 위해서 소설처럼 허구의 이야기를 쓰는 건가요?"

"아, 그건 아니지요. 거짓말을 하면 안 됩니다."

짱 언니는 단호하게 말했다.

"그랬다가 독자들이 가서 '속았다'는 생각이 들면 그 책은 끝이에요. 당장 서평에 온갖 욕이 올라올 테죠. 거짓은 통하지 않습니다. 제 말은 도시 전체든, 관광지든, 숙소든, 식당이든, 카페든 작가의 새로운 해석, 작가의 새로운 감성으로 접근한다는 이야기입니다. 그러니까, 우리가 좋은 영화나 소설을 보면 그걸 찍은 배경지에 가서 감동하잖아요? 작품과 현실에 차이가 약간 나도 불평하지 않습니다. 감동했던 장면의 현장에 왔다는 사실이 기쁘니까요. 바로 그겁니다. 우리의 새로운 가이드북이 그런 영화나 소설 역할을 할 수 없을까요? 즉 허구인 듯, 허구 아닌 진실의 가이드북!"

짱 언니는 어느 노래의 가사를 들어가며, 자기 아이디어에 도취한 듯 눈을 반짝이며 외치다가 다시 말을 덧붙였다.

"그러니까 거짓말이 아니라 조미료를 살짝 치자는 거예요. 이건 허구와는 다른 겁니다."

아, 나는 그 말을 듣는 순간 도망쳐야겠다고 생각했다. 아니, 어떤 독자가 가이드북을 보고 감동한 후, 그 이미지와 어긋나는 현장에 와서도 기뻐할까?

"그건 불가능할 것 같습니다. 영화나 드라마와 달리 사람들은 가이드북에서 정확한 정보를 원할 텐데요. 저는 이해가 안 됩니다."

나의 말에 진도 이제 사태를 파악한 것 같았다. 그 역시 짱 언니를 묘한 표정으로 바라보았다. 그러나 그녀는 꿋꿋하게 밀어붙였다.

"원래 새로운 길은 막막합니다. 안 되면 되게 하라는 정신이 필요하지요. 하다 보면 길이 보일 수도 있다고 생각합니다. 모험하지 않고는 이 디지털 세계의 정보 홍수 속에서 살아날 방법이 없어요. 어차피 진실이라고 외치는 그 정보들도 허구가 섞이는 거잖아요?"

그 말을 듣는 순간, 프랑스의 사회학자 장 보드리야르가 떠올랐다.

"장 보드리야르도 그런 이야기를 했지만….'"

"누구요? 장 보들이라는 사람이 이미 그런 말을 했어요?"

"아, 장 보드리야르라고 프랑스의 철학자이자 사회학자가 있어요."

진이 웃으며 말했다.

"지훈아, 이거 한번 해볼만하지 않아? 장 보드리야르가 그런 말 했잖아. 과거에는 실재하는 땅이 힘을 발휘했지만 이제는 지도와 이미지가 더 힘을 발휘하는 시대라고."

"글쎄. 아무리 시니피앙이 시니피에를 앞서고, 이미지가 현실을 압도하는 시대이기는 하지만 독자들은 가이드북에서 정확한 현실 정보를 원할 텐데… 그 정보를 멋지게 만들어서 독자를 후린다는 것이 가능할까?"

우리의 사회학적 용어 앞에서 그녀는 잠시 당황했지만 이내 말을 이었다.

"진 씨에게 들었어요. 지훈 님이 학창 시절 말발도 세고, 글도 잘 쓴다고요."

"아니, 말발이나 글하고 이거 하고는 상관이 없는 건데요…."

내가 말을 끝내자마자 진은 단호하게 말했다.

"지훈아, 너는 할 수 있어! 한번 해봐. 남들이 하지 않는 걸 해야 길이 보이는 거야!"

도대체 진 역시 나를 어떻게 생각하는 것일까? 이 난국에서 빠져나오기 위해 나는 한동안 변명거리를 생각했다. 그러다 생각난 사람이 지혜였다.

"그런 걸 잘할 사람이 있기는 있어요. 소설가인데, 그 사람이라면 할 수 있을 것 같아요."

나는 일단 위기를 모면하고 싶었고 나중에 그녀가 적당히 거절한 후, 여행기를 쓰겠다는 쪽으로 방향을 틀면 좋을 것 같았다.

"누군데요?"

"울프라는 소설가가 있어요."

"네? 울프요? 그분을 아세요?"

짱 언니가 흥분한 표정으로 외쳤다.

"네, 아는데… 그 작가를 아세요?"

"제가 그분 진짜 팬이에요. 10여 년 전부터 그분 소설은 나오는 대로 다 읽었어요. 어떤 책은 몇 번씩이나 읽었어요."

짱 언니는 나보다도 이제 지혜, 아니 울프에게 더 관심을 두기 시작했다. 이렇게 해서 며칠 후, 짱 언니와 나 그리고 지혜는 한자리에서 만났다. 짱 언니는 너무 감격스러워했고 책도 가지고 와서 사인도 받았다. 짱 언니 앞에서의 지혜는 내가 알던 그녀가 아니었다. 짱 언니는 동갑내기임에도 불구하고 '소설가 울프'에게 존경심을 보였다. 그런데 짱 언니는 지혜에게 새로운 제안을 했다.

"저기, 박지훈 님은 전번처럼 치앙마이 가이드북을 써주시고요, 울프 님은 포르투갈 여행기를 쓰시면 어떨까요? 요즘 포르투갈 가는 사람들이 많거든요. 울프 님의 멋진 문체로 그곳 여행기를 써주면 좋은 반응이 있을 거라고 확신해요. 울프 님이 포르투갈의 작가, 사라마구의 환상적 리얼리즘의 영향을 받았다는 인터뷰 기사를 본 적 있어요. 문학기행으로 풀어도 좋습니다."

짱 언니는 거침이 없었다. 혹 떼려다가 혹 붙이는 기분이 들었다. 동시에 그녀는 나에게 새로운 제안을 했다. 나와는 계약서를 쓰지 말자고 했다. 출판사에서 계약금도 지불하지 않고, 책을 내줄 의무도 없으며, 동시에 나도 하다가 안 되면 그만두어도 된다는 조건이었다.

"저도 본부장을 설득해야 하는데 나중에 쓰신 원고가 내용이 만족스럽지 않으면 그만두고, 좋으면 본부장을 설득할게요. 또 만약 지훈 님도 쓰다가 잘 안되면, 안 해도 돼요. 서로 의무

가족인 줄 알았는데, 사람이었어

감 없이 해봐요. 편하잖아요? 울프 님은 이미 검증된 분이라 본부장도 설득할 수 있으니 계약서 쓰고, 계약금도 드리고요."

지혜와 나를 차등 대접하는 짱 언니에게 서운한 감정은 전혀 들지 않았다. 오히려 하다가 안 되면 그만두어도 된다는 말에 안심했다. 동시에 그런 핑계로 여행도 하고 싶었다. 지혜 역시 무언가 새로운 것을 해야만 하는 시점이라 선선히 응낙했다. 그렇게 해서 일이 시작되었다.

결국 나는 편의점 일을 또 그만둘 수밖에 없었다. 이번에는 주인에게 너무 미안해서 그만두고 떠날까 했지만, 그는 내가 가이드북을 쓰기 위해 약 3개월 동안 여행을 떠난다는 말을 듣고는 나보다 더 기뻐했다. 한 번도 해외여행을 해보지 못했지만 늘 정보를 수집하는 재미에 산다던 그는 내가 가이드북 저자가 된다는 사실을 축하해 주었다. 아르바이트는 나중에 3개월 후, 돌아와서 다시 해도 좋다고 말했다. 너무도 고맙고 선한 편의점 주인이었다.

우리는 11월 초에 출발하기로 했다. 지혜는 12월 말에 돌아오고, 나는 1월 말에 올 예정이었다. 유럽은 물가가 비싸서 동남아처럼 오래 있을 곳은 아니었다. 우리는 10월 한 달 동안 여행 준비를 했다. 지혜는 간단한 스페인어와 포르투갈어도 공부했다. 반면에 나는 큰 걱정을 하지는 않았다. 다만 어떻게 허구인 듯 허구 아닌 진정성 있는 이야기로 독자를 후릴 것인가에 대해 고민했다. 아니… 차라리 병을 깨지 말고, 병 속의 새를 꺼내라고 하지. '하다가 안 되면 그만이다, 바람이나 쐬자'는 마음으로 나를 달랬다. 태국은 물가가 저렴하고 진의 아파트에서 머물 수 있기에 부담이 적었다. 반면에 지혜가 걱정되었다. 유럽은 숙식비와 교통비가 비싸니 2개월 정도 여행하면 아무리 아껴도 2천만 원은 들 것 같았다. 잘 팔린다면 모를까, 안 팔리면 저자는 그 돈을 다 날리는 것이다. 출판사도 제작비를 날리니 시장 앞에서 저자나 출판사 모두 긴장해야만 했다.

"괜찮아요. 아버지가 남겨준 유산이 있으니 일단 일을 벌여보지요. 우리, 2월 초에나 보겠네요. 건강 조심하고 서로 연락해요."

지혜의 길은 아버지의 죽음으로 얻은 유산 덕분에, 나의 막막한 길은 간을 판 돈으로 인해 시작할 수 있었다.

치앙마이의 11월 초 날씨는 그런대로 좋았다. 아침은 선선하고 낮에는 30도 정도로 올라가 후텁지근했으며 날이 맑았다. 아침에 창문을 열면 시원한 바람과 함께 새소리가 들려왔다. 한국에서도 종종 듣던 태국 방송도 들었다. 간드러진 태국어 노래와 어딜 가나 "사왓디 카" 하며 웃는 태국 여성의 미소

가족인 줄 알았는데, 사람이었어

가 감미로웠다. 아침은 미리 사다놓은 빵과 과일로 해결한 후, 도시를 걷고 카페와 식당을 드나들며 하나하나 느낌을 기록했다. 그렇게 조금씩 모이는 정보들을 조각조각 기록했지만 짱언니가 말하던, '확 후리는' 글은 나오지 않았다. 수많은 경험은 구슬처럼 쌓여갔지만 그것을 꿸 줄이 보이지 않았다. 물론 진의 가이드북과 인터넷 정보를 참고해서 적당하게 나열한다면 그리 어려울 것도 없어 보였다. 하지만 그것은 '새로운 실험'이 아니었다. 생각할수록 머리가 복잡해졌다. 치앙마이에 온 지 열흘 정도 지났을 때 지혜의 이메일을 받았다. 그녀는 잘 다니고 있는 것 같았다. 언젠가 유라시아 대륙의 최서단에 가보고 싶었다. 그녀와 함께 산티아고 순례길을 가보기로 했는데 그날이 올까?

《리스본행 야간열차》를 회상하며

일단 스페인의 마드리드로 왔다. 약 20년 전, 대학 시절 한 달간 유럽 여행할 때 잠깐 들렀던 도시였다. 이번 여행의 초점은 포르투갈의 작가 '주제 사라마구'와 시인 '페르난두 페소아'의 흔적을 찾는 것이다. 나의 글에 많은 영향을 준 사람들이었다. 그러나 여행 이야기도 풍성하게 담기로 했다. 내 마음대로 하라고 자유를 준 편집장 덕분에 마음이 편했다.

인천에서 포르투갈의 리스본으로 곧바로 갈 수 있었지만 마드리드로 온 이유는 기차를 타고 가는 순간부터 여행기를 시작하고 싶어서였다. 이틀 동안 마드리드를 돌아본 후, 오후 3시 무렵 리스본행 열차를 탔다. 2등 칸을 타고 싶었지만, 자리가 없어서 선택한 1등 칸은 널찍하고 편안했다. 서쪽을 향해서 달

가족인 줄 알았는데, 사람이었어

리는 기차 차창 밖으로 스페인 서부 지방의 푸른 초원이 펼쳐졌다. 가끔씩 작은 호수도 보이고 풀을 뜯는 말들도 보였다.

나는 가지고 간 《리스본행 야간열차》를 펼쳤다. 17년 전에 이 책이 처음 번역되어 나왔을 때 내 나이는 스물여섯 살이었다. 낭만적인 여행기 같은 소설인 줄 알았지만 그렇지 않았다. 스위스 베른시에 사는 고전문헌학자인 그레고리우스 교수는 어느 비 오는 날 아침, 등교 시간에 자살 시도를 하던 여성을 구한다. 그녀는 포르투갈인이었다. 이 우연한 만남으로 그의 인생이 확 바뀐다. 그날, 학교 근처의 에스파냐 서점에서 우연히 발견한 포르투갈 책을 새벽까지 번역해 가며 본 그는 날이 밝자, 학교에 사직서를 내고 포르투갈로 향한다. 그가 학교 당국에 보낸 편지에는 마르쿠스 아우렐리우스의 《명상록》에 나오는, '자기 영혼의 떨림을 따르지 않는 사람은 불행할 수밖에 없다'는 구절이 있었다. 그는 '영혼의 떨림'을 따르기 위해 갑작스럽게 제네바에서 야간열차를 타고 리스본으로 향한다. 그리고 책에 나왔던 포르투갈의 의사이면서 반체제 운동을 한 '아마데우 드 프라두'라는 사람의 흔적을 찾아 나선다.

사실, 그 시절 20대 중반의 나에게는 어려운 책이었다. 초반부는 긴장감 있게 읽혔지만, 그 후 전개되는 내면의 세계와 시대적 배경은 내가 이해하기에 무리였다. 2000년대 초반에, 대

학에 입학했던 나에게 독재나 탄압, 더군다나 남의 나라 현실
은 멀게만 느껴졌다. 하지만 이 말들은 지금도 기억하고 있다.

"인생은 우리가 사는 그것이 아니라, 산다고 상상하는 그것이다."
"사유의 바깥쪽에는 설 자리가 없다."

17년이 지난 지금, 《리스본행 야간열차》를 차분한 마음으로
열차 안에서 다시 읽기 시작했다. 초반부의 흥미로운 도입부를
읽다가 고개를 들어보니 차창 밖으로 어둠이 지고 있었다. 내
옆에는 내 나이 또래의 여자가 앉아있었다. 창밖을 보던 나와
눈이 마주치자 그녀는 살짝 웃어 보였다.

"무슨 책 읽어요?"

스페인식 영어 발음이었다. 나는 영문판 제목을 몰라서 내
용을 풀어서 설명했다. 그러자 그녀는 금방 이해했다.

"아, 그 책 나도 읽었어요. 어느 나라에서 왔어요?"

"한국이요."

그녀는 내가 한국에서 왔다고 하자 반가워했다. 자신은 K-팝,
K-드라마를 좋아한다고 했다.

"이 책 어때요? 재밌었어요?"

내가 그녀에게 물어보았다.

가족인 줄 알았는데, 사람이었어

"내가 기억하기로는 이 책에 나오는 포르투갈 의사는 1960년 대나 1970년대 활동한 사람일 거예요. 1974년, 카네이션 혁명 이전의 시기예요. 그러니까 살라자르 독재 정권에 저항하던 시절의 이야기인데 나는 1986년도에 태어났어요. 우리 시절의 이야기가 아니다 보니 큰 흥미는 못 느꼈어요. 다만 외국인이 포르투갈을 배경으로 썼다는 점이 흥미로웠지요."

그녀는 나보다 몇 살 더 어렸고 싱글이었다. 스페인의 마드리드에 있는 회사에 다니는데 금요일 저녁에 집이 있는 리스본으로 가는 중이었다. 포르투갈도 현재 인구가 줄어서 걱정이라고 했다. 지방의 작은 마을에 가면 어린애들 보기가 힘들고 대개 노인들이 살며 젊은이들이 결혼해도 아이를 낳지 않고 동거를 많이 한다고 했다.

"언제부터 그런가요?"

"모르겠어요. 내가 어렸을 때도 그런 것 같았는데…. 그래도 시골에 가면 아직 대가족제도가 남아있어요. 우리 집만 해도 할아버지, 할머니, 부모님, 형제자매 등의 가족 관계가 좋은 편입니다. 포르투갈은 다른 유럽에 비해 사회가 덜 발달하다 보니 그런 것 같아요. 하지만 우리도 점점 변해가고 있어요."

어느샌가 차창 밖이 캄캄해져 있었다. 내 시곗바늘이 11시를 가리킬 무렵 기차는 리스본의 산타 아폴로니아역에 도착했다.

"지금 포르투갈 시계로는 10시예요. 스페인보다 한 시간 늦어요. 숙소는 어디예요?"

"호시우광장 근처에 있어요."

그녀는 호텔이 자신의 집으로 가는 길에 있다면서 택시를 태워주겠다고 했다. 밤이지만 기차역 앞은 밝았다. 그녀 덕분에 나는 호텔 근처에서 내릴 수 있었다.

포르투갈의 첫인상은 이처럼 친절하고 따스했다. 호텔 방에 들어와 창밖을 보니 호시우광장 한가운데 우뚝 선 동상이 보였다. 그는 페드루 4세였다. 19세기의 왕으로 나폴레옹이 쳐들어오자 브라질로 피신했다가 돌아왔으며 예술을 좋아하고 진흥시킨 왕이었다. '동 페드루 4세 광장'이 정식 명칭이지만 포르투갈 사람들은 '호시우광장(Praça do Rossio)'이라고 부른다. 광장 바닥 타일에 흑백색을 교차해 만든 문양인 '칼사다'가 불빛을 받아 물결처럼 일렁이고 있었다.

가족인 줄 알았는데, 사람이었어

차라리 허구의 세계로 돌아가고 싶어

'후린다'는 편집장의 말이 자꾸 귓가에 맴돌았다. 사전을 찾아보니 후리다는 '휘몰아 채거나 쫓다, 휘둘러서 때리거나 치다'라는 뜻이 있었다. 그녀의 말은 사전적 의미와 일치하지 않았지만 나는 그녀의 의도를 잘 이해한다. 가이드북만이 아니라 수많은 매스컴, 인터넷, 정치판에서 볼 수 있는 행위 아닌가? 자극, 선동, 거짓말로 세상 사람들을 후리지 않는가? 사람들은 신기하게도 그런 것에 잘 속아 넘어간다. 몰라서 속고, 알면서도 속고, 속고 나서도 또 속으며 계속 후림을 당한다. 그런 현상을 혐오했던 내가 이제 사람들을 후리기 위해 글을 써야 한다고 생각하니 자괴감이 들었다.

치앙마이는 풍요롭고 흥청거리는 곳이었다. 다양한 인종들이 끝없이 밀려들어 뒤섞이는 현장이었다. 젊은 여행자들은 물론 노인들도 많이 보였다. 가끔 현지의 젊은 여성들과 다니는 중년 외국인들도 종종 보였다. 거기에는 한국 사내들도 있었다. 성벽 안에서 열리는 거대한 일요시장에는 어마어마한 인파들이 몰려들었다. 그 혼잡한 곳에서 맹인들이 음악연주를 하고, 서양 관광객들은 길거리의 비스듬한 의자에 누워 발 마사지를 받았다.

토요시장은 일요시장보다 더 무질서하고, 보다 많은 사람이 몰려들었다. 걸어 다니기조차 힘들 정도여서 둥둥 떠다니는 기분이 들었다. 또한 이 도시에는 태국 요리는 물론 다양한 나라의 식당들이 곳곳에 있었다. 도심지 성곽 안의 구시가에는 아름다운 불교 사원들이 자리 잡았고 외곽에는 고즈넉한 불교 사원들도 보였다. 외국 여행자들은 왜 이곳으로 몰려와 한 달 살이를 할까? 궁금했다. 물론 문화적으로 풍요로운 분위기였고, 편리했으며, 활기차고, 물가도 저렴했다. 그러나 공기가 나쁘고 혼잡스러웠다. 내가 먼저 감동하지 않는데 사람을 후리는 글이 나올 리 없었다.

이미 치앙마이에는 수많은 정보와 사진을 통해서 형성된 고정된 이미지가 있었다. 내가 아무리 후리는 표현을 써도 그 범위를 벗어나면 사람들에게 외면당한다. 반면에 식상한 표현을 써도 드러나기 힘들다. 막막했다. 소설 같은 허구의 세계에서는 '선한 의도'로 거짓말을 써도 나에게는 의미가 있었다. 그러나 논픽션인 가이드북에서 선한 의도가 아니라 '상업적 의도'로 과장한 표현을 쓴다는 것이 영 꺼림칙했고 의욕이 나지 않았다. 식당과 카페도 좋은 곳들이 있었지만 모든 곳이 환상적으로 칭찬할 만한 장소는 아니었다.

아르헨티나의 작가, 보르헤스의 작품에 이런 이야기가 나온다. 어느 제국의 왕이 지도 제작자들에게 땅과 정확히 일치하는 정밀한 지도를 만들어 전 영토를 덮으라고 했다. 그런데 세월이 흐르자, 사람들이 밟고 다닌 지도는 닳아 없어지고 흙만 남았다. 겉으로 드러난 지도, 이미지보다 원본인 땅, 본질이 중요하다는 메시지다. 하지만 프랑스의 사회학자 장 보드리야르는 이것을 뒤집어서 이야기한다. 과거에는 그랬지만 현대에는 오히려 지도가 건재하고 그 밑의 흙이 썩어가고 있다는 것이다. 즉 현실이나 진실보다 이미지가 더 위력을 발휘한다는 메시지다.

그런 것 같다. 이제 휴대폰에 수시로 뜨는 파편화된 정보와 사진이 우리를 지배한다. 사람들은 현실보다도 그것을 더 믿는다. 정보와 이미지는 순식간에 복제되어 전파되면서 더욱 힘을 발휘한다. 장 보드리야르는 이런 현상을 비관적으로 보았다. 그는 현대에 와서 '의미를 찾는 것은 의미 없는 일'이라는 허무한 말을 하면서도, 의미에 앞서 존재하는 외양들, 즉 소리나 형태로 드러난 시니피앙에서 희망을 본다고 말했다. 나도 언제부턴가 의미 없이 허공에 떠도는 소리와 냄새 그리고 빛을 사랑했다. 언어의 의미에 집중하다 보면 자칫 선동과 유혹과 거짓에 놀아나기에 나는 늘 경계했다. 다만 소설이란 허구의 세계에서만 의미를 찾았다. 그곳에는 불결한 의도를 내가 배제할 수 있었다.

이 '실험적 가이드북'은 정체가 불분명했지만 고민 속에서도 부지런히 경험하며 정보를 모았다. 한 달 반 정도가 지나자 정보들이 꽤 축적되었다. 문화유적지, 레스토랑, 카페 등을 묘사할 때 진의 가이드북을 참고해 미사여구를 동원했다. 하지만 치앙마이 전체를 매혹적으로 소개하는 글은 쉽지 않았다.

글을 쓰려고 여러 번 시도하는 가운데 문득 인공지능은 어떻게 글을 쓸까 궁금했다. '챗GPT'에 '사람들의 눈길을 끌게끔 치앙마이에 대해서 소개해 줘'라고 지시하자 몇 초도 안 되어 조목조목 정보를 나열한 글이 나타났다. 그럴듯했다. 새로운 정보는 없을까? 이번에는 치앙마이 전설을 소개해 달라고하자 이어서 글이 펼쳐졌다. 란나 왕국의 초대 왕인 멩라이 왕은 아름다운 산과 강, 비옥한 평야로 둘러싸인 치앙마이의 가장 신성한 곳에 튼튼한 성벽과 해자를 건설하고 왓 프라 싱이란 사원을 세웠다고 했다. 진이 쓴 태국 가이드북에는 이런 이야기는 없었다. 나는 진의 가이드북에 있는 정보와 나의 경험과 챗GPT가 전해주는 이런저런 '썰'을 합해서 치앙마이 소개 글을 만들었다.

그리고 인공지능에 소개 글을 멋진 홍보문처럼 만들어 달라고 하자, 글을 압축하더니 '이곳에서 여러분은 일상의 번잡함을 잊고, 새로운 영적 경험을 통해 진정한 자신을 찾을 수 있을 것입니다. 신비하고 매혹적인 도시, 치앙마이에서 잊지 못할 경험을 만들어 보세요!'라는 글을 덧붙였다. 웃음이 나왔다. 치앙마이에는 여행자들이 우글거린다. 영적 경험을 하기에는 너무 번잡스럽고 공기가 나쁘다. 이런 글을 썼다가는 욕먹지. 내가 쓴 소개 글 자체도 마음에 들지 않았다. 뻔한 이야기였다. 아무리 바꿔보아도 식상했다. 어떤 방식으로 써도 사람을 후리는 글은 되지 못했다. 언어의 한계도 있지만 이미 정보가 너무 풍성했기 때문이다. 실험적인 가이드북은 실패할 것이 뻔해 보였다. 진실인 척하며 거짓말을 하는 논픽션의 세계보다는, 차라리 거짓말 속에서 진실한 의미를 만들어 내는 소설의 세계로 돌아가고 싶었다.

그런데 진은 어떻게 20년 넘게 계속 이런 일을 하고 있을까? 그의 가이드북을 보니 문체가 무미건조했다. 극히 정형화된 문제로 자신의 감정을 최대한 배제한 채, 정보 위주로 쿨하게 나열하고 있었다. 이런 글은 독자들을 흥분시키지 않지만, 실망하게 하지도 않을 것 같았다. 가이드북은 사람을 후리는 것보다, 표지판 역할만 해주면 될 것 같았다. 문제는 사람들이 이제 책을 점점 보지 않고 디지털에 의존한다는 것이다. 진은 그동안 자신이 해온 것으로 버텨나가고 있지만 나 같은 사람이 이걸 할 이유는 없어 보였다.

가족인 줄 알았는데, 사람이었어

파두에 눈물이 흐르고

호시우광장 주변에 숙소를 잡은 것은 잘한 일이었다. 고급스러운 호텔부터 배낭여행자들이 머무는 곳까지 다양한 숙소가 모여있었고 오래된 카페와 식당이 보였다. 주변에는 지하철역과 리스본 관광에 편리한 28번 트램역도 있었다. 갖고 간 가이드북에 28번 트램은 소매치기들의 사냥터라는 정보가 있어 조심했지만 다행히 불미스러운 일은 일어나지 않았다.

호시우광장과 그곳에서 남쪽으로 펼쳐진 강변은 구시가지의 중심지였다. 옛날에는 신발이나 칼을 다루는 기술자들이 모여 살았지만 지금은 관광객을 상대로 하는 상점이 많았다. 하지만 지금 느껴지는 분위기와 다르게 이곳이 늘 평화로웠던 것은 아니다. 18세기 중반, 대지진 때는 리스본 인구 20만 명

중 4만 명 정도가 죽었는데 평지인 이곳의 피해가 가장 컸다. 건물은 무너지고 해일이 덮쳤으니 아수라장이었을 것이다.

바이샤지구 주변에는 언덕들이 물결치고 있었다. 가파른 언덕길을 올라 서쪽의 시아두지구에 다다르면 성당, 수도원, 박물관과 함께 전망 좋은 레스토랑들과 카페, 기념품 상점들이 모여있었다. 그곳에서 더 올라가면 나이트 라이프를 즐길 수 있는 바이후알투지구가 나왔다. 거기서 더 서쪽으로 가면 벨렝지구였다. 나선형 계단을 따라 벨렝탑 정상에 오르면 리스본 시내와 테주강 너머에 장엄한 전망이 펼쳐졌다.

바이샤지구에서 남쪽으로 1km 정도 걸어 내려가면 드넓은 코르메시우광장이 나타났다. 우뚝 솟은 '동 주제 1세'의 동상이 광장을 내려다보았고 바다 같은 테주강이 펼쳐졌다. 강이 얼마나 넓은지 그 옛날 포르투갈인의 번영과 스케일이 느껴졌다. 그러나 1908년, 동 카를로스 1세와 그의 아들은 이곳에서 무정부주의자들에게 암살당했고 그것이 왕정 몰락의 계기가 되었다고 한다. 그들의 영광과 몰락이 함께 보이는 광장이었다.

리스본에서 가장 높은 곳은 알파마지구였다. 성냥갑 같은 노란색 트램이 좁은 골목길을 오갔는데 28번 트램을 타면 알파마에 갈 수 있었다. 이 트램은 리스본에서 가장 긴 구간을 달리는 트램으로 관광객에게 큰 인기가 있었다. 천천히 언덕길을

가족인 줄 알았는데, 사람이었어

올라가다가 내리면 웅장한 요새 같은 리스본 대성당이 보였고 그곳에서 돌 깔린 좁은 길을 따라 조금 더 올라가면 알파마지구가 나타났다. 알파마지구에는 좁고 구불거리는 예스러운 골목길들과 서민들의 생활이 펼쳐졌다. 낡은 건물들이 정겨웠다. 계단을 올라가는데 포르투갈의 대중 가곡, '파두'가 들려왔다. 아말리아 호드리게스의 〈검은 돛배〉였다. 내가 대학 시절 좋아하던 노래였다. 나는 그 노래가 흘러나오는 카페로 가서, 계단 중간의 작은 테이블에 앉아 커피를 주문했다. 약간 뚱뚱한 중년 여자가 무덤덤한 표정으로 주문을 받았다. 벽에는 노래 부르는 여성의 그림이 그려져 있어 마치 그녀가 노래를 부르는 것 같았다. 뒤이어 흘러나온 곡은 〈어두운 숙명〉이었다. 흐느끼면서 절규하는 듯한 노래에 소름이 돋았다. 뜻을 몰라도 절절한 한이 느껴져 한때 들었던 곡이었다. 문득 가사가 궁금해서 검색하니 남녀의 이별과 사랑에 대한 노래였다.

이렇게 우리는 이별하는군요… 당신을 위하여 나는 고통받으며 죽어갑니다… 나는 모든 것을 다 주고 이제 남은 것이 없어요.

카페에는 아무도 없었고 인적 끊긴 늦은 오후의 골목길 계단은 적막했다. 나는 하늘을 쳐다보았다. 밝은 빛에 눈이 부셨다. 눈물을 참았지만 한 번 터지자 눈물은 계속 흘러내렸다. 사랑 이야기지만 아버지를 잃은 내 신세 같아서 멈출 수 없었다. 아버지와의 마지막 장면이 떠올라서 괴로웠다. 손수건을 꺼내 눈물을 닦는데 카페 안쪽에서 여주인이 나를 물끄러미 바라보고 있었다. 황급히 눈물을 닦고 난 후에도 또다시 눈이 마주쳤다. 주인은 살짝 미소를 지으며 어깨를 으쓱했다. 잠시 마음을 진정시키는데 또 다른 파두가 흘러나왔다. 그때 주인이 커피 한 잔을 들고 와 탁자에 내려놓으며 가볍게 내 어깨를 두드렸다. 아마도 날 실연한 여자쯤으로 보는 것 같았다. 고마웠다. 내 포르투갈 여행에서 가장 빛나는 순간이었다. 파두에는 포르투갈 사람들의 '사우다드'가 담겨있다고 한다. 사우다드는 한, 그리움, 슬픔, 사랑, 공허함, 노스탤지어 같은 것인데 정확한 번역이 불가능하다. 하지만 들으니 알겠다. 먼 미지의 세계를 향해 고향을 떠나가는 뱃사람들…. 언제 돌아올지, 죽음을 앞에 둔 이별 앞에서 떠나가는 사람이나 기다리는 사람이나 얼마나 애절했을까? 포르투갈 사람들은 파두에 쓰이는 기타의 소리를 '흐느낀다'고 표현하는데 정말 그랬다. 나는 카페에서 파두를 들으며 흐느꼈다.

리스본은 동화 속의 도시 같았다. 낡고 고풍스러운 건물과

가족인 줄 알았는데, 사람이었어

길에 깔린 칼사다와 벽에 장식된 아줄레주 때문이었다. 광장, 골목길, 산책로 등 어디나 돌로 포장된 길이 펼쳐졌고, 칼사다에는 동물, 조류, 곤충, 해양 생물, 파도 모양, 기하학적 표시 등의 문양들이 드러났다. 또한 건물이나 성당에 장식된 파란 빛 타일 장식인 아줄레주는 환상적이었다. 유약을 입혀 구운 진흙판 장식인 아줄레주는 이슬람 세계에서 시작해 스페인, 포르투갈, 이탈리아 남부 등 지중해 연안에 퍼졌다. 여름엔 더위를 막아주고 겨울엔 습기 차는 것을 방지해 주지만 무엇보다도 아름다웠다. 포르투갈 귀족들이 자신의 저택, 정원을 아줄레주로 장식하면서 18세기에 전성기를 맞이했다. 아줄레주와 칼사다 그리고 노란색 트램이야말로 포르투갈의 이미지로 다가왔다.

리스본은 다른 유럽 지역에 비해 물가도 싸고 소박한 음식이 풍부했다. 한여름에 왔다면 작은 달팽이 볶음인 카라코이스에 맥주를 마시고 또 6월에 있는 사르디냐, 즉 정어리 축제를 즐길 수 있다는데 아쉬웠다. 그때는 온 거리에 정어리 굽는 냄새가 진동하고 별다른 양념도 없이 구워 소금과 레몬만 살짝 뿌려 먹어도 고소하다는데…. 언젠가 지훈 씨와 함께 여름에 와서 정어리 구이와 달팽이 볶음에 맥주를 즐길 수 있을까? 아, 불쌍한 지훈 씨는 술을 못 마시는구나.

겨울철이었지만 나는 대구 요리를 마음껏 즐겼다. 소금에

절인 대구 요리인 바칼랴우는 내 입맛에 잘 맞았다. 천 가지가 넘는 요리법이 있을 정도로 바칼랴우는 포르투갈의 국민 음식이다. 병아리콩이나 감자, 삶은 계란, 양파, 약간의 삶은 채소에 올리브유, 마늘, 식초 정도로 간을 맞춘 담백하고 맛있는 요리였다. 소고기나 돼지고기 그리고 닭고기 요리도 맛있지만 내가 가장 좋아하는 것은 해산물 요리였다. 쇼쿠프리투라고 하는 갑오징어 튀김은 맛있었고 거기에 와인이나 시원한 맥주를 마시면 천국이 따로 없었다. 독특한 카페 곳곳에서 에스프레소를 마시는 즐거움도 있었다. 또 설탕이 들어가지 않은 빵도 즐겨 먹었다. 빵이란 단어는 포르투갈어인 '팡'이 일본을 통해서 빵이라 변했고, 그것을 한국에서 받아들인 것이다.

아버지를 그리워하고 또 슬퍼하면서도 이런 음식과 술에 탐닉하는 내가 간사스럽게 여겨졌다. 몸의 욕망을 무시할 수 없다는 것이 서글펐다. 어둠이 내려앉으면 숙소로 돌아와 노트북을 켜놓고 일기를 썼다. 창밖의 호시우광장은 지금 평화로운 곳이지만 한때 무시무시한 곳이었다. 로마시대 때 대전차 경기장이었던 이곳에서 축제가 벌어지고 투우 경기도 있었지만 1540년, 포르투갈 최초의 종교재판이 열렸던 곳이다.

사라마구의 소설 〈수도원의 비망록〉에 묘사된 화형식의 광경은 비참하다. 18세기에 종교재판에서 판결이 난 104명의 죄

가족인 줄 알았는데, 사람이었어

인은 마녀, 남색, 강간, 신성 모독, 매춘의 죄를 지은 자들이었다. 남녀가 거의 반반이었는데 끝까지 이단을 부인하고 자신들이 진리라고 주장한 마녀가 두 명 있었다. 마녀 중 한 명은 죽기 전 그리스도 신앙 속에서 죽기를 원해 자비를 베풀어 교수형에 처한 후 불에 태웠다. 그러나 다른 한 명은 죽는 순간까지 주장을 철회하지 않아서 산 채로 불탔다. 살과 뼈가 타는 불길 앞에 모여든 군중은 춤을 추었고 왕은 처형 장면을 바라보며 음식을 먹다가 자리를 떠났다. 그리고 그곳에서 끝까지 저항하다 화형당한 마녀의 딸, 블리문다가 있었다. 블리문다는 전쟁터에서 한쪽 팔을 잃고 돌아온 발타자르를 우연히 만나 사랑했지만 그 역시 훗날 화형을 당한다. 발타자르가 화형당하는 광장에서 군중은 횃불을 들고 빙빙 돌며 춤을 춘다. 주제 사라마구는 그 인간들을 유령들 혹은 안개라 표현했다. 그는 가톨릭의 억압적인 가치관이 지배하는 세상에 대해 비판적이었다. 또 핍박받는 사람들 입장에서 환상적 리얼리즘 기법으로 이 세상을 비판했다. 사라마구 소설 속의 이 장면이 실제 있었던 사건인지, 상상인지 나는 모르겠다. 그러나 호시우광장에서 화형식이 있었던 것은 사실이다. 맛있는 음식과 술, 비참한 처형이 어우러진 이곳을 내려다보며 나는 인간이란 무엇일까를 생각했다. 사라마구의 말대로 그 모든 것이 안개처럼 다가왔다.

파이에서 만난 동성 부부

진은 1월 말쯤 치앙마이로 돌아왔다. 약 석 달간의 베트남 취재로 그의 얼굴은 시커멓게 타있었다.

"고생했다. 힘들었겠다."

"뭐, 늘 하는 일이지. 치앙마이 편은 잘되었나?"

"덕분에 이럭저럭 만들어 보았지만 마음에 안 들어. 포기하기로 했다."

"아, 그래? 아쉽네."

진의 반응이 너무 싱거워서 의아한 마음이 들 정도였다. 나는 변명하듯이 말을 이었다.

"의욕이 생기지 않아. 아무리 노력해도 어차피 다 있는 정보를 취합하는 정도인데 거기서 더 환상적으로 쓸 수도 없고…."

가족인 줄 알았는데, 사람이었어

"하긴 그래. 짱 언니도 팔아먹기 위해서 무리를 하자는 건 아닐 거야. 그래도 책 만드는 일에 자부심을 느끼며 살아온 사람이니까. 다만 출판 시장이 너무 안 좋으니까, 어떻게든 돌파구를 마련해 보자는 이야기였겠지…. 시간이 좀 남으면 파이에 갔다 와봐. 휴가 가는 셈 치고."

진이 쓴 가이드북이나 인터넷 정보에서 파이는 환상적으로 묘사되어 있었다. 고산지대여서 날씨가 쾌적하고 특히 11월부터 2월까지인 건기에는 기온이 15도에서 20도 정도였다. 파란 하늘, 하얀 구름, 맑은 공기, 주변의 푸른 산은 눈이 부실 정도로 아름답고, 마을 한가운데를 흐르는 강 주변에는 아늑한 방갈로, 예쁜 목조 카페, 식당들이 즐비해서 오래 머무는 여행자들이 많다고 했다.

"내가 20년 전쯤, 처음 갔을 때만 해도 한적한 곳이었어. 태국의 예술가들이 모여 살며 작업을 하고, 서양의 히피 여행자들이나 오던 한적한 곳이었지. 그런데 태국 드라마랑 영화에 나오면서 사람들이 몰려들었어. 지금은 임대료가 올라가서 태국 예술가들은 근방으로 쫓겨났지. 젠트리피케이션 현상은 어디서나 나타나."

"그럼 옛날 분위기는 아니겠네."

"그렇지. 진짜 아쉬워. 네가 실망할 수도 있어. 나도 오랜만에 갔다가 숨이 콱 조여지는 느낌을 받았어. 곳곳에 집들이 다 들어선 거야. 하지만 여행자들은 이런 변화를 모르니까, 현재의 풍경도 충분히 좋아할 거야. 어차피 과거는 과거고, 현재는 현재니까. 우리가 과거를 강조할 필요는 없잖아."

진은 성수기라 방이 없을지도 모른다고 말하다가 어딘가에 전화를 걸었다. 태국어와 영어가 섞인 통화 끝에 그는 밝은 표정으로 말했다.

"내가 잘 아는 집인데 이틀 후부터 약 일주일간 비는 방갈로가 있대. 잘됐다."

진은 그 게스트 하우스에서 한 달 정도 묵으며 천천히 동네를 취재하고 원고를 정리하던 시간이 꿈같다고 했다. 그곳에 묵는 동안 자신이 직접 만든 김치를 주인들과 함께 나눠 먹으며 친해졌다고 했다. 그가 '주인들'이라 표현한 이유는 동성 부부와 그중 한 남자의 어머니가 함께 사는 가족이 함께 머물고 있기 때문이었다. 태국에는 게이 혹은 트랜스젠더들이 많은 편이고 사회적으로 비난하는 분위기가 아니라고 했다.

"착한 사람들이야. 너무 이상하게 생각하지 말아."

떠나는 나에게 진은 그렇게 말했다. 파이는 천국이라고 했지만 가는 길은 지옥이었다. 한 시간 반 정도 지나자 작은 미니밴은 산길을 돌고 돌기 시작했다. 멀미약을 차 타기 30분 전쯤

가족인 줄 알았는데, 사람이었어

에 먹었지만 금방 속이 느글거려 왔다. 뒤에서 현지 아이가 토하기 시작했고 멀미를 잘 하지 않는 서양인들도 인상을 쓰면서 간신히 참고 있었다. 한 시간 반 후에야 그 지옥은 끝났다. 버스에서 내리는 순간 세상이 휭 돌았다. 나는 한동안 땅에 널브러졌다. 그런 나의 모습을 저쪽 편에서 웬 서양인이 바라보고 있었다. 아이스크림을 파는 사내였다. 우선 그것을 먹기로 했다. 키가 작은 중년의 사내는 싱글싱글 웃으며 아이스크림을 주었다.

"환영해, 천국에 온 것을."

그는 이탈리아어 발음이 짙게 밴 영어로 수다스럽게 말을 이었다. 그는 이탈리아 남동부 출신으로, 아내가 태국 사람인데 파이에서 10년째 살고 있다고 했다. 아이스크림을 먹으며 속을 달랜 후, 나는 진이 가르쳐 준 게스트 하우스를 향해 걸었다. 2층짜리 게스트 하우스는 강변에 있었다. 처음 들어갔을 때 나를 반겨준 사람은 60대 후반의 할머니였다. 고운 인상이었지만 수심이 잔뜩 낀 얼굴이었다. 그녀가 누군가를 부르자 30대 중반의 남성이 나왔다. 어딘지 부드러운 느낌의 얌전한 남성이었다. 수술을 받은 트렌스젠더는 아니었다. 그는 내가 진이 소개한 사람인 줄 금방 알아보고 반겼다. 눈빛이 선했다. 그가 안내한 곳은 마당에 있는 큰 나무 위에 만들어진 방갈로였다. 나무 밑으로는 강이 흐르고 있었다.

"타잔 집 같지? 하하."

먼저 사다리를 타고 올라가던 사내는 나를 내려다보며 투박한 영어로 말했다. 사다리를 타고 올라간 방갈로는 좁았지만 아늑해 보였다. 침대가 있었고 책상과 테이블도 있었다. 창문 밖으로 파란 하늘이 액자 속의 그림처럼 아름다웠다. 청년이 돌아간 후 나는 침대에 누웠다. 피곤했다. 선선한 바람이 살갗을 간질였고 어디선가 들려오는 새소리가 달콤했다. 잠이 몰려오기 시작했다. 얼마나 지났을까? 누군가 노크를 하고 있었다. 문을 열고 보니 다른 청년이 와있었다. 아까의 청년과 달리 어깨가 딱 벌어졌으나 눈빛은 역시 선해 보였다. 그는 파이에 온 것을 환영한다면서 내게 악수를 청했다. 큰 손이 억세게 느껴졌다. 그가 가고 나자 다시 물소리, 바람 소리, 새소리가 들려왔다. 나는 쏟아지는 잠 속으로 푹 빠져들어 갔다.

눈을 떠보니 저녁이었다. 속이 진정되자 배가 고팠다. 방갈로에서 내려와 건물로 들어가니 1층에서 두 남성과 할머니가 식탁에 앉아 식사하고 있었다. 그들은 손짓으로 나를 불러 같이 먹자고 했다. 그들은 나를 진의 친구로서 특별 대접을 해주는 것 같았다.

"카놈친!"

가족인 줄 알았는데, 사람이었어

처음 마주했던 남성이 요리를 가리키며 말했다. 카레로 덮은 국수였다. 부드러운 면발에 진한 카레 맛이 강렬했다. 짧은 영어로 대화를 나누며 알아낸 사실은 비교적 다정해 보이던 남자의 이름은 '마무앙'으로 '망고'라는 뜻이었고, 보다 강인해 보이던 친구의 별명은 '태양'이란 뜻의 '아팃'이었다. 그리고 60대 후반의 여자는 '매'였는데 '어머니'란 뜻이었다. 서양이나 한국도 비슷했지만 태국에서도 성을 갖고 가문을 자랑한 이들은 왕족이나 귀족이었고 평민들은 별명으로 간단하게 서로를 불렀다고 한다. 근대화 과정에서 평민 역시 성을 갖게 되었는데 여전히 많은 태국인은 별명을 사용하고 있었다. 그렇게 마무앙과 아팃 그리고 어머니, 매가 가족을 이루어 살고 있었다. 그들은 새로운 가족 형태였으나 모두의 얼굴에 짙은 그늘이 드리워 있었다. 그 그늘이 경제적인 어려움에서 오는 건지, 이상한 가족 형태에서 오는 것인지 나는 알 수 없었다. 어쨌든 그 불편한 분위기 속에서도 삶은 이어지고 있었다. 아팃이라는 태양 밑에서 마무앙이라는 망고만 같이 산다면 행복할까? 그럴지도 모른다. 하지만 그들은 어머니를 모시고 살아야만 한다. 가족이니까.

파이에서의 날들은 느긋했다. 파이에는 목조 건물들이 많았고 평일 한낮에는 한적했다. 가이드북 쓰기를 포기한 나는 마음 편하게 지냈다. 수면제가 녹아든 것 같은 공기를 마시며 게을러졌다. 태국인들이 몰려오는 주말에는 사람들로 북적거렸다. 밤에는 거리 공연도 있었고 불빛이 반짝이는 레스토랑, 카페, 바마다 외국 여행자들은 물론 태국 관광객들로 그득했다. 아침이면 거리에는 따스한 죽을 파는 노점 식당이 나타났고, 태국 관광객들은 15도 정도의 날씨에도 털옷과 모자를 쓰고 다녔다. 한적함과 흥청거림이 적당하게 어우러진 파이는 쾌적한 곳이었다.

하루는 자전거를 빌려 근교에 있다는 폭포까지 가다가 멈췄다. 마을 중심지를 빠져나오는 지점에 있는 아늑한 목조 카페에는 젊은 여자 종업원만이 구석에 조용히 앉아있었다. 나는 폭포로 가는 것을 단념하고 카페 의자에 비스듬히 누워 지붕 사이의 파란 하늘을 보며 시간을 보냈다. 하얀 뭉게구름에 눈이 부셨다. 온몸이 나른해지고 있었다. 문득 그동안 힘든 삶을 간신히 버텨냈다는 생각이 들었다. 실패한 인생이지만 그래도 한 시절, 열심히 살았다. 박사학위논문은 쓰지 못했어도 시간강사로 일할 때 열심히 수업을 준비하고 강의했다. 성실하지 않은 적이 없었다. 그런데 이제 힘들다. 젠장, 뭘 해놓은 것이 있다고 힘드냐는 소리가 귓가에 울렸지만… 어쩔 수 없다. 간

가족인 줄 알았는데, 사람이었어

이식 수술이 아니더라도 그전부터 이미 내리막길을 걷고 있다는 느낌이 들었다. 노새처럼 무거운 짐을 잔뜩 메고 히말라야 산맥을 오르다가 비탈길에서 미끄러지고 있는 기분. 그나마 지혜를 만나면서 힘을 냈는데….

지혜는 여행을 잘 마치고 한국에 귀국했다고 한다. 이제 일주일 후에 그녀를 만난다.

파이를 떠나기 전날, 종종 들르던 목조 카페에 갔다. 평일 이곳에는 아무도 없었다. 늘 그렇듯이 에스프레소콘판나를 들고 2층 마루에 앉았다. 벽에는 상반신을 드러낸 여자들의 그림이 걸려있었고 처마 밑에 드리워진 초콜릿 빛깔의 천이 바람에 흔들렸다. 라디오에서는 달콤한 재즈가 흘러나왔고 처마에 걸어놓은 은은한 풍경 소리가 가끔 뒤섞였다. 달랑, 달랑…나는 그 소리를 음미하듯이 에스프레소 위에 얹힌 크림을 혀로 핥았다. 한낮의 나른한 공기에 긴장이 풀리며 몸이 녹는 것만 같았다. 그때 음악이 잠시 끊기고, 라디오 채널을 소개하는 여성의 부드러운 멘트가 울려퍼졌다. 그 목소리가 어찌나 나긋나긋하고 감미로운지 마치 천상에서 울려 퍼지는 것만 같았다. 나는 그녀의 품에 안기고 싶었다.

갑자기 눈물이 솟구쳤다. 한 번 터진 눈물은 걷잡을 수 없었다. 일그러진 얼굴을 노트로 가린 채 어깨를 들썩이며 한참을 울었다. 아무 생각 없이, 아무 걱정 없이, 아무 계획 없이 한낮의 무심함에 몸을 맡겼던 때가 얼마 만이던가? 이 기쁜 순간, 왜 이리도 눈물이 나는가? 어둡고 칙칙하던 과거의 모든 것을 다 잊고 싶었다. 힘들게 언덕길을 올라가는 것이 아니라 이제 좀 경쾌하게 능선을 걷고 싶었다. 비록 앞날은 불투명했지만 홀가분한 마음으로 인생을 다시 시작하고 싶었다.

폭풍처럼 눈물이 휩쓸고 지나가는 동안 곁에는 아무도 오지 않았다. 나는 갖고 다니던 노트북을 켰다. 그동안 작업했던 것들이 미완성인 채 남아있었다. 나는 숨을 크게 들이마신 후, 삭제 버튼을 눌렀다. 석 달 동안 썼던 원고가 한순간에 사라졌다. 그때 갑자기 비가 내리기 시작했다. 폭우였다. 밖에 있던 남자 종업원이 뛰어 들어오며 뭐라 중얼거렸고 나는 그에게 영어로 물었다.

"지금 계절에 원래 비가 오나요?"

"아니요. 1월에는 날씨가 원래 맑은데… 이상하네요. 날씨가 미쳐가나 봐요."

굵은 빗줄기 사이로 울려 퍼지는 재즈 음악은 여전히 상쾌했다.

가족인 줄 알았는데, 사람이었어

꿈같았던 포르투갈 여행

지훈 씨, 잘 지내고 있는지요? 저는 리스본에 다시 왔습니다. 포르투갈에 온 지 벌써 한 달 반이 지나가네요. 포르투갈은 큰 나라가 아니에요. 면적이 남한보다 약간 작고, 인구는 천만 명 정도입니다. 포르투갈은 다른 유럽의 나라들보다 약간 낙후되었지만 그래서 더 아늑했어요. 여행기를 쓰겠다고 왔지만 너무 책에 집착하지는 않았습니다. '포르투갈을 알려주마'라는 자세로 살살이 여행하며 기록하지 않고, 마음 내키는 대로 여행하다가 게으름을 피우면서, 휙 건너뛰기도 했어요. 지내놓고 보니 꿈만 같네요.

리스본을 떠나 처음 들른 곳은 신트라였습니다. 이곳은 유명한 관광지로 하루 정도 있을 생각이었지만, 가자마자 마음이 흔들렸어요. 푸른 산과 언덕이 물결처럼 퍼져나가고 멀리 숲 위로 중세풍의 하얀 신트라궁이 보이는 동화 속의 마을 같았어요. 결국 저는 이곳에서 며칠을 머물렀습니다. 신트라는 역사가 깊은 도시입니다. 이미 기원전 1세기, 로마 시절부터 도시였고 지브롤터해협을 건너온 무어인들이 이베리아반도를 다스릴 때는 리스본 다음으로 큰 도시였답니다. 무어인들이 물러간 후, 이곳은 차차 포르투갈 왕족의 여름 휴양지가 되었고, 포르투갈의 전성기였던 16세기에 멋진 전원도시로 만들어졌답니다. 이곳은 포르투갈의 영광과 무어인의 문화가 뒤섞여 있는 매력적인 곳입니다. 제가 이곳에서 가장 좋아했던 곳은 무어인의 성이었습니다. 산 능선을 따라 만들어진 성벽과 그 너머로 펼쳐진 들판, 멀리 보이는 대서양의 풍경은 환상적이었어요. 이 성벽은 서고트인들이 처음에 만들었답니다. 저는 서고트인들이 어떤 사람들인지 상상이 잘 안 돼요. 그 후 성벽은 7세기 무렵 북아프리카에서 온 무어인들이 더욱 크게 만들었고, 12세기에 포르투갈인이 차지한 곳인데, 전 무어인의 성벽에서 몇 시간을 보내며 천년의 세월을 상상했지요. 어찌나 좋은지 나중에 다시 와서 또 한나절을 보냈습니다.

그 후 여러 도시를 들렀는데 저를 특히 게으르게 만든 곳은 오비두스와 나자레였어요. 오비두스 성벽 안에는 낡은 집들 사이로 아기자기한 골목길이 이어졌고 공연하는 사람들, 기념품 가게들이 줄을 이었습니다. 이곳은 2015년에 '문학의 도시'로 선정되어서 그런지, 책의 향기가 넘치는 서점들이 있었고 서점처럼 꾸민 정어리 통조림 가게도 있었어요. 또한 곳곳에서 진자라고 불리는 오비두스의 전통 체리주를 초콜릿이 묻은 잔에다 팔고 있었습니다. 저 술 좋아하는 것 아시지요? 체리로 만든 술을 초콜릿과 함께 마시니 쌉쌀하면서도 달콤했습니다. 볼거리만 보고 떠난다면 하루면 되겠지만 저는 또 이곳에서 며칠을 머물렀습니다. 달콤한 도시였습니다. 그래서일까요? 오비두스는 왕비들이 좋아한 도시였답니다.

오비두스에서 북쪽으로 얼마 안 떨어진 나자레에서 저는 또 게으름을 피웠어요. 나자레로 들어가니 할머니들이 호객을 했어요. 혼자 다니느라 외로웠던 저는 그들의 접근이 반가웠습니다. 어느 할머니를 따라간 방은 좁았지만 아늑하고 푸근했어요. 널찍한 해변도 좋았지만, 다닥다닥 붙은 집들 사이로 난 골목길, 그 골목길 식당에서의 한적한 시간, 집마다 걸린 빨래들이 바람에 휘날리는 풍경이 매혹적이었습니다. 쌀과 새우와 홍합 같은 해물을 넣고 끓인 아호스 드 마리스쿠에 맥주나 와인을 마시던 시간과 골목길에 앉아있는, 체구가 작은 할머니들의 모습이 좋아서 쉽게 떠나지 못했답니다(이 글을 쓰면서도 입맛을 다시고 있네요, 하하).

코임브라는 100년 동안 중세 포르투갈의 수도였고, 지난 5세기

동안 포르투갈 최고의 대학 도시라고 알려진 곳이에요. 학생들이 중세풍의 교복을 입고 다닌다는 곳이라고 했지만, 겨울이라서 관광객들도 드물었고 방학 중이어서인지 학생들이 보이지 않았습니다. 하지만 세계에서 가장 아름다운 도서관 중 하나이며 수만 권의 책이 있는 조아니나 도서관에서 저는 입을 딱 벌렸습니다. 고풍스러운 목조 서고, 황금색 천장 벽화, 금빛 찬란한 장식을 보니 천상의 다른 세계에 온 것만 같았습니다. 사진을 못 찍게 해서 지훈 씨에게 보여줄 수 없다는 것이 안타깝네요. 밤에는 이곳에 서식하고 있는 수십 마리의 박쥐들이 책벌레를 잡아먹는다는 동화 같은 이야기가 전해지는 곳입니다.

코임브라의 어느 카페에서 프랑스인 부부를 만났어요. 남자가 여행작가였는데 2주일 동안 휴가를 즐기는 그들은 차를 빌려서 다니고 있었어요. 다음 행선지가 세르데이라였는데 가이드북에도 없는 곳이었습니다. 저도 그들과 함께 갔어요. 코임브라에서 북동쪽으로 75km 정도 떨어진 그곳은 조용한 산골 마을로 예술가들이 모여 사는 곳이었습니다. 대로를 벗어나 고불고불한 산길을 올라가자 마을이 나타났는데 깊은 산언덕에 석조 집들이 몇십 채 모인 그림 같은 목가적 풍경이 펼쳐졌어요. 마을 입구에 '영감이 살아있는 곳'이란 포르투갈어 간판이 있었습니다. 정말 이런 곳에서는 아이디어가 시시각각 떠오를 것 같았어요. 특히 돌집들이 특이했어

가족인 줄 알았는데, 사람이었어

요. 반듯하고 네모진 돌들이 아니라 큰 돌, 작은 돌, 두터운 돌, 얇은 돌들을 대충대충 깎아서 포개어 만든 집들이었고 바닥도 돌길이었습니다. 그곳에서 만난 사람들과 함께 작은 카페에서 이런저런 이야기를 나눴지요. 한 독일 여자 화가는 한 달째 이곳에 머물고 있고 또 다른 프랑스 화가는 1년째라고 하더군요. 이곳에 포르투갈 주민은 대여섯 명 정도고, 대부분 외지에서 온 예술가들이 살고 있어요. 산골 마을을 알데이아 두 시스투라고 부르는데 이곳 말고도 근처에 이런 마을들이 흩어져 있다고 합니다. 이곳도 쉽게 떠날 수 없었어요. 마을에는 도미토리 숙소도 있었지만, 자리가 없어서 저는 20분 정도 걸어가면 나오는 호텔에서 묵었습니다. 그곳에 머무는 며칠 동안 어슬렁거리며 맑은 공기를 마시고, 햇볕을 쬐고, 마을을 둘러싸고 있는 산 풍경을 감상하다가 카페에서 커피를 마시며, 예술가들과 이야기를 나누었습니다. 언젠가 우리가 스페인의 산티아고 순례길을 걷고, 이곳에 와서 시간을 보내는 꿈같은 날이 올까요?

다른 도시도 몇 군데 들렀지만 가장 많은 시간을 보낸 곳은 포르투였습니다. 이곳에서 머무는 일주일 내내 비가 왔어요. 포르투는 항구라는 뜻으로 포르투갈의 국호가 여기서 유래된, 포르투갈 제2의 도시입니다. 이 도시의 많은 건축물은 파란 아줄레주들이 장식하고 있었습니다. 또한 이곳에는 그 유명한 리브라리아 렐루가 있는데 1906년에 시작된 이 서점은 《해리 포터》를 쓴 J. K. 롤링의 작품에 영감을 준 장소라고 홍보하고 있었어요. 그녀는 《해리 포터》를 쓰기 몇 년 전인 1991년에서 1993년에 포르투에서 영어 강사를 했지만 정작 훗날 인터뷰에서는 "아름답다는 그곳에 가보고 싶긴 하나, 그런 곳이 있는지도 몰랐다"면서 자기 작품과는 연관이 없다고 밝혔어요. 어쨌든 관광객들은 해리포터의 명성 때문에 이곳에 입장료를 내면서도 줄을 지어 방문하고 있어요. 저도 들어갔지만 입장료가 아깝지 않은 서점이었습니다. 1층의 거대한 서가는 물론 2층으로 올라가는 목조 계단, 난간 그리고 장식들이 가히 예술품이었어요. 거기에 2층의 스테인드글라스를 통해 들어오는 빛이 어우러져 환상적인 분위기였어요.

포르투는 유럽에서 가장 비가 많이 오는 도시라 술을 불렀습니다. 술 좋아하는 저는 낮에도 다양한 포르투 와인을 마셨어요. 달면서도 도수가 약간 높은 포르투 와인에 바칼랴우를 먹고 투박한 빵을 씹는 시간은 달콤했습니다. 저녁에는 강변 산책로, 카이스 다 히베이라를 걷다가 술집에서 생선구이에 맥주를 마셨어요. 건물과 다리에서 뿜어내는 불빛과 추적추적 내리는 비와 흐느끼는 파두가 어우러지는 촉촉한 시간이었어요.

다시 리스본으로 돌아오니 12월 중순인데도 호시우광장의 구

가족인 줄 알았는데, 사람이었어

석에는 벌써 크리스마스 시장이 열렸고 작은 산타클로스 인형과 기념품들과 간식들을 팔고 있습니다. 쌀쌀한 날씨에 뱅쇼 한잔을 마시니 고향으로 돌아온 것처럼 포근했습니다.

처음 일주일은 낯선 나라에 왔다는 흥분으로 시간이 훌쩍 갔고, 피로가 누적되던 3주째부터 약간 앓았어요. 그러나 그 후부터 여행은 철도 위의 기차처럼 매끄럽게 달렸습니다. 한 달 반이 지난 지금은 계속 이대로, 평생 여행만 하면서 살고 싶네요. 지훈 씨와 함께 방랑자처럼. 우리가 그렇게 살 수 있을까요? 이제 일주일 남았습니다. 저는 다시 리스본을 음미하며 주제 사라마구와 페르난두 페소아에게 작별 인사를 할 생각입니다. 이제 곧 건강한 모습으로 만나요.

리스본에서, 지혜.

사라마구 안녕, 페소아 안녕

　내일이면 리스본을 떠난다. 오늘 사라마구와 페소아에게 작별 인사를 했다. 알파마지구에서 테주강 쪽으로 내려오다가 카자 두스 비쿠스 앞에 섰다. 다이아몬드 형태의 돌들이 벽면을 장식한 독특한 4층짜리 건물이었다. 건물 밖에 주제 사라마구의 사진이 걸려있지 않았다면 그의 기념관인지 쉽게 알 수 없었으리라. 며칠 전, 이곳에 와 기념관 2층에 전시된 그의 책들과 사진을 보며 감격했다. 한때 그의 수많은 작품으로부터 영향을 받았던 나였다.

　작별 인사는 그의 재가 뿌려진 올리브나무에 했다. 2010년에 사망한 후, 화장된 그의 재는 기념관 앞의 올리브나무 밑에 뿌려졌다. 올리브나무의 몸통이 사라마구의 삶처럼 뒤틀어져 있었다. 바닥에는 '주제 사라마구'라는 이름과 '1922-2010'이라고 쓰인 표시판이 있었다. 또한 '지구에 속해있다면 별로 가지 못한다'라는 포르투갈어도 보였다. 흐릿한 하늘 밑에서 싸늘한 바람이 불어오고 있었다. 리스본의 12월 말 날씨는 을씨년스러웠다.

나는 그가 노벨상을 받았다는 소식을 고등학교 3학년 때 들었다. 입시 때문에 바빴고 또 버지니아 울프의 작품에 빠져 영문과 진학을 목표로 했기에 유럽의 변방인 포르투갈의 작가에 대해서 별 관심이 없었다. 입시가 끝나고 나서, 처음으로 그의 작품 〈예수의 제2복음〉을 읽었다. 막달라 마리아를 예수의 연인으로 묘사하는 파격적인 작품이었는데 훗날, 가톨릭 국가인 포르투갈에서 문제가 생기자, 사라마구는 스페인의 카나리아 제도로 이주해서 살았다. 젊은 시절에 공산당 활동도 했던 그는 세상과 싸우는 뒤틀린 작가로 다가왔다.

그 후 나는 그를 잊었다. 나의 20대를 지배했던 작가는 버지니아 울프였다. 물론 내 문학 세계의 뿌리는 한국의 수많은 선배 작가들에게서 왔지만, 그 뿌리에 접목된 것은 버지니아 울프였다. 그녀의 작품은 모든 것이 불안하고, 모호했던 20대 시절의 나에게 묘한 매력으로 다가왔다. 내면의 심리를 의식의 흐름 기법으로 풀어가고, 알 듯 말 듯한 표현과 실험적인 형식으로 줄기차게 자기 세계를 개척한 그녀가 부러웠다. 그녀의 작품들을 필사하면서 나는 그녀를 닮아갔다. '너'와 '나'의 구분을 넘어서 자연 혹은 다른 차원의 세계에서 우리 모두 하나가 된다는 메시지가 가슴에 와닿았다.

내가 버지니아 울프에게서 벗어난 시기는 30대 초반이었다. 더 넓은 세계로 가고 싶었다. 마침 그 무렵부터 한국에서 주제 사라마구의 책들이 줄기차게 출간되고 있었다. 하염없이 이어지는 따옴표 없는 대화, 주인공이 시도 때도 없이 바뀌어서 누가 말하는지조차 헷갈리는 글은 늘 긴장하고 읽어야 했다. 처음엔 읽기 힘들었지만 나는 곧 그의 작품에 빠져들어 갔다.

가장 인상적이었던 소설은 〈눈먼 자들의 도시〉였다. 어느 날 갑자기 도시에 사는 모든 사람의 눈이 멀면서 기이한 사건들이 일어난다. 오로지 한 여자만 눈이 멀쩡한 것은 이해되지 않았지만, 작가는 그렇게 믿고 읽으라며 우직하게 밀고 나갔다. 허구임을 알면서도 나는 진짜 현실처럼 이야기 속으로 빨려 들어갔다. 그의 방식을 이른바 '환상적 사실주의'라고 한다. 〈눈뜬 자들의 도시〉도, 〈이름 없는 자들의 도시〉도 마찬가지였다. 그는 환상적 작품을 통해서 사회 비판도 했지만, 우리가 당연하게 알고 있는 현실과 사람들의 통념이 얼마나 허구적인가

가족인 줄 알았는데, 사람이었어

를 보여주었다. 자신과 똑같은 사람을 우연히 알게 되고 급기야 서로 다른 부인을 탐하는 〈도플갱어〉나 이베리아반도가 유럽 대륙으로부터 떨어져 나가는 가운데 벌어지는 인간들의 모습을 다룬 〈돌뗏목〉 등은 환상적이었지만 튼실한 리얼리즘적 묘사가 섞여서 몽롱하게 다가왔다. 또 다른 소설 〈카인〉은 완전한 환상이었지만 가톨릭 세계에 대한 비판을 드러냈다. 자기 동생 아벨을 죽인 죄로, 여호와로부터 추방당한 카인은 과거와 미래를 넘나들며 역사의 현장에 나타나 여호와의 계획에 차질을 빚게 한다. 마침내 노아의 방주에까지 타서 노아를 죽이고, 그 며느리들을 겁탈하고, 그 자손들을 다 죽인 후 여호와에게 끝까지 대적하겠다는 분노를 보여준다. 사라마구는 말년에 인터뷰에서 '그러다가 신의 분노를 사면 어떻게 하냐?'는 질문에 '신은 인간의 뇌 속에 형성된 것이기에, 자신이 죽으면 신도 사라지는 것'이라고 답하며 끝까지 자신의 길을 갔다. 이후 그는 그 작품을 출간한 후 1년 뒤 타계했다. 그는 흙으로 돌아갔을까, 지옥에 갔을까?

언젠가 인터뷰에서 내가 주제 사라마구로부터 영향을 받았다고 했더니, 이후 나의 작품도 환상적 사실주의라는 평을 들었다. 그러나 내 작품에는 주제 사라마구처럼 환상적인 사건이 없다. 다만 모호한 문체를 통해 환상적인 분위기를 만들어 갔다. 내가 쓴 소설 속에서는 사람과 사물들의 경계가 희미했지만 사실 그건 흉내였다. 하지만 세상은 독특한 문체와 개성을 가진 작가로 주목했다. 그때 어떤 평론가가 나를 아프게 비판했다. 자기 안에 고인 튼실한 경험과 가치관 없이 분위기만 살리는 문체로는 오래갈 수 없다고 했다. 맞는 말이었지만 아프고 야속했다. 30대 중반을 넘어서며 자신의 한계를 돌파하기 위한 실험과 도전으로 보아줄 수는 없었나? 하지만 올바른 비판이었다. 얕고 좁은 '사적 경험'이 바닥난 상태를 극복하려면 세상 속으로 뛰어 들어가 진솔한 경험을 했어야 하는데 나는 단지 '타인의 기법'을 통해 돌파한 셈이었다. 상처받은 나는 문단과 단절했고 사람들을 만나지 않았다. 그때 은둔하면서 만났던 이가 포르투갈의 시인, 페르난두 페소아였다. 그가 쓴《불안의 서》를 수없이 읽으며 나는 위로받았다. 페소아에게 가기 전, 올리브나무 밑에서 잠든 사라마구에게 작별 인사를 했다.

주제 사라마구 씨, 당신은 지구를 벗어나 어느 별로 갔나요? 당신은 도발적이고, 세상의 가치관을 뒤엎는 주제를 종종 다루었지만, 대부분 작품에는 사랑이 있었다는 것을 나는 알아요. 빈농의 자손으로 태어난 당신이 기득권 세력인 가톨릭과 정치 세력에게

가족인 줄 알았는데, 사람이었어

저항한 이유도 결국 소박하고, 사랑스럽게 살고자 하는 마음에서 왔을 겁니다. 당신에게는 거창한 공산주의가 어울리지 않아 보입니다. 당신이 20대 중반에 썼으나 사후에 출간된 리얼리즘적인 작품 〈스카이라이트〉에서 당신의 인생을 보았습니다. 집주인 실베스트르 노인은 '사랑'이라는 기초가 없으면 무엇이든 증오를 낳는다고 말합니다. 세 들어 사는 젊은 아벨은 그 말에는 동의하지만, 현재 기득권자들의 이야기와 같다면서 거부했지요. 아벨은 사랑을 기초로 삼는 날은 아직 오지 않았다고 외치며 차라리 비관주의적으로 자신의 길을 찾겠다고 외쳤습니다. 그리고 한동안은 무용한 인간으로 살아보겠다고 결심했지요. 그러나 당신의 작품에는 끝없이 사랑 이야기가 나옵니다. 저는 그 모습이 좋습니다. 주제 사라마구 씨, 안녕. 이제 저도 사랑하러 다시 길을 떠납니다.

사라마구 기념관에서 일단 바이샤지구로 와서 도라도레스 거리를 걸었다. 호시우광장에서 약 300m 떨어진 이 거리는 《불안의 서》에도 종종 등장한다. 고급 호텔, 레스토랑이 들어선 이 거리를 페소아도 많이 걸었다. 테주강을 향해 걷다가 그가 종종 드나들었던 카페, 마르티뉴 다 아르카다에 들렀다. 《불안의 서》에는 이 카페가 '철도가 연결되지 않는 작은 마을의 식당'이라고 적혀있지만, 지금은 관광객을 맞는 화려한 식당이 되었다. 페소아는 《불안의 서》 서문에서 자신이 이 레스토랑에서 베르나르두 소아레스를 만났다고 말했다. 소아레스는 자신이 어디로 가야 할지, 무엇을 해야 할지 모르는 채 방황한다. 그는 저녁이면 주로 세 든 방에서 글을 쓰며 시간을 보내는데 무언가를 목적으로 행동한 적이 없고, 친구도 없으며, 단 한 번도 사람들과 무리 지어 어울린 적이 없다. 소아레스가 유일하게 친밀한 관계를 맺은 사람은 우연히 레스토랑에서 만난 페소아 자신이라고 밝힌다.

사실 베르나르두 소아레스는 페르난두 페소아 본인이다. 소아레스는 페소아의 이명(異名), 즉 헤테로님(Heteronym)이다. 페소아는 어릴 때부터 '다른 이름'을 즐겨 썼다고 한다. 필명과 이명은 다르다. 필명은 작가 세계에서 쓰는 이름으로 일관되게 자신의 작품 앞에 붙는 이름이지만, 페소아는 이명을 써서 하나의 인격체를 만든 후, 그 허구적인 인물이 글을 쓰는 것으로 보이게 했다. 페소아의 이명은 일흔 개 가까이 된다. 그는 자신을 분열해 여러 인물을 만들었다. 이명의 존재들은 여러 기고문의 글에서 서로를 존경하고, 비판도 하며 현실 속의 인격체처럼 활동했다. 일기 형식의 《불안의 서》를 읽다 보면 소아레스와 페소아가 뒤섞여 다가온다. 그러나 늘 외롭던 소아레스와 달리 현실 속의 페소아는 은둔형외톨이가 아니었다.

가족인 줄 알았는데, 사람이었어

레스토랑으로 들어가니 그가 늘 앉던 자리에 책과 커피 잔이 놓여있었고 벽에는 그의 사진이 걸려있었다. 나는 그곳에 앉지 않았다. 정중한 실내보다는 자유로워 보이는 실외의 테이블에 앉아 샌드위치와 커피를 시켰다.

음식을 기다리는 동안 갖고 다니던 《불안의 서》를 꺼내서 읽었다. 주인공 소아레스는 이 식당의 테라스에서 가물거리는 자신의 인생을 바라봤다. 그는 모든 것이 헛되고 아득하다고 토로하면서도 희망을 불러냈다. 그의 글에는 어두운 면과 밝은 면이 교차했다. 한동안 고립된 생활을 하던 나는 소아레스의 슬픔과 체념을 보면서 위로를 받았다. 그러나 가끔 기쁨과 희망이 담긴 그의 글은 새처럼 내 머리를 툭툭 쪼아댔다. 그때마다 나는 고개를 들고 하늘을 쳐다보며 힘을 냈다.

점심을 먹는 동안 손님들은 거의 없었다. 싸늘한 오후였다. 페소아의 생은 짧았다. 1888년에 태어나 47년을 살고, 1935년에 죽은 그는 평생을 무명작가로 살았다. 그는 무역 회사에서 상업 통신문 번역가로 돈을 벌며 이곳저곳에 글을 발표했지만 미미한 존재였다. 그의 답답한 마음은 《불안의 서》에서 소아레스의 입을 통해 표현되고 있다. 소아레스는 '나는 시인이 되지 못할 것이다'라며 체념한다. 하지만 현실에서의 페소아는 부지런했다. 그는 밤늦게까지 카페에서 글을 쓰고, 술을 마시거나 사람들과 이야기를 나누었으며, 동료들과 함께 《오르페우》라는 문학잡지도 만들었다.

그후 《메시지》라는 시집이 콩쿠르에서 당선되었으나 명성을 얻지 못한 채 그 다음 해인 1935년, 마흔일곱 살의 나이에 죽고 만다. 그의 방에서 발견된 낡은 궤짝 안에는 어마어마한 원고가 들어있었다. 그리고 우연하게도 세상을 뜬 지 47년 만인 1982년에 《불안의 서》가 포르투갈에서 출간되었다. 그렇게 실패한 무명작가, 페르난두 페소아는 현재 포르투갈에서 가장 사랑받는 시인이 되었으니 이 무슨 묘한 일인가?

하늘을 보니 우중충했다. 비라도 올 것 같은 날씨였다. 나는 따스한 커피를 한 잔 더 시켰다. 구석 테이블에서 늦은 점심을 먹는 중년 커플만 보일 뿐, 을씨년스러운 바깥 테이블에는 손님이 없었다. 이곳에 앉아있으니 페소아가 바로 옆에 있는 것만 같았다. 그는 왜 죽어서 이토록 유명해졌을까? 지훈 씨가 이야기했던 헤테로토피아가 생각났다. 프랑스의 철학자 미셸 푸코가 말했다는 헤테로토피아는 현실 속에 존재하지 않는 유토피아와 달리, 실제로 현실 속에서 만날 수 있는 '다른 세계'다. 다만 그것은 감수성 있는 사람들만이 감지할 수 있는 은밀한 세계다. 어찌 보면 인간은 늘 헤테로토피아를 찾아다니는

가족인 줄 알았는데, 사람이었어

존재다. 그런데 페소아는 현실 속에서 다른 세계를 보는 정도가 아니라, 헤테로님을 쓰면서 자신을 '다른 인간'으로 만들어버린 후 다른 세계 속에서 살았다. 자기를 해체하고, 자기 안의 수많은 특성을 각각의 개별적 인물로 창조한 그의 스타일은 요즘 같은 포스트모던 세계에서 더욱 돋보인다. 그는 시대를 앞서간 사람이었다. 현대인은 파편화되고 있다. 거대 담론과 이데올로기가 무너졌고 현대인은 성 정체성이든, 사회적 정체성이든, 개인적 주체성이든 파괴되고 해체된다.

페소아가 살았던 포르투갈의 1920년대, 1930년대도 그런 상황이었다. 거의 무정부 상태라 할 정도로 정권이 수시로 교체되었다. 19세기 말, 페소아가 태어나던 무렵 포르투갈은 자본주의가 발전하면서 빈부격차가 심해지자 사회주의, 공산주의에 대한 열망이 중하위 계층을 휩쓸었다. 결국 1908년에 군대의 장교들이 쿠데타를 일으켰지만 실패했다. 그 후 왕과 그 아들이 다음 달에 암살당하고 1910년 10월 5일, 장교들에 의해 공화국이 선포되었다. 그후 연합국에 가담해 제1차 세계대전을 치르면서 재정은 더욱 엉망이 되었고 수시로 정권이 교체되었다. 20대와 30대를 이런 혼란 속에서 보낸 페소아에게 노동자, 민주주의, 인권 같은 말보다는 안정, 경제 성장 같은 말이 더 절실하게 다가왔을 것이다. 그는 고통받는 자는 홀로 아프다며, 집단으로 몰려다니는 노동자들의 시위를 보면 구역질이 난다고 했고, 사람들이 '당신은 사장에게 착취당하고 있다'는 식으로 말하면 자신은 '세상이 어차피 자본가나 신에게 착취당하는 구조라면, 마음씨 좋은 사장에게 착취당하는 것이 덜 비참하다'는 식으로 소아레스의 입을 통해서 말했다.

이런 혼란 끝에 재무장관이었던 살라자르가 1932년 총리가 되면서 1968년까지 강력한 독재정치로 사회질서를 유지한다. 첩보 기관은 공포를 조성하며 탄압했으나 경제는 좋아지기 시작했다. 현재 페소아의 정치의식을 비판하는 사람들도 있지만, 그는 그 시절 자기 경험에서 나온 생각을 솔직하게 보여주었을 뿐이다. 페소아는 살라자르 정권 출범 후, 3년 만에 죽었기에 그의 정치의식은 거기서 멈췄다. 반면에 주제 사라마구는 젊은 시절을 살라자르 독재 정권 밑에서 살았다. 당연히 그는 독재 정권과 그와 결탁한 가톨릭 주류 세력에 대해 끝없이 저항했다. 사라마구의 삶과 글에 분명한 저항 의식과 메시지가 담긴 이유다. 반면에 페소아의 글은 그의 혼란스러운 시대처럼 체계가 없고 방향이 모호하며 분명한 해답도 없었다. 다만 끊임없이 다른 세계를 기웃거린 그의 글은 늘 작은 모험이고 탈출이었다.

결국 모든 것은 시대의 영향을 받는다. 그렇다면 나는 어디에 있고, 어디로 가는가? 물질적 풍요를 누리지만 생존이 버겁고, 끈끈한 가족이 해체되고 있다. 가족 간의 정도 사라지고 서로 의존하면 버거운 시대다. 자살률은 점점 높아지고 있다. 사람들은 온갖 정치적 주장과 선동에 휘둘리고 물질적 유혹에 굴복한다. 핵개인으로서의 자유를 즐기지만 고독 속에서 불안하다. 가치관과 이념도 표류한다. 인공지능도 대두되고 있다.

도대체 이 세상은 어디로 가는가? 이제 나도 몇 년 후에는 페소아가 죽었던 나이가 된다. 그런데 나는 길을 잃었다. 이제 한국으로 돌아가면 좁은 방, 단조로운 일상이 기다린다. 그런대로 견디겠지만 언니와의 서먹한 분위기 때문에 가슴이 답답하다. 세상에 홀로 남은 느낌. 어머니가 돌아가신 후, 혼자 살았던 아버지의 마음이 이랬을까? 이 허전함을 안고 살던 아버지는 결혼하지 않은 40대 초반의 딸에게 한 마디 했다가 열 마디의 말을 들은 후, 그다음 날 세상을 떴다. 다시 눈물이 솟구쳤다. 나는 숨을 크게 들이마시며 참았다.

페소아는 《불안의 서》에서 "어떤 이는 큰 꿈을 품고 살다가 그 꿈을 잃어버린다. 어떤 이는 꿈 없이 살다가 역시나 그 꿈을 잃어버린다"라고 말한다. 아내를 잃고, 홀로 살며 딸을 걱정하다가 홀로, 갑자기 가슴을 부여잡고 세상을 뜬 아버지의 꿈은 무엇이었을까? 나는 또 어떤 인간인가? 우리 모두 꿈을 잃은 존재인가? 간신히 참고 있던 눈물이 주르륵 흘러내렸다.

그가 자주 드나들었다는 카페, 아 브라질레이라로 향했다. 시아두지구에 있는 이 카페는 관광객들이 많이 오는 곳으로 카페 밖에 중절모를 쓴 페소아의 동상이 있었다. 사람들은 그 옆자리에 앉아서 사진을 찍지만, 사실 이곳은 페소아가 들렀던 카페가 아니다. 그와 친구들이 자주 들른 곳은 호시우광장에 있는 분점이었는데 지금은 사라졌다고 한다. 시아두에 있는 본점은 페소아가 들르다 발길을 끊은 곳인데 동상을 만드는 바람에 이곳은 사람들의 관광 코스가 되었다. 100년의 세월 속에서 세상은 계속 변한다.

카페에 앉아있는 동안 날씨는 여전히 음산했다. 희끄무레한 하늘을 바라보며 커피를 마셨다. 페소아의 동상 옆이 허전해 보였다. 여름 같으면 손님들이 북적거릴 텐데 밖에 앉은 이들은 몇 명뿐이었다. 페소아가 자신을 찾아오는 여행자들을 보았다면 아마도 싫어했을 것이다. 그는 여행을 싫어했다. 상상력이 없는 사람이나 여행을 한다고 조롱했다. 세계에서 볼 수 있는 모든 것은 도라도레스거리와 대서양 연안과 리스본 시내에서 다 볼 수 있다고 말했다. 틀린 말은 아니지만 나는 그의 빈

　　　　　　가족인 줄 알았는데, 사람이었어

곤을 떠올렸다. 그는 세계 여행을 다닐만한 돈이 없었을 것이다. 그 초라함을 감추기 위해 허세를 피운 것은 아닐까? 하지만 그는 여행의 본질을 본 시인으로서 이런 말을 했다.

"존재 자체가 여행이다. 나는 하루하루 내 몸이라는 운명의 기차를 타고 각기 다른 역으로 향한다. 또는 거리와 광장에서 마주하는 이들의 얼굴에서 얼굴로 여행한다."

그는 여행을 떠나지 않은 채, 주변 현실을 소재로 늘 삶의 본질을 꿰뚫어 보는 글을 썼다. 그는 좀처럼 작품을 마무리 짓지 못했다고 한다. 근대의 소설 형식에 맞춰서 이야기를 길게 만드는 것을 싫어했던 것 같다.

이제 그를 떠날 시간이 다가오고 있다. 상처받고 힘들어하던 시절에 위로와 희망을 주었던 페소아 씨, 안녕. 마흔일곱 살에 무명작가로 삶을 마쳤지만 이제 포르투갈에서 가장 사랑받는 시인이 된 당신, 자식의 성공을 기대하는 아버지처럼 미래의 성공에 대한 상상으로 현재를 기쁘게 만들었던 당신의 글은 나를 다시 꿈꾸게 합니다. 우리에게 꿈이 없다면 이 삶을 어떻게 살겠어요? 꿈이 희미해졌지만, 다시 꿈꾸어 보겠습니다.

나는 페소아의 동상 옆에 가서 그의 머리를 살그머니 껴안고 셀카를 찍었다. 그리고 그의 볼에 키스했다. 멀리 앉아서 나를 보던 어느 포르투갈 남자가 씩 웃으며 손을 흔들었다.

정상이 무엇이지?

　방콕으로 오니 1월 말이었다. 아침과 저녁은 선선했지만 낮은 뜨거웠다. 내가 묵은 카오산로드의 게스트 하우스는 좁았다. 10여 년 전 왔을 때는 좋았던 곳이 이제는 답답하게 보였다. 그래도 여기만큼 여행자에게 편한 곳은 없었다. 외국 여행자를 위한 저렴한 숙소와 식당, 카페, 여행사들이 수없이 들어서 있었다. 그 거리의 카페에 앉아 땡모반 한 잔을 마시며 거리를 물끄러미 바라보았다. 코끼리 문양이 잔뜩 그려진 헐렁한 바지를 입고 히피 차림으로 큰 배낭을 멘, 세계 각지에서 온 여행자들이 오가고 있었다. 한국말도 많이 들려왔다.

　나는 한때 프랑스의 철학자, 들뢰즈가 널리 퍼트린 노마디즘, 그러니까 유목주의에 심취했다. 그들은 세상을 리좀

　　　　　　　　　　가족인 줄 알았는데, 사람이었어

(rhizome)이 뻗어나가는 장으로 보았다. 리좀은 원래 가지가 흙에 닿아서 뿌리로 변하는 식물을 말하는데 그들은 리좀이란 단어를 은유적으로 사용했다. 뿌리와 가지와 줄기가 분명히 구별되는 과거와 달리 이제는 각 개인들이 고구마 줄기처럼 사방팔방으로 뻗어나가는 시대가 되었다는 것이다. 어딜 가서 살든, 무엇을 하든 자신이 중심이 되고 기존의 관계는 해체되는 이 시대에 많은 젊은이들이 직장을 쉽게 그만두고, 현재를 즐기며 가족에서도 벗어나기 시작했다. 나도 그런 분위기에 휩쓸렸다. 정착지와 관계를 벗어나 자유롭게 방랑하는 이미지는 30대 시절에 꽤 매력적이었다. 나도 한때 그런 여행을 했고 노마디즘을 박사학위논문 주제로 생각했지만 실패했다.

그러나 내 생활이 궁핍해지기 시작하자 모든 게 변했다. 현실은 유목민에게 낭만이 아니라 처절한 전쟁터였다. 유목민들은 풀을 찾지 못하면 사막에서 죽는다. 물론 일부 상류층과 능력 있는 프리랜서들은 폼 나게 살지만 대부분 유목민은 고단하다. 지금 이 거리에서 잠시 유목의 시간을 즐기는 저들도 항상 방랑하면서 살 수는 없다. 또한 노마디즘을 연구하고, 퍼트린 학자들의 삶은 전혀 유목적이지 않았다. 그들은 대학이란 장소에 달라붙어 굳건하게 자신의 자리를 지키는 정체성이 분명한 사람들이었다. 그들에게 노마디즘은 삶이 아니라 관념이었고 철학적, 사회학적 연구 대상이었다. 하지만 이제 40대 후반이 된 나에게 유목은 낭만이 아니라 처절한 생존의 현장이 되었다.

방콕으로 오기 전, 치앙마이에서 진에게 물었다.

"가이드북 쓰는 것 힘들지 않나?"

"일이니까 하지. 벌써 20년째야, 하하. 복잡하게 생각 안 해. 돈 벌어야 하잖아. 아팃과 마무앙은 잘 있나?"

"응, 잘 있어. 둘 사이는 괜찮은 것 같았는데 아팃 어머니의 안색이 안 좋은 것 같았어."

"아무리 동성애에 관대한 태국이라 해도 자기 아들이 남자와 사는 모습이 보기 좋겠어? 손주도 보지 못할 텐데. 그래도 어떻게 해. 홀어머니가 자식에게 의지해 살자니 그렇게라도 사는 것 같아."

20년 정도를 밖에서 살며 수많은 문화권을 접한 그는 이 세상에 절대적 기준은 없는 것 같다고 말했다. 예전 같으면 그의 이야기에 흔쾌히 동조했겠지만 요즘 와서 생각이 좀 바뀐 나는 망설이다가 한마디 했다.

"그런데 세상의 질서를 무시할 수는 없을 것 같아…. 아무리 낮과 밤의 경계선에 걸친 모호한 '개와 늑대의 시간'이 있다 해

가족인 줄 알았는데, 사람이었어

도 낮과 밤은 분명히 존재하잖아."

"하지만 이 세상에 절대적인 것은 없다고 생각해. 아릿과 마무앙처럼 그렇게 될 수밖에 없는 인간들은 인정해야지."

"그건 나도 동의해. 하지만 낮과 밤이 있듯이 남녀는 구별된다고 봐."

진은 한동안 침묵을 지키다가 말했다.

"그런데 낮과 밤이라는 것도 이 지구에서의 현상 아닌가? 지구 밖으로 나가면 우주에는 컴컴한 어둠만 펼쳐지잖아. 그러니까 분명한 낮과 밤의 구분도 우리 환경에서 오는 것 아닌가?"

"그러니까, 모든 건 상대적이라는 거지?"

"그렇지. 자연조차 그런데 성별이니, 문화니, 관습 같은 것들은 다 일시적이고 상대적인 것 아닐까?"

나는 잠시 할 말을 잃었다. 윙윙거리는 에어컨 소리만 귓가에 들리고 있었다.

"그렇지만… 우리는 낮과 밤이 분명한 지구에서 사는 거지, 캄캄한 암흑 속의 우주에서 사는 것은 아니잖아? 그러니까, 그동안 이 환경 속에서 형성된 질서나 법칙도 소중하다는 이야기지."

"하지만 동성애도 지구 안에서, 우리에게서 일어난 것이니까 인정해 줄 수 있는 거잖아?"

"아니, 내 말은… 자연스럽게 생긴 동성애와 달리, 요즘 미국 같은 데서 보듯이 자기 마음대로 성 정체성을 결정하고 수술하는 행위는 좀 너무 나간 것 같다는 생각이 들어."

진은 아무 말 없이 한동안 생각에 잠겨있었다. 내가 말을 이었다.

"이렇게 표현하면 어떨까? '한계 속에서의 법칙과 질서'를 존중하되 '한계 밖의 현실'도 인정한다…."

내 말을 들은 진은 눈을 감은 채 계속 침묵을 지키다가 한참만에 입을 열었다.

"그러니까 체제 속에서의 질서를 존중하고, 그 밖의 것도 인정한다? 절충형이네, 하하. 네가 이렇게 변하다니. 너 학창 시절에 상당히 진보적인 것 같았는데 이제는 보수적으로 보여."

"나 이제 진보니, 보수니 그런 관점에서 벗어났어. 다만 내 삶의 현실을 있는 그대로 보면서 계속 고민할 뿐이지. 옛날에는 중심에 있는 딱딱한 가치와 권위가 우리를 숨 막히게 했다면, 요즘 세상은 모든 게 다 무너진 것 같아서 혼란스러워. 과거에 보지 못했던 끔찍한 사건들, 방종한 인간들의 행태를 보면 무서워. 전부 다 상대적이라고 생각하면, 결국 모든 금기가 무너지고, 윤리도 사라지고… 그 파편화된 세계에서 남는 것은 인간의 오만한 에고와 거칠 것 없는 욕망 그리고 권력과 힘인

가족인 줄 알았는데, 사람이었어

것 같아. 우리가 지금 사회에서 목격하잖아. 토막 살인을 하고, 부모와 자식이 서로 죽이고, 양심을 속이고 온갖 거짓말을 하는 행태들…. 나는 과거의 권력이나 독재보다도 현재 우리 눈앞에서 일어나고 있는 인간성의 파괴가 더 무섭게 다가와. 가해자가 오히려 떵떵거리고 피해자는 보호받지 못하는 상황도 기가 막혀. 그래서 오랜 세월 동안 유지된 법칙과 질서는 존중받을 만한 가치가 있다고 생각하게 된 거야."

"그런데 그 법칙과 질서란 것도 결국 환경에 따라 바뀌잖아. 결국 상대주의 아닌가? 우리 학창 시절에 많이 이야기했지만, 하부구조인 물질적 토대의 변화에 맞춰 상부구조인 정치나 제도 그리고 사람의 인식이 바뀌는 건 분명한 현실인 것 같은데."

"글쎄, 일리는 있지만… 베버가 이야기했듯이 갈림길에서 기차의 방향을 틀게 하는 것은 전철수잖아."

"전철수가 뭐지? 난 그런 이야기 처음 들어보는데, 하하. 학부 출신이랑 박사 수업을 받은 사람이 차이가 나네."

"아, 어려운 이야기 아니야. 전철수는 철도가 갈라지는 곳에서 기차가 오기 전에 철도를 조작하는 사람이야. 그러니까 물리적 법칙에 의해서 기차는 철도 위를 달리지만, 갈림길에서 전철수가 철도를 다른 철도에 연결하면 기차는 그 철도를 타고 달린다는 거야. 즉 전철수의 역할을 하는 것이 '관념'이라는 거지. 프랑스 대혁명도 빈곤 때문에 일어난 게 아니야. 그 시절 프랑스는 다른 국가들에 비해서 그리 열악한 상황이 아니었어. 다만 계몽주의자들, 지식인들이 자신들의 사상을 널리 퍼트리는 가운데 사람들의 자유, 평등 의식이 깨어나면서 혁명이 일어난 거지. 요즘 인터넷을 통해서 온갖 썰, 거짓말, 선동이 퍼져나가듯이, 그 시절에는 카페나 살롱, 거리의 신문 판매대에서 소문이 퍼져나갔어. 즉 계몽주의자들이 전철수 역할을 한 거야. 그 후 자본주의 발전에서도 개신교 칼뱅 교도의 관념이 전철수 역할을 했잖아. 그런 것 같지 않아? 기독교나 불교도 물질적 환경에서 나온 게 아니라, 특출한 인간이 빛처럼 출현하면서 그들의 가르침이 인류 역사를 바꿨잖아?"

"글쎄, 생각이 복잡해지네…. 그 관념이나 정신의 변화도 결국 물질적 변화에서 온 것으로 나는 생각하는데…."

"그런 부분도 있지만 그게 다는 아닌 것 같아. 레닌의 공산주의 혁명도 그랬잖아. 그 시절 러시아의 공산주의 혁명에서 프롤레타리아보다 레닌을 비롯한 지식인들이 큰 역할을 했잖아. 러시아 노동자들의 힘을 인텔리겐치아들이 이용한 거지."

우리의 대화는 잠시 끊어졌다. 진과 이런 이야기를 해보는 것은 오랜만이었다. 학창 시절 수많은 주제를 갖고 토론하던 20여 년 전의 시간이 떠올랐다. 나는 한참 후에 입을 열었다.

　　　　　　　가족인 줄 알았는데, 사람이었어

"아툿과 마무앙처럼 생물학적으로 성적 성향이 그렇다면 인정해야겠지만… 누구나 스스로가 성을 선택할 수 있는 권리가 있다면서 쉽게 수술하는 모습은 경박하고 오만해 보여. 물론 동성애자들이나, 결혼하지 않은 사람들, 자식 없는 사람들을 비정상이라고 깔보고 억압하는 것도 싫어. 알고 보면 다 사정이 있을 텐데. 반대로 비혼이나 무자식으로 살면 더 행복하다고 주장하는 모습도 탐탁지 않아. 직장을 때려치우고 유목민으로 살면 더 행복하다는 주장도 동조하기 싫고, 반대로 그걸 너무 비난하는 것도 싫어. 나는 어떤 길을 택했든 겸손하고 성실하게 살아가는 모습이 보기 좋아. 조용히, 착하게 살아가는 아툿과 마무앙 같은 사람들도 존중해 주고 싶고, 사회의 질서와 전통 속에서 열심히 살아가는 사람들도 보기 좋다는 거지."

진은 고개를 끄덕이며 나의 말에 수긍하는 표정을 짓다가 입을 열었다.

"어쨌든 우리는 모두 같은 생명이니까 우선 그걸 존중해야 한다고 생각해. 또 환경과 생각도 바뀌니까 유연성도 필요한 것 같아. 그런데 그리스시대에도 동성애는 많았잖아. 아테네건 스파르타건. 나이 든 사내들이 미소년을 애인으로 삼는 행위도 많았고… 또 신전의 여사제들은 매춘을 했잖아. 고대건, 현대건, 사실 깊이 들어가면 온갖 이야기가 나올 것 같다. 우리도 사회학 배웠지만 이론과 사례들이 얼마나 많아?"

"그래, 인간들이 참 묘해. 또 요즘에는 인공지능까지 나와서 미래 인간의 정체성도 모호해지는 것 같아⋯. 그런데 너는 집에서 결혼하라는 소리 안 하나?"

"종종 들었는데 요즘은 덜해. 뭐 만날 이렇게 돌아다니는 사람이랑 누가 결혼하겠어? 돈을 많이 번 것도 아닌데. 나는 이번 생은 이렇게 살다가 갈 거야. 내 삶이 나를 이렇게 만들었어. 결혼이나, 한 사람에게 얽매이는 것은 갑갑해서 못 살 것 같아⋯. 너는 어떠냐?"

"나는 할 수만 있다면 결혼하고 싶어. 하지만 그럴 형편이 안돼."

진은 한동안 침묵을 지키다가 한숨을 내쉬며 말했다.

"우리도 과거의 정상적인 관점에서 보면 비정상이지. 40대 후반에 가정이 없으니."

"요즘 내 주변에 싱글들 많아. 결혼해도 애 낳지 않고. 점점 핵개인화되고 있어. 이런 사람들이 많아지면 그것도 정상이 되는 거 아닌가?"

"하긴⋯ 근데 정상이 뭐고, 비정상이 뭐지?"

진의 물음에 나는 대답이 궁했다.

"나도 몰라. 깊이 들어가면 골치 아파. 모든 게 상대적인 것

　　　　　　　　가족인 줄 알았는데, 사람이었어

같지만, 뭔가 절대적 기준이 내 안에 있으면 좋겠다는 마음도 갖고 있어. 하지만 아직은 오리무중이다. 어쨌든 덕분에 여행 잘했다. 이렇게 다른 나라에 와서 오랫동안 마음 편하게 보낸 휴가는 처음이다."

떠날 시간이 다가오니 한국에서의 현실이 눈앞에 어른거렸다. 어머니는 잘 계실까? 어머니는 형네 가족 같고, 형네 가족은 멀리 떨어진 기분이 든다. 나와 지혜는 어떤 관계이며 앞으로 어떻게 변할까? '우주적인 질서'와 지구의 한 부분에서 형성된 '한계 속의 질서'와 계속 해체되고 분열하고 있는 '인간세계'라는 세 가지 차원 속에서 나는 어떤 태도를 취하고 또 균형을 잡아야 하나? 다양성은 존중해야 하지만 초월적인 가치, 이데아의 세계란 없는 것일까? 내 머릿속에서는 온갖 생각들이 행진했다. 그리고 그럴수록 지혜가 그리워졌다.

우리는

전진한다

우리는 삶의 목적을 알고 태어나지 않는다. 갑작스럽게 이 세상에 내던져진 상태에서 버둥거리며 대세에 휩쓸려 살아간다. 하지만 세상의 가치 기준과 관습이 분열되면 대세도 사라지고 각자의 삶은 뿔뿔이 표류한다. 가족마저 해체되면 더욱 갈 길을 잃는다. 그래도 살아있는 생명은 꿈틀거리며 전진해야 한다. 어느 방향으로든 가야 한다. 그것이 삶이다.

우리 함께 살까?

　지혜가 인천공항에 도착할 무렵, 흩날리던 눈발은 하늘이 안 보일 정도로 굵어졌다. 문득 그녀는 한 달 전, 인천공항에 도착했을 때의 쓸쓸함을 떠올렸다. 아무도 반겨주는 이가 없었다. 공항에서 나오니 하늘에서 홀로 뚝 떨어진 것만 같았다. 버스 안에서 눈이 쌓여가던 거리를 바라보던 지혜는 자신과 이 세상을 연결해 주던 끈이 툭 끊어졌음을 절감했다. 아버지가 돌아가신 후의 변화였다. 그녀는 돌아오는 지훈에게 그런 감정을 맛보게 하고 싶지 않았다. 마중 나간다는 소리를 하지 않은 채 공항에 온 지혜는 라운지에서 커피를 마시며 자신들의 관계를 곰곰이 생각했다. 지금 나에게서 지훈 씨를 떼어낸다면? 아, 상상도 하기 싫다. 이제 지훈 씨는 언니와 조카들보다도 나에게 더 가까운 사람이다. 지혜는 쓸쓸한 미소를 지으며 공항 창밖을 바라보았다.

한참 후, 방콕에서 출발한 비행기가 도착했다는 안내문이 전광판에 떴다. 지혜는 출구 앞으로 가서 지훈을 기다렸다. 한참 만에 그가 나타났다. 구부정한 모습으로 걸어 나오는 키 큰 지훈의 어깨 위에 외로움이 웅크리고 있었다. 이 세상에 정을 주지 않겠다는 듯이 그는 허공을 응시하며 걸어 나왔다. 그는 빠져나오자마자 허리를 굽히고 캐리어에 붙은 수하물 태그를 떼어냈다.

"그 태그는 왜 떼어내요?"

지혜의 말에 지훈은 깜짝 놀라며 고개를 들었다.

"아니, 공항에 웬일이에요? 나온다는 말도 없이?"

"네, 난생처음 누군가를 마중하기 위해 공항에 나왔어요."

"나도 누군가 마중 나온 것은 평생 처음입니다. 고마워요."

지혜는 지훈에게 파카를 건네주었다.

"날씨가 꽤 추워요."

"웬 파카예요?"

"하나 샀어요. 지금 추우니까."

11월 초에 떠났던 지훈이 돌아왔을 때는 한파가 몰아닥친 1월 말이었다. 밝은 색깔의 파카를 입으니, 그의 얼굴이 훤해 보였다. 난생처음, 여자가 준 선물을 받은 지훈은 말없이 고개를 수 그렸다. 그는 뭐라 말해야 한다고 생각했지만 입을 열 수 없었 다. 잠시 침묵이 흘렀다.

"벌써 5시인데 라면이라도 먹을까요? 집에 가서 저녁은 다 시 먹고."

지혜가 말했고 지훈은 고개를 끄덕였다. 그들은 식당으로 향했고 그곳에서 지혜는 소주를 한 병 주문하려다가 멈추었다.

"아, 미안해요. 간 수술한 분에게… 내 생각만 하고. 몸은 어 때요?"

"지혜 씨는 마셔요. 난 괜찮아요."

"그건 예의가 아니지요. 그런데 아까 왜 들어오자마자 태그 를 떼었어요?"

"아, 그건… 외국에 다녀왔다는 티를 내지 않기 위해서지요."

지훈은 외국 여행을 한 번도 하지 못한 편의점 주인을 떠올 렸다. 지혜는 새삼 무뚝뚝한 지훈의 가슴에 숨겨진 세심한 배 려심을 보았다.

리무진 버스를 타자 지훈은 '집'으로 돌아왔다는 포근한 기 분에 젖어 들었다. 지혜가 지훈의 손을 살며시 잡았다. 그는 잡 힌 손을 빼고 지혜의 작은 손을 다시 꼭 잡았다. 그때 지혜가 속삭였다.

"오늘 우리 집으로 가요."

우리…. 지훈은 지혜의 부드러운 말을 들으며 가슴이 뭉클했다. 한국인들은 혼자 살아도 '내 집'이라고 말하지 않고 '우리 집'이라고 한다. 하지만 지금은 정말 '지혜와 자신의 집'이 있는 것처럼 느껴졌다.

집으로 온 그들은 거칠게 서로의 몸을 탐했다. 격렬한 섹스 중에 지훈이 숨을 몰아쉬며 말했다.

"보고 싶었어."

"나도."

그들은 처음으로 서로 말을 놓았다. 3개월간의 이별이 그들을 더욱 간절하게 만들었다. 입술과 뺨과 부드러운 가슴과 허벅지가 뒤섞이면서 분리된 그들이 사라졌다. 새들의 지저귐처럼, 계곡의 물처럼, 바람처럼 그들의 육체는 섞였고 정신은 하나가 되었다. 황홀한 시간이 지난 후, 적막해졌다. 창밖은 이미 어두워져 있었다. 누군가 계단을 올라오고 있었다. 벌거벗은 그들은 잠시 긴장했지만 발걸음 소리는 작아졌고 잠시 후, 초인종 소리가 들려왔다. 윗집이었다. 쿵, 문을 닫는 소리가 들렸고 타박타박, 발걸음 소리가 멀어졌다. 누군가 배달을 시킨 것 같았다. 지혜는 냉장고 문을 열고 맥주를 꺼냈다.

"난 술 못 마시는데…."

가족인 줄 알았는데, 사람이었어

"무알코올 맥주야."

속삭이는 듯한 그녀의 반말에 지훈은 대답 대신 그녀를 끌어안았다.

"보고 싶었어."

"나도."

그들은 아까처럼 똑같은 말을 반복하며 서로의 입술을 찾았다. 그리고 깊은 키스가 끝난 후, 술을 마시기 시작했다.

"춥네. 태국에 있다가 오니 더 춥게 느껴지는 것 같아."

지훈이 옷을 주워 입었다. 1월 마지막 주, 설을 앞둔 날이었다.

"포르투갈은 춥지 않았어?"

"가을 날씨야. 여행하기 좋았어."

"태국은 날씨가 더우니까 느긋했는데 추운 한국에 오니 정신이 번쩍 드네. 여행기는 잘 쓸 것 같아?"

"응, 돌아와서 한 달 동안 꽤 많이 썼어. 소설보다 쉬워."

"이미 얘기한 대로 나는 가이드북 포기했어."

"잘했어. 자기가 싫으면 안 하는 거지."

지훈은 긴 이야기를 하고 싶지 않았다. 지나간 것은 지나간 것일 뿐. 창문이 겨울바람에 덜컹거렸다. 지훈은 마주 앉아 지혜의 그윽한 눈빛을 바라보았다. 갑자기 슬픔이 밀려왔다. 가진 것 없는 누추한 40대의 삶. 그는 혼자 있을 때보다 지혜를 보면 더 그런 생각이 들었다. 그의 쓸쓸한 눈빛을 본 지혜는 일어나 그의 뒤에 섰다. 지혜가 지훈의 머리를 감싸 안자 봉긋한 그녀의 가슴이 그의 뒤통수를 지그시 눌러왔다.

"다시 생각 많은 알베르토 씨가 되네요, 하하. 지훈 씨, 너무 걱정하지 마요. 여행하면서 많은 생각을 했어. 삶은 정말 꿈같은 이야기라고. 그러니 너무 심각하지 말자고요."

지혜의 말에 다시 경어체가 섞였다. 서로 부둥켜안았을 때는 하나가 된 것 같더니 겨울 찬바람이 가로막자, 그들은 다시 멀어지고 있었다. 그 거리감을 없애려고 지훈은 어색해도 반말을 계속했다.

"그래, 용감하게 살아야지…. 그런데 나, 파이에서 남자 둘이 사는 것을 보았어. 남자끼리 부부야. 둘 중 한 친구의 어머니도 함께 사는데 묘하더라고."

"법적으로도 인정받았나?"

"그건 모르겠어, 그런데 어머니의 얼굴에는 늘 수심이 끼어 있었어."

"앞으로 그런 사람들이 한국에서도 늘어날 것 같아. 지훈 씨… 내가 보낸 이메일 생각나? 비록 시원치 않아도 비바람 피하는 가건물이라도 짓고 사는 것이 좋지 않냐는 질문…."

지훈은 잠시 시선을 돌렸다. 창문에서 한기가 스며들고 있

가족인 줄 알았는데, 사람이었어

었다. 을씨년스러웠다. 한동안 맴돌던 정적을 깨고 지훈이 입을 열었다.

"많이 생각했지…. 아직 답을 못 냈고 계속 생각해 볼 문제지만…."

"나중에 결정이 나면 우리 집으로 와. 나는 허락받을 사람도 없으니까. 지훈 씨도 마찬가지 아닌가? 우린 모두 외로운 핵개인이잖아. 함께 살면 이 추운 겨울밤도 덜 외롭게 느껴질걸."

충동적인 지혜는 쉽게 결단을 내렸지만 생각 많은 지훈은 머뭇거렸다. 잠시 후 그들은 동네 고깃집으로 갔다. 지훈은 콜라를 마셨고 지혜는 소맥을 마셨다.

"미안해, 나 혼자 술 마셔서. 하지만 참을 수가 없어."

지훈은 술에 대한 욕심이 별로 없었다. 다만 밝게 웃는 지혜의 모습이 보기 좋았다. 삶에서 행복이란 이런 것이 아닌가? 좋아하는 사람과 함께 먹고, 마시고, 웃는 것. 어차피 이제 곧 지는 인생인데 망설일 이유가 없지 않은가? 골똘히 생각하는 지훈을 보며 지혜가 말했다.

"지훈 씨는 생각이 너무 많아. 우선 건배, 건배!"

지훈은 거침없는 지혜가 좋았다.

환상적 사실주의를 넘어
리얼리즘적 판타지를 향해

　지혜는 여행기 쓰는 것이 어렵지 않았다. 출판사에서 제시하는 틀에 맞추거나 자기 검열에 빠지면 글이 나가지 않는데 그런 것은 전혀 없었다. 포르투갈 여행 자체가 즐거웠고 그녀의 문학에 영향을 준 작가들에 대해 쓰다 보니 글이 줄줄 나왔다. 다만 소설이 문제였다. 그리고 언니네와 멀어진 데서 오는 소외감이 그녀의 가슴에 짙게 배어있었다. 이번 설에도 언니가 오라고 했지만 지혜는 가지 않았다. 예전과 달리 객식구가 되는 기분이 들었다. 설날 아침에 지훈과 함께 떡국을 먹었지만 그는 가족이 아니었다.

　지혜는 자신의 과거를 점검하기 시작했다. 우선 20대에 푹 빠졌던 버지니아 울프의 책들을 다시 읽었다. 그녀의 글은 여전히 읽기 쉽지 않았다. 그러나 차분하게 읽으면서 지혜는 점점 그녀의 세계로 빨려 들어갔다. 묘사를 통해 전달되는 작품들은 한 폭의 그림 같았다. 〈등대로〉는 특히 그림 같은 소설이었다. 정원에서 꽃, 나비, 벌, 나뭇잎의 흔들림, 하늘에 펼쳐진 구름을 구경하는 기분이 들었다. 지혜는 소설의 1부보다도 2부의 폐허가 된 별장을 묘사하는 부분에서 더 감동했다. 특히 어둠이 열쇠 구멍과 갈라진 틈새로 살금살금 기어들어 침실로 들어간 후, 모든 것을 하나씩 삼켜버리는 묘사를 읽으며 지혜는 감탄했다. 울프의 분신 같은 여성 화가인 릴리의 내면 의식에 비친 사물과 풍경은 다른 세계로 탄생했다.

지혜는 20대 때 울프를 모방해서 그런 방식으로 글을 썼다. 〈댈러웨이 부인〉, 〈올랜도〉 등도 좋아했지만, 그녀가 가장 좋아하는 울프의 작품은 〈파도〉였다. 버지니아 울프가 약 50세에 발표한 이 소설은 독특하게 간주(interlude)로 불리는 부분이 가장 감미로웠다. 태양이 뜨면서부터 지기까지의 단계를 아홉 개로 나누어 소설 중간에 삽입했는데 묘사가 매우 황홀했다. 반면에 인간사의 일들은 흐릿했다. 현실에 존재하는 사람들은 유령처럼 등장하고 시간의 마디는 있지만 분명하지 않았다. 인물들의 구분도 확연치 않아서 정신을 바짝 차려야 누가 말을 하고 있는지 알 수 있었다.

울프는 '우리 모두 파도 속에 있다'며, 파도처럼 부서지는 존재 속에서 거대한 세계를 엿보다가, 외투에 돌을 집어넣고 스스로 강물로 걸어 들어갔다. 지혜는 울프의 생애를 생각하며 한숨을 쉬었다. 돈에 초연할 것 같은 버지니아 울프도《자기만의 방》에서 '소설은 상상력에 의한 작업이지만, 네 귀퉁이가 삶에 부착된 거미집 같다'고 고백했다. 그녀는 남편과 함께 출판사를 운영했는데, 작가 생활을 하려면 '1년에 500파운드의 수입과 작은 방'이 필요하다고 말했다. 지혜는 20대에 흘려들었던 그 말이 지금에서야 실감 났다. 500파운드가 지금 얼마큼의 돈인지는 모르겠지만 지혜는 한 푼이 아쉬웠다. 물론 현재의 지혜는 '자기만의 방'이 있고 아버지의 유산 덕에 한동안은 글만 쓰며 살 수 있었다. 그러나 그 돈으로 장사를 한다면 모를까, 소설만 쓰면 곧 까먹을 것이 뻔했다. 지혜는 울프나 사라마구가 아닌 자신의 길을 찾아야 한다고 생각했지만 막막했다. 우선 그녀는 자신의 경험이 얕다는 사실을 인정했다. 그녀는 20대부터 '글 쓰는 사람'으로서의 경험밖에 없었다.

6월 말부터 장맛비가 밤새도록 쉬지 않고 내렸다. 지혜는 몸을 둥글게 만 채 빗소리에 귀를 기울였다. 비는 유리창을 두드렸고 천둥소리가 요란했다. 번쩍거리는 번개에 몸을 움츠린 지혜는 가냘픈 사슴처럼 몸을 떨었다. 다시 번개가 쳤다. 벼락이 떨어졌는지 엄청난 천둥이 뒤따라왔다. 새벽녘이 되어서야 그녀는 깜빡 잠이 들었다. 그동안 꿈에도 보이지 않던 아버지가 나타났다. 평안한 모습이었다. 아무 말도 없이 지혜를 바라보던 아버지는 딸의 어깨를 툭툭 쳤다. 살짝 미소를 띤 아버지의 얼굴을 보며 지혜는 그 품에 안겼다. 꿈에서 깼을 때 평안한 기운이 자신을 덮어왔다. 창밖을 보니 비가 그쳐있었다.

며칠 후, 지혜는 서울국제도서전에 갔다가 깜짝 놀랐다. 오전 10시 반인데도 매표소에서부터 줄은 뱀처럼 휘면서 끝없이 이어지고 있었다. 안내 요원들이 줄 끝 쪽으로 가라고 외쳐댔다. 처음에 지혜는 사람이 많다고 생각하다가, 어디까지 가는 거지 싶어 입을 벌리다가, 나중에는 체념하면서 웃었다. 인터넷으로 예약했기에 금방 들어갈 줄 알았지만 예약한 사람들이 너무 많았다. 계속 앞으로 나갔지만, 줄이 구불구불 이어지며 접히다 보니 나중에는 앞줄과 뒷줄 사람들이 서로 얼굴을 익힐 정도가 되었다. 사람들은 짜증 내지 않았고 표정이 밝았다. 아니, 책에 관심 가진 사람들이 이렇게나 많았던가? 지혜의 가슴이 두근거려 왔다.

한 시간 반 후에야 그녀는 입장할 수 있었다. 전시장은 엄청난 인파로 가득 차있었다. 수많은 부스가 들어섰고 대형 출판사 부스에는 사람들의 줄이 늘어졌다. 외국의 출판사들도 참여하여 책을 홍보했고 이쪽저쪽에서 저자들의 사인회가 있었다. 또한 수십 명의 독자들이 모여 앉아 '작가와의 대화'에 참여하고 있었다. 축제 분위기였다. 작가의 사인을 받기 위해 책을 들고 줄 서있는 독자들을 지혜는 멀리서 바라보았다. 나도 저런 시절이 있었는데…. 지혜는 쓸쓸했다. 40대 중반의 여자 작가가 밝은 표정으로 독자들에게 사인해 주고 있었다. 지혜도 아는 작가였다. 그녀는 행복해 보였다. 근처에서 다른 작가의 사인회도 있었다. 젊은 여자 작가는 독자들이 몇 명 안 되었는데도 어찌나 밝게 웃는지 보기 좋았다. 지혜는 안쓰러운 장면도 보았다. 독자가 찾아오지 않는 작은 부스에 남자 작가가 홀로 초라하게 앉아있었다. 지혜는 자신의 모습을 보는 것만 같아서 우울했다. 그러다가 지혜는 어느 작은 출판사들의 공동 부스에 적힌 글 앞에서 한동안 움직일 수 없었다.

출판의 미래? 몰라. 우리가 미래를 알고 사냐? 모르니까 사는 거지. 세상이 망하든, 말든 우리는 끝까지 책을 지킨다. 오늘 밥 먹고, 지금 눈 뜨고 있으면 되는 거야. 전 국민이 책맹 탈출하는 그날까지 달린다!

지혜는 전율을 느끼며 그 앞을 떠날 수 없었다. 자괴감이 들었다. 전시관에서 나온 지혜는 근처의 카페에서 늦은 점심을 먹었다. 저렇게 치열하게 사는 사람들이 아직 버티고 있구나. 지혜는 눈물이 날 것 같았다. 전시장에서 나온 사람들이 가방에 책을 가득 넣고 걸어가고 있었다. 카페 안의 옆 좌석에서도 여자 몇 명이 구입한 책을 서로 바꿔 보며 이야기를 나누고 있었다. 그래, 끝까지 가보자. 죽을힘을 다해 써보자. 지혜는 속으로 다짐했다. 하지만 어떤 글을 써야 하나? 지혜는 지하철에서도, 거리를 걸어가면서도 계속 그 생각에 사로잡혀 있었다.

하지만 어느 날 저녁 지하철의 풍경은 지혜를 다시 절망케했다. 비좁은 공간에 촘촘히 들어선 사람들은 모두 휴대폰을 들여다보고 있었다. 모두 삶에 쫓기는 지친 모습이었다. 지혜가 주변을 돌아보니 스무여 명 중 한두 명만 빼고 전부 휴대폰을 보고 있었다. 바로 앞의 20대 후반 정도 되는 젊은 여자의 휴대폰이 훤히 보였다. 그녀는 휴대폰 화면에 뜬 인스타그램 화면을 살피지도 않고 사진 소개만 보면서 '좋아요'를 눌러댔다. 제목과 대표 사진을 훑는 데 1초도 걸리지 않았다. 휙, 휙, 휙, 휙, 휙… 그녀는 30초 사이에 거의 쉰 개의 좋아요를 눌렀다. 가끔 클릭해서 글도 읽어보고, 다른 사진들도 보는 것 같았지만 대부분은 읽지 않은 채 좋아요 버튼을 눌렀다.

인스타그램 창을 닫은 그녀는 페이스북과 블로그, 유튜브 쇼츠 역시 같은 방식으로 보았다. 지혜는 그 여자가 손가락 넘기는 모습을 대충 세어보았다. 20분 동안에 그녀가 본 콘텐츠만 해도 200개는 된 것 같았고, 그중에서 공감한다는 표시를 누른 건 100개가 넘는 것 같았다. 이제 그녀는 자기 글과 사진에 대한 좋아요를 타인으로부터 기대할 것이다. 그만큼 보시했으니까. 이러니 책을 읽을 정신적 여유가 있겠는가? 이런 시대에 어떤 글을 써야 하나? 지혜는 고민했다. 그래서 문단의 소설가들이 '자기들'끼리의 성 안에서 고급 독자들만 상대하고 싶어 하는 것일까? 그러나 가끔 대중들 속으로 들어가 성공하는 작품들도 있지 않은가? 지혜의 머리가 복잡해졌다. 이들이 궁금해하는 주제와 소재는 무엇일까? 막막했다. 텔레비전 드라마나 영화, 게임이 훨씬 재미있고, SNS가 늘 옆에 있으며, 온갖 기상천외한 뉴스가 등장하는 드라마틱한 현실 속에서 소설은 재미로 경쟁할 수 없다고 지혜는 생각했다.

한여름의 무더위가 기승을 부리던 7월 초 어느 날 밤, 비가 내리기 시작했다. 지혜는 빗소리를 들으며 멍청히 의자에 앉아 있었다. 그녀는 냉장고에서 맥주 캔을 꺼내 벌컥벌컥 들이켰다. 유리창을 타고 흘러내리는 빗줄기는 그치질 않았다. 얼마

가족인 줄 알았는데, 사람이었어

나 시간이 지났을까? 알딸딸하게 취한 지혜의 가슴속에서 이런 외침이 터져 나왔다. 그래, 나를 중심에 놓지 말자. 나의 세계를 독자들에게 강요할 것이 아니라 내가 먼저 다가가야 한다. 아니, 나의 세계란 이제부터 없다. 나의 세계, 밖의 세계를 나누지 말고 세상 속으로 뛰어 들어가자. 내가 세상 사람들처럼 살고 그들의 고민, 고통, 슬픔을 표현할 때, 그제야 '우리들의 이야기'라면서 읽을 것 아닌가? 그때 번개가 치면서 창밖이 훤히 밝아졌고 잠시 후, 우르르 쾅, 천둥이 울리기 시작했다. 하늘이 조각나는 것 같았지만 무섭지 않았다. 지혜는 온몸에 전율이 덮쳐오는 것을 느끼며 속으로 외쳤다. 현실로 들어가 다른 세계를 보자. 허구적 상상이 아니라 모든 존재, 생명이 다른 차원과 연결된 현실을 보자. 나는 그걸 '리얼리즘적 판타지'라고 이름 붙이고 현실에 참여할 것이다. 지혜에게 현실 참여란 예전처럼 사회의 부조리에 대항해 투쟁하는 게 아니라, 살기 위해 발버둥 치는 현장으로 들어가 돈을 버는 것이었다.

"돈을 벌자! 뭐라도 하자!"

지혜는 크게 소리쳤다. 돈을 번다는 것은 그녀에게 고통이고 고민이고 슬픔이며 동시에 탈출구였다. 지혜는 엄청난 돈을 통장에 놓아둔 채, 글만 쓰겠다며 불안에 덜덜 떨던 자신을 무능력하고 한심하며 부끄럽게 여겼다.

해피 엔딩을 향하여

컴컴한 어둠 건너편에서 아파트 단지의 불빛이 별처럼 빛나고 있었다. 한여름의 밤바람이 카페 안을 휘젓고 지나갔다. 카페 구석에 앉아있던 커플은 조금 전에 나갔고 지혜와 지훈만 남아있었다. 처음에는 건강 이야기를 하다가 지혜는 어젯밤의 일을 말했다. 지훈의 얼굴에 감동이 스치고 지나갔다.

"브라보! 역시 지혜 작가님이야. 리얼리즘적 판타지라, 멋진 아이디어야! 조금만 더 설명해 줘."

"아, 남에게 크게 떠들만한 것은 아니고… 다만 현실 속으로 들어가 리얼리즘적으로 인간사를 보되, 그 속의 얽힘 속에서 지훈 씨가 이야기한 다른 세계, 그러니까 헤테로토피아를 보겠다는 거야. 미셸 푸코는 철학적으로 어렵게 이야기했지만 나는

가족인 줄 알았는데, 사람이었어

문학적으로 잡아내겠다는 거예요. 감성으로 풀어낼지, 관념 혹은 상상으로 풀어낼지 나도 아직은 몰라. 어쨌든 출발점은 현실이고 결론은 판타지다울 수도 있어…. 그런데 일단은 돈 벌기 위한 고민이 먼저야."

지훈은 물끄러미 지혜를 바라보다 입을 열었다.

"그것이 출발점이고… 우리의 종착지는 해피 엔딩이 되면 좋겠어."

"해피 엔딩? 행복한 결말?"

"응, 해피 엔딩. 결말이 행복했으면 좋겠어."

지훈은 쓸쓸한 표정으로 말했다. 지혜는 지훈을 살펴보았다. 해피 엔딩이라면 나와의 관계를 말하나? 소설의 결론이 그래야 하는 건가? 지훈은 한참 만에 말을 이었다.

"죽을 때 잘 살았다는 만족감 속에서 죽고 싶어. 그런 뜻에서 해피 엔딩이야."

그때 달콤한 팝송이 흘러나오고 있었다. 지혜는 몽롱한 눈빛으로 지훈을 바라보았다. 이 사람, 늘 꼬치꼬치 따지고 길게 이야기하지만 가끔 이런 낭만적인 말을 한다. 하지만… 지혜는 골똘히 생각하다가 물었다.

"그게 우리 마음대로 될까? 다 상대가 있는 건데?"

"그냥 내 마음이 그렇게 되었으면 좋겠다는 거야. 타인들과 상관없이…."

지혜는 여전히 고개를 갸우뚱거렸다.

"그러니까… 누군가를 사랑하면 그렇게 돼. 사랑의 달콤함이 모든 것을 잊게 해주고, 너그러운 마음을 갖게 해줘. 무슨 말인지 알겠어요? 지혜 씨?"

지혜는 싱글싱글 웃으며 말하는 지훈을 보며 살짝 얼굴을 붉혔다.

"지혜 씨, 그런데 돈도 필요한 것 같아. 당장 돈이 없고, 병이 들면 세상이 무섭고, 자신이 없어지잖아. 또 자기 연민이나 한탄에 빠지면서 세상과 타인을 원망하게 되고. 지혜 씨, 저 아파트 불빛을 보면 무슨 느낌이 들어?"

"비싸겠구나, 그런 생각이 먼저 들지."

"그다음에는?"

"글쎄… 예전에는 하나도 부럽지 않았어. 그저 답답한 시멘트 덩어리로 보였는데 요즘에는 안락한 삶의 터전이라는 느낌도 들어. 내가 빈곤함을 느껴서 그러나 봐."

"나도 비슷해. 옛날에는 저런 아파트 보아도 시큰둥했지. 인간들의 탐욕, 자본주의에 대한 비판… 이런 것에 익숙했어. 그런데 요즘에는 우리가 글이나 공부에 빠져있는 동안, 저들은 살기 위해 필사적으로 노력했을 거라는 생각을 해…. 그런데

가족인 줄 알았는데, 사람이었어

저 허공 한 조각에 사는 사람들이 여전히 쓸쓸하게 보여."

카페 앞을 중년 부부가 운동복 차림으로 빠르게 지나갔다. 길게 뻗은 천변을 따라서 운동하는 아파트 주민으로 보였다. 한참 후에 다른 부부가 걸어갔다. 전형적인 중산층 부부의 모습이었다. 지훈이 한참 만에 다시 입을 열었다.

"저 사람들도 다 살려고 발버둥 치는 것 같아. 행복해 보이면서도 안쓰러워. 이번에 형을 보니, 불쌍하더라고. 자기 처자식을 위해서 정말 목숨 걸고 살았을 거라는 생각이 들었어. 형이 어머니에게 얼마나 신경을 썼는지, 형수가 아이들 키우며 어떤 고민과 고생을 했는지 전혀 몰랐어. 지금도 잘 몰라…. 전번에 수술하고 나서 2천만 원을 받는데, 형제지간에 그 돈을 받고 간을 판 것 같아서 지금도 미안해. 입장이 바뀌어서 내 간이 망가졌어도 형이 나에게 간을 주었을 거라고 믿어…. 지혜 씨의 언니도 자기가 급하니까, 우선 자기 입장에서 생각했겠지만… 나중에 지혜 씨가 병이 들거나 오갈 데 없을 정도로 몰락하면 지금과 같이 타산적으로 대할까?"

지혜는 옛날의 언니 모습을 떠올렸다. 세 살 많은 언니는 늘 지혜의 생일을 챙겨주었고, 결혼 전에 직장에 잠시 다닐 때는 학생이었던 지혜에게 용돈도 종종 주었다. 지혜가 등단했을 때 언니와 형부가 얼마나 기뻐했는지 모른다. 좋았던 추억이 지혜의 머릿속을 주르륵 스쳐 지나갔다. 그런 언니에게 자신은 해준 것이 별로 없었고 받는 데만 익숙했다. 유산을 정리하는 과정에서 언니의 타산적인 모습이 섭섭했지만 자신 또한 타산적이었다는 것을 떠올렸다. 지혜는 가볍게 한숨을 내쉬었고 지훈이 말을 이었다.

"팍팍한 삶을 살아가는 언니는 문학의 세계도 모르고 혼자 사는 동생의 외로움, 방황, 불안감 등을 배려할 여유도 없었을 거야. 다 자기 살기 바쁘니까…. 지혜 씨도 언니의 고민을 잘 모르잖아. 가족 간의 오해나 섭섭함은 서로 잘 알지 못하면서도 잘 안다고 착각하는 데서 오는 것 같아."

지혜는 말없이 허공을 바라보았다. 가로등 불빛이 둥근 달처럼 빛나고 있었다. 불빛이 밝을수록 지혜의 가슴에 슬픔이 밀려왔다. 긴 침묵을 깨고 지혜가 말했다.

"나도 돌이켜보면 이기적으로 살았고 한심한 면이 많아. 부끄럽기도 하고."

지혜는 치매 어머니를 돌보던 친구를 떠올렸다. 홀어머니와 함께 살던 어느 친구는 30대 초반에 어머니가 치매에 걸리자 직장을 그만두고 간호했다. 집에서건 병원에서건 병간호는 그녀의 몫이었다. 오빠 한 명과 언니 두 명은 처음에 그녀를 안쓰러워하며 병원비와 생활비를 대주었다. 하지만 10년 만에 어

가족인 줄 알았는데, 사람이었어

머니가 돌아가시자 가족들의 지원은 딱 끊겼다. 당연한 일이었지만 지혜의 친구는 경력이 단절되어 사회에 복귀할 수 없었다. 그녀의 미래는 가족들의 몫이 아니었다. 그녀는 무능력자가 되었고 직장을 찾거나 결혼을 할 입장이 아니었다. 또한 그들은 남은 집과 재산조차 균등하게 나눠 가졌다. 그녀의 몫으로 약간 더 주기는 했지만 큰 도움이 되지는 않았다. 결국 외톨이로 남은 지혜의 친구는 지금 월세방에서 살며 아르바이트로 근근이 생계를 유지하고 있다. 지혜가 입을 열었다.

"가족 간의 문제는 가족이기주의에서 오는 것도 있다고 생각해. 오해보다도 더 큰 원인은 탐욕과 이기심인 것 같아. 다 자기 입장에서만 생각하잖아. 물론 이번에 나도 내 안에 그 이기심이 있다는 것을 깨달았어."

지훈도 고민스러운 표정을 짓다 천천히 입을 열었다.

"그래, 가족이라도 인격 파탄자, 이기적인 사람들은 대화가 안 되겠지. 우리 사회에서 문제가 많이 생기는 거 보잖아. 명절날 모였다가 엽총으로 가족을 쏘아 죽이기도 하고…. 자기 입장만 생각하는 사람들은 어쩔 수 없어. 가족이라도 그런 관계는 끊거나, 도망치는 것도 방법이라고 생각해. 그런데 지금 언니네가 그럴 정도로 지혜 씨와 안 맞나?"

"아니, 그건 아니고… 지훈 씨의 말이 좋기는 한데 일반화시

키기 힘들 것 같아서. 사람마다 상황이 다 다르잖아."

"그렇기는 해. 나도 만약 형이 게으르게 살고, 오만방자하고, 인격이 망가졌다면 말조차 섞기 싫었을 거야. 다만 형이 그런 인간이 아니라는 게 다행이야. 그런데 이 세상에는 내 머리로 감당이 안 되는 인간들도 많은 것 같아. 나는 그들로부터 멀리 멀리 도망쳐서 다른 별에서 살고 싶어."

"다른 별에조차 그런 인간들이 우글거리며 살고 있다면?"

"또 도망쳐야지. 하하… 내 꿈이 이루어지면 가능할 것 같아."

"그게 뭔데?"

"베스트셀러 쓰는 거야."

"하하."

지혜가 크게 웃자 지훈은 손가락을 입에 대며 주위를 돌아보았다.

"유명해지고 싶어?"

"아니, 그게 아니라… 돈 때문에."

"돈을 어디에 쓸 건데?"

"쓸데 많지. 우선 형한테 간 값으로 받은 돈을 돌려주고 싶어. 그리고 어머니에게도 돈 드리고, 또 지혜 씨와 돈을 합쳐서 더 큰 집으로 이사 가고 싶어. 그래야 편하잖아. 지금 지혜 씨의 집에 내가 들어가서 살면 서로 불편할 거야."

가족인 줄 알았는데, 사람이었어

지혜는 그제야 지훈이 동거를 피하는 이유를 알았다. 방이 두 개 있지만 하나는 아주 작아서 간신히 잠만 잘 수 있는 공간이었다. 지훈의 책장이나 책상이 들어갈 여유가 없다. 좁은 주방과 거실도 답답했다.

"하긴, 그래. 각자 글을 쓰는 공간도 있어야 하는데… 빨리 베스트셀러 써. 기다릴게."

"곳간에서 인심 난다고, 우리가 물질적으로 넉넉해야 너그러워질 것 같아. 지혜 씨가 돈을 많이 벌면 언니와 조카에게 팍팍 써. 그럼 지금의 소외감과 섭섭함이 다 사라질걸? 돈이 없으니까 자꾸 돈 생각하며 따지는 거라고."

"그런데 만약… 계속해서 이렇게 없이 살면 어떻게 하지? 불행해지는 건가?"

"그땐 또 다르게 전략을 짜야지. 다만 우리는 아직 40대니까 지금은 뭐든 열심히 화끈하게 해봐야지. 그래야 후회 없이 해피 엔딩으로 내 삶을 마칠 수 있을 것 같아."

문득 지혜는 자신들의 대화하는 장면이 영화의 한 장면 같다고 생각했다. 인생의 각본이 이미 쓰여있다면 우리 스스로 그것을 바꿀 수 있을까? 운명은 자신의 의지와 염원에 의해 변할 수 있을까? 지혜는 답답했지만 지훈의 빛나는 눈빛이 아름답다고 느꼈다.

우리는 전진한다

지혜는 지훈에게 현실 속으로 뛰어들겠다고 호기롭게 말했지만 막막했다. 글밖에 모르고 산 지혜는 쉽게 일거리를 찾을 수 없었다. 그때 하늘이 도운 것일까? 우연하게 기회가 생겼다. 한여름의 더위가 가시지 않은 늦은 오전, 지혜는 성수동에 갔다. 어느 일본 우동집에서 붓가케우동이라는 냉우동을 먹은 후 성수동 골목을 거닐었다. 성수동거리는 옛날 공장들이나 주택가도 남아있지만 식당이나 카페 등이 곳곳에 들어섰고 특히 요즘에 팝업스토어로 뜨고 있었다. 임시 매장에서 단기간에 소비자를 불러 모아 한정판매를 하는데 아이돌 그룹과 관련한 상품도 팔고 있었다. 그런 것을 보기 위해 젊은이들이나 동남아, 중국에서 온 관광객들이 종종 매장 앞에 줄을 서고 있었다.

가족인 줄 알았는데, 사람이었어

그녀는 골목길을 걷다가 우연히 '에스프레소 바'라는 이름이 붙은 카페를 보았다. 포르투갈에 갔을 때도 종종 에스프레소를 즐겼던 지혜는 반가운 마음에 들어갔다. 좁은 곳이었지만 인테리어가 깔끔했다. 서서 마시는 스탠드 카페였다. 중간에 가슴 높이의 검은색 테이블이 약간 굽은 상태로 중앙에 길게 이어져 있었고 양쪽에서 젊은 사람들 몇 명이 선 채로 작은 잔에 담긴 에스프레소를 마시고 있었다. 안쪽에 있는 계산대로 가서 주문하려는데 일하는 여자와 눈이 마주치는 순간, 그들은 동시에 소리를 질렀다.

"어, 김지혜, 오랜만이다!"

"아니, 박지혜! 너, 여기 웬일이야?"

지혜의 고등학교 동창생 박지혜가 거기 있었다. 그들은 이름이 같아서 학창 시절 종종 놀림을 당했다. '지혜'라고 불러서 김지혜가 돌아보면 '너 말고 박지혜' 하는 식으로 아이들은 장난을 쳤다. 그 애 말고도 이지혜, 윤지혜도 있었지만 소설가 김지혜가 특히 박지혜를 기억하는 이유는 둘 다 글을 잘 쓴다고 소문이 났기 때문이다. 백일장 같은 데서 상을 받았던 것은 아니지만 국어 선생님이 종종 비교하며 칭찬해 주었다. 그들은 묘한 경쟁심이 있어서 친하지는 않았다. 1학년 때 같은 반이었지만 그 후 반이 달랐고 대학도 다른 곳에 갔다.

"아니, 어쩐 일이야? 너 여기서 카페 해?"

"응, 그렇게 되었다. 하하. 뭐 마실래?"

"나는… 에스프레소콘판나 마실게."

김지혜가 카드를 내밀자 박지혜가 손을 내저었다.

"아냐, 아냐. 내가 대접할게. 오랜만에 만났는데 정말 반갑다. 그동안 네 소식은 들어서 알고 있어, 울프 작가님. 하하."

그러자 저쪽 구석에 있던 여자가 고개를 들고 호기심 어린 눈초리로 김지혜를 바라보았다.

"너는 어떻게 지냈어?"

"이야기하면 길어. 나중에 얘기해 줄게. 정신없이 외국 돌아다니다가 카페 하게 됐다."

박지혜는 능숙한 솜씨로 에스프레소를 뽑아내고 크림을 얹어 김지혜에게 주었다. 작은 잔에 크림이 얹힌 에스프레소콘판나는 씁쓸하면서도 달콤해서 김지혜가 좋아하는 에스프레소였다.

"와, 맛있다! 카페는 언제부터 했니?"

"1년 정도 됐어."

그때 손님이 들어왔다. 젊은 두 여자는 단골인 듯 박지혜에게 반갑게 인사했다. 그녀는 계속 들어오는 손님으로 바빴다. 긴 테이블에는 앙증맞은 작은 에스프레소 잔들과 접시, 꽃병

가족인 줄 알았는데, 사람이었어

그리고 책들이 장식품으로 놓여있었다. 시원한 에어컨 바람을 타고 감미로운 음악이 흘렀다. 이곳은 의자가 없다 보니 서서 작은 잔에 담긴 에스프레소를 한두 잔 마시고 자리를 뜨는 분위기였다. 손님이 계속 들어와 혼자서 일하는 박지혜와 얘기를 나누기 힘들어지자 김지혜는 말했다.

"지혜야, 언제 여기 문 닫니? 나중에 다시 올게. 오늘 저녁, 같이 먹자."

"그래, 나 6시에 문 닫으니까 그때 다시 보자. 정말 반갑다! 이따가 꼭 와!"

밖에 나와 시계를 보니 12시였다. 갈 데가 마땅치 않았던 지혜는 집으로 와 샤워를 한 후, 침대에 누워 고등학교 앨범을 보았다. 앨범 속에는 그 시절이 박제되어 있었다. 교복을 입은, 청순하지만 약간은 촌스러운 앳된 얼굴의 아이들이 자기들의 미래를 모른 채 순진한 표정으로 웃고 있었다. 내가 3학년 2반일 때 걔는 몇 반이었지? 박지혜는 바로 옆 반인 3반이었다. 박지혜는 말수도 적고 성격이 차분한 편이었다. 얼굴이 약간 가무잡잡하고 야무진 인상이었는데 지금은 얼굴이 확 핀 느낌이 들었다. 벌써 25년 전의 일이다. 그 애는 어떻게 살아왔을까? 김지혜는 박지혜를 빨리 만나보고 싶었다. 지혜는 오후 5시쯤 집을 나와 성수동에 있는 그 카페로 갔다. 손님 없는 카페에서 박지혜가 찻잔을 씻고 있었다.

"조금만 기다려. 곧 문 닫을 거야."

"어디 가서 먹을까?"

"식당이야 많지. 술 한잔해야지. 이 근처에 유명한 감자탕집 있는데 거기로 갈까? 거기서 소주 한잔하자!"

박지혜는 차분했던 예전과 달리 성격이 시원스러웠다. 감자탕집 앞에는 줄이 길게 있었지만 그들은 이야기를 나누며 기다렸다. 박지혜는 소설가 김지혜에 대해서 이미 많이 알고 있었고 그녀의 장편소설 두 권을 다 읽은 상태였다.

"네 글솜씨는 여전하더라."

"요즘에 헤매고 있어…. 넌 어떻게 지냈어? 너도 글 잘 썼잖아?"

"말하려면 길어."

박지혜는 국문과를 졸업한 후, 출판사에 취직했고 약 10년 동안 근무했다. 만날 남의 글만 보면서 교정, 교열하고 편집하는 생활이 몇 년 지나자 지겨워졌다. 자신의 글을 쓰고 싶었던 그녀는 계속 고민하다가 30대 중반에 직장을 그만두고 여행을 떠났다. 가족들은 무모하다고 말렸지만, 박지혜는 숨이 막혀 죽을 것 같다고 비명을 질렀다. 그 후 들락날락하면서 세계 각지를 여행했다. 출판사 다니며 모아놓았던 돈과 종종 한국에 들어와 카페 아르바이트를 하면서 모은 돈으로 5년 정도 그런

가족인 줄 알았는데, 사람이었어

생활을 했고 여행기를 엮은 책도 두 권 냈다.

"여행기도 냈구나? 어디 여행기인데?"

"유럽하고 중남미 여행기인데 별로 팔리지는 않았어. 말해도 모를 거야."

드디어 그들의 차례가 왔다. 박지혜는 자리를 잡자마자 감자탕에 소주를 시켰다. 그들은 감자탕이 나오기도 전에 소주를 들이켰다. 김지혜는 함께 마실 사람이 없었는데 오랜만에 술친구를 만나니 기뻤다. 소주를 들이켜며 박지혜는 빠르게 말을 쏟아냈다. 그렇게 세월이 가고 나니 어느덧 40대 초반, 앞이 캄캄해진 그녀는 부모의 도움을 받아서 성수동에 서서 마시는 에스프레소 바를 냈다고 말했다.

"카페는 잘돼?"

"응, 그런대로 돼. 요즘 에스프레소 바가 인기잖아. 그런데 박리다매야. 에스프레소 가격이 싸잖아. 2천 원대니까… 많이 팔아야 하고, 그만큼 손님을 많이 상대해야 해. 그런데 너는 계속 소설 쓰니? 요즘엔 활동이 뜸한 것 같다."

술에 취한 김지혜는 그동안 지내 온 삶과 글에 대해서 허심탄회하게 말했다. 슬럼프에 빠졌으며 그것을 타개하기 위해 삶속으로 뛰어들고, 돈도 벌어야겠는데 그것이 여의찮다는 이야기도 했다.

"알바도 할 거야?"

"그럼. 뭐든 할 거야. 푼돈이라도 벌고 체험도 넓혀야지."

"그러면 너, 우리 카페에서 알바할래?"

"자리가 있어?"

"내가 2호점을 내려고 해, 을지로 쪽에. 이미 인테리어 공사를 하고 있어. 20일 후쯤 오픈하는데 이제 양쪽에 알바를 써야만 돼. 네가 할 생각이 있으면 여기 성수점을 다섯 시간 정도만 해줘. 나는 양쪽에 왔다 갔다 하면서 할 생각이야. 그러지 않아도 사람을 알아보던 중이었어."

"그래? 그런데 나 커피 몰라. 에스프레소 마실 줄만 알지, 배워본 적도 없어."

"그럼 미리 나한테 배워. 가르쳐 줄게. 다 기계가 하는 거야. 조금만 배우면 돼."

김지혜는 하늘이 돕고 있다는 생각이 들었다. 커피를 배우는 것도 막막하고, 이런 자리를 얻는 것도 쉬운 일이 아닌데 이렇게 풀리다니 박지혜가 고마웠다.

"고맙다, 이런 기회가 생길 줄 몰랐어."

"지혜야. 나는 글재주가 안 되더라. 여행기 두 권 쓰고 나서 알았어. 그런데 너는 나하고 달라. 너는 너의 세계가 있잖아. 앞으로 여러 경험하면서 좋은 작품 써봐."

김지혜는 울컥하는 가슴을 지그시 진정시켰다. 고등학교 다닐 때 그렇게 친하지도 않았는데 이렇게 인정해 주고 따스한 말을 해주는 친구가 고마웠다. 식당에서 나오며 박지혜가 자신이 돈을 번다며 내려고 했지만 기어코 김지혜가 냈다. 박지혜는 씩씩하게 앞장서며 말했다.

"차는 내가 살게. 여기서 좀 걸어야 해. 건대 근처의 중국인 거리에 있는데 거기 대만차랑 디저트 파는 곳이 있어. 거기로 가자."

성수역에서 건대입구역까지는 지하철로 한 정거장이었지만 그들은 걸으며 이야기했다.

"그동안 세계 각지를 많이 돌아다녔겠구나?"

"응, 정신없이 싸돌아다니긴 했지. 직장 생활 10여 년 하니 정말 답답해서 미칠 것 같았지. 내 인생 이렇게 끝나나, 하는 생각에 한이 맺히는 기분이 들었어. 남들은 욜로족이라면서 비난하겠지만 나는 정말 힘들었어. 그런데 몇 년 그렇게 놀고 나니까 흥도 사라지고, 어느 순간 뿌리를 내리고 싶어지더라고. 앞으로 살아갈 걱정도 들기 시작했지."

박지혜는 눈을 반짝이며 살짝 웃었다. 김지혜는 그 표정에서 먼 길을 돌고 온 나그네의 넉넉한 마음을 보며 살짝 열등감을 느꼈다.

"여행기도 내보았지만, 그때 잠깐만 기뻤고 별거 아니더라고. 또 지금은 여행 유튜버의 시대잖아. 그런데 그 유튜버들도 그거 만드느라고 얼마나 많이 고생하겠어. 여행이 아니라 일이 된 거지. 늘 아이템 생각하고 하기 싫은 것도 하지 않을까? 내가 출판사 다닐 때 읽기 싫은 원고를 봐야 했던 것처럼. 나도 한때 길을 잃고 방황했지."

박지혜는 쓸쓸한 표정을 지으며 과거를 회상했다. 걷다 보니 어느샌가 중국인거리에 왔다. 한자가 섞인 간판이 걸린 양꼬치구이 식당이 많이 보였고, 조금 걸어 들어가자 디저트 파는 예쁜 가게가 나왔다. 작은 카페지만 마침 자리가 있었다. 핑크색 소파들이 따스하게 보였고 천장에서는 꽃처럼 보이는 화려한 등들이 빛나고 있었다.

"어머, 여기 예쁘다. 하하, 자리에 인형도 있네. 귀엽다!"

"응, 여기 들어오면 아늑하고 좋아. 내가 알아서 시킬게."

박지혜는 키오스크에 가서 주문하다가 낮은 목소리로 외쳤다.

"아차, 디저트는 카운터에서 주문해야지!"

잠시 후, 박지혜가 갖고 온 것은 팥이 얹힌 우유푸딩이었다.

"어머, 지혜야. 나 이거 좋아해! 마카오 여행할 때 매일 먹었어. 그런데 여기 중국 손님들이 많은가 보다. 중국어가 들리니 대만이나 중국에 온 것 같다."

가족인 줄 알았는데, 사람이었어

"응, 여기 분위기가 그래. 나도 이 우유푸딩은 마카오에서 먹어봤는데 참 맛있더라."

"나 전번에 포르투갈 여행 다녀왔다. 여행기가 조금 있으면 나올 거야."

"아, 그래? 기대된다. 나오면 사볼게!"

김지혜가 남자 친구 지훈의 소개 덕에 여행기를 쓰게 되었다는 사정을 말하자 박지혜가 물었다.

"남자 친구가 있구나… 오래 사귀었어?"

"1년 정도 되었어. 너는?"

"몇 년 전에 헤어졌어. 늘 놀러 다니는 30대 중반의 여자와 누가 오래 사귀고 싶겠어. 혼자 있으니까 편하긴 한데 가끔 외롭지. 근데 지금은 카페 하느라고 정신없어."

박지혜는 한숨을 내쉬면서 지나간 이야기를 계속했다.

"남자 친구와 헤어지고 나니 막막하더라고. 현실을 깨닫게 된 거야. 나이는 들어가지, 돈은 없지, 직장도 없지…. 요즘 남자애들이 옛날 우리 부모 세대처럼 처자식 먹여 살릴 생각을 하겠어? 살기 힘드니 서로 돈 벌고 능력이 있어야 하는데, 내가 너무 무능력한 거야. 그렇다고 30대 후반에 다시 직장으로 돌아갈 수도 없고, 결혼할 수도 없고. 돈은 벌어야겠는데… 집에서 부모 눈치 보는 날도 하루이틀이지…. 그래서 뭐라도 해야겠다고 생각하며 커피 만드는 걸 배웠어. 카페에서 알바 몇 년 하다가 작년에 에스프레소 바를 연 거야."

김지혜는 그런 박지혜가 부러웠다. 한때 글로는 자신이 앞선 것 같았지만, 삶에서는 뒤처진 기분이 들었다. 자신은 아버지 덕에 '꽃밭'에서 글만 써왔는데, 이제 어린애가 된 기분이 들었다. 김지혜는 자신의 속마음을 솔직하게 말했고 그 얘기를 들어주는 박지혜의 눈빛은 따스했다. 10대 후반에는 경쟁 심리도 있어서 거리감을 느꼈는데 그들은 이제 서로 이해해 주고 격려해 주는 40대 초반이 된 것이다.

"인생 길잖아. 지금 흔들림이 앞으로 너에게 큰 도움이 될 거야. 나는 내 삶에서 배운 게 있는데 어느 하나에 집착하지 않고 계속 왔다 갔다 하며 흔들리는 것, 그게 중요하다는 거야. 그 흔들림이 불안했지만 그 속에서 살고자 하는 용기가 솟구치더라고. 지금 카페 하는 거, 너무 좋아. 아마 한동안 좋을 거야. 그러다 또 지루해질 때가 오겠지. 그럼 그때 가서 또 흔들리고 또 새로운 길을 찾을 생각이야…."

"좋은 말이야. 흔들림… 맞는 말 같다."

"나는 내 과거를 다 좋게 생각하려고 해. 출판사 다니던 시절도 다 좋았고, 때려치우고 여행하던 시절도 행복했다고 생각해. 시간은 과거에서 미래로 흐르지만, 의미의 세계는 미래

　　　　가족인 줄 알았는데, 사람이었어

에서 과거로 흐른다고 생각해. 현재가 행복하면 과거의 수많은 고통, 고난, 슬픔도 '아, 내가 이렇게 행복해지려고 그런 길을 돌아왔구나' 하며 긍정적으로 생각하게 되는데, 만약 현재를 잘못 살면 과거가 다 허랑방탕한 짓이 된다고 생각해. 과거의 의미는 정해진 것이 아니라, 현재가 어떤가에 의해서 다르게 생각되는 거고… 그 현재를 바로 세워주는 것이 미래의 꿈이라고 생각해. 그래서 '작은 꿈'을 끊임없이 꾸려고 해. 큰 꿈은 없어, 하하."

김지혜는 박지혜의 말을 들으며 감탄했다. 그녀는 소설이라는 자기 세계 속에서 살았지만, 박지혜는 삶이라는 더 큰 세계 속에서 온몸으로 경험하며 자신의 세계를 만들어 가고 있었다.

"와, 멋진 말이다! 미래의 꿈이 현재를 바로 세우고, 현재를 잘 살면 과거의 모든 행동이 의미를 띠고 살아난다!"

"하하, 사실은 어느 책에서 본 거야. '오래된 여행자'라는 어느 나이 든 여행작가가 책에 쓴 글이야. 많이 공감했어. 살아갈수록 맞는 말 같아. 깊은 체험에서 나온 말이라고 생각해."

"그런 거 같다. 언젠가 너도 그런 경험을 글로 풀어봐. 기대할게."

"하하… 뭐, 우선은 사는 게 중요해. 카페 두 개를 잘 운영해야지. 그런데 에스프레소 바, 오전 9시에 오픈해서 오후 6시에

문 닫거든. 몇 시부터 해줄 수 있어?"

"주인인 네가 원하는 대로. 내가 맞추면 되지."

"그럼 11시부터 오후 4시까지 해줄래? 시급은 얼마 전에 만 원 넘었어. 나는 오전 9시부터 11시까지 성수점에 있다가, 그 후에는 을지로점으로 가서 일을 좀 하고 다시 4시에 올게. 거기는 유동 인구가 더 많고, 직장인들이 많이 들를 것 같아서 내가 바쁠 때 거기 있어야 할 것 같아. 점심시간 무렵에 사람이 많거든. 그리고 아직 3주 남았으니까, 본격적으로 일하기 전에 너 편한 시간에 나와서 커피 배워."

"그럼 나도 너처럼 아침부터 저녁까지 출근하듯이 나와서 배울게. 정말 고맙다."

박지혜와 헤어져 집으로 돌아오는 김지혜의 발걸음은 날아갈 듯 가벼웠다. 그녀는 자신도 계속 흔들거리며 살자고 다짐했다. 삶이라는 강물에 몸을 풍덩 던지기로 했다.

지훈은 지혜에게 '해피 엔딩'을 향해서 가고 싶다고 외쳤지만 쉬운 것은 아니었다. 지훈의 물질적 토대는 타인과의 관계에서 오는 것이었다. 우선 편의점 아르바이트 시간이 줄었다. 편의점 주인의 간곡한 부탁 때문이었다.

"박 선생, 알바 시간을 좀 줄일 수 있을까? 미안한데, 우리

딸애 친구를 세 시간 정도 일하게 할 생각인데 내 시간에서 두 시간, 박 선생 시간에서 한 시간을 빼서 주려고 해요. 걔에게 딱한 사정이 있어서."

지훈에게는 거절할 권리가 없었다. 그 아이의 딱한 사정에 대해 편의점 주인은 길게 이야기하지 않았다. 수입이 줄어든 지훈은 다른 일을 찾아보려 했지만 마땅한 일이 없었다. 자본이 많으면 작은 카페라도 하겠고, 신체가 건강하면 노동이라도 하겠지만, 간을 형에게 떼 준 40대 후반의 지훈은 몸도 약하고 돈도 없었다. 다만 글 쓰는 것밖에 남은 것이 없었다. 전번에 쓴 소설 〈무인카페〉는 계속 몇몇 출판사에 투고했지만 소식이 없었다. 출판사에는 투고란이 있었지만 하염없이 기다려야 했다. 뭔가 물어보고 싶어도 막막했다. 전화번호가 있어도 연결이 잘되지 않았고 온라인도 일방적인 관계였다. 인터넷에서 보니 바쁜 편집자들은 투고 원고를 잘 보지도 않으며, 또 엄청나게 많이 투고된 원고 중에서 쓸만한 것은 별로 없다는 글도 보였다. 읽는 독자는 적어지는데 작가 지망생은 많아지고, 수요보다 공급이 많아지는 상황이었다. 결국 출판사는 시장에서 이미 검증된 작가들만 상대하고 싶어지고 그런 작가들의 책조차 잘 안 팔리는 상황이었다.

소설만 그런 것이 아니었다. 여행 사진, 여행기 시장도 그랬다. 사진의 수요는 적어졌는데 찍는 사람들은 엄청나게 많아졌고, 남의 여행기는 읽지 않아도 자기 여행기를 내고 싶어 하는 사람들이 많아졌다. 출판사에서 거부당하면 자비로 출판해서 스스로 작가가 되고 각종 SNS에 홍보하는 시대였다. 자칭 여행작가, 자칭 사진작가들이 풍성해진 상태에서 이제 점점 자칭 소설가들도 나타나고 있었다. 근대사회에서는 문학의 울타리 역할을 문단, 권위 있는 잡지사, 문학 전문 출판사 등이 했다. 그러나 포스트모던의 시대에 들어오면서 그 울타리들이 사라지고 있었고 인터넷, SNS를 통해서 '타이틀 인플레이션' 현상이 나타났다. 이런 시대에 소설가가 된다는 것은 무엇이며, 된다고 큰 희망이 있을까? 지훈은 늘 그런 생각을 하며 고민했다.

지훈은 다섯 시간의 편의점 아르바이트 자리로 간신히 밥은 먹고 살고, 형이 준 목돈으로 당분간은 여유 있었지만 앞날이 암담했다. 현실의 팍팍함과 삶을 해피 엔딩으로 만들고 싶다는 희망 사이에서 지훈은 오락가락했다. 다른 아르바이트 자리를 계속 알아보다가 결국 송충이는 솔잎을 먹어야 한다고 생각했다. 애벌레인 송충이가 나방이 되기 위해서는 일곱 번을 탈피하고, 나비 애벌레가 완전한 나비가 되기 위해서는 번데기의 과정을 거친다고 한다. 지훈은 보기 흉한 나방이 될지 멋진 나비가 될지 모르겠지만, 어쨌든 나뭇잎을 먹는 심정으로 글을 썼다. 무언가를 쓰고 있을 때는 세상을 잊었다. 자신이 만든 세계 속으로 몰입하면 기쁨이 솟구쳤다. 그는 밥 먹는 시간과 약간의 산책 시간 그리고 편의점 근무 시간 외에는 항상 썼다. 쓰는 것만이 자신이 살길이라고 다짐했다. 무작정 이것저것 실험해 보았다. 판타지도 써보고, 추리소설도 써보고, 단편소설도 써보았지만 모든 것이 보기보다 어려웠다. 곰곰이 생각해 보니 글쓰기가 힘든 이유는 테크닉이 모자라서가 아니라 자신의 글과 삶이 가고자 하는 방향이 분명치 않아서인 것 같았다. 지훈은 소설가들의 고민을 알 것 같았다. 문학청년이나 소녀들은 감수성과 글의 테크닉 혹은 진정성으로 글을 쓰겠지만 중년이 되고 보니 그것보다는 글의 메시지와 방향이 더 중요하게 다가왔다. 하지만 아직 지훈의 가치관과 방향은 명확하지 않았다. 그는 계속 전진하면서 생각하기로 했다.

가족의 해체와
가족의 힘

가족의 해체는 자기 안의 탐욕은 물론, 거센 외부의 파도에서도 온다. 속절없는 가족의 해체 앞에 낱개가 된 핵개인들은 기댈 데가 없다. 사랑의 힘으로 버티지만 사랑 없는 사람들은 쉽게 추락한다. 핵개인들 역시 따스한 사랑을 그리워한다. 사랑은 관계에서 솟아나지만, 관계는 다시 갈등을 부른다.

가족의 해체

7월 말부터 시작된 폭염은 8월 중순이 될 무렵에도 식을 줄 몰랐다. 하루에도 몇 번씩 폭염주의보가 휴대폰에 떴다. 에어컨 전기료가 두려운 지훈은 근무가 끝나면 저녁나절에 건너편 무인카페에서 시간을 보냈다. 틈틈이 그는 소설을 썼지만 진도는 잘 나가지 않았다. 그래도 끈질기게 매달렸다. 지혜는 성수동의 에스프레소 바에서 커피를 배우기 시작했다. 그녀는 자신의 생활비를 매달 벌고, 체험을 넓히게 되었다며 표정이 밝아졌다. 편의점도 여름철에 매출이 올라가 주인의 얼굴이 활짝 펴졌다. 그런데 지훈과 1시에 교대하는 소녀의 얼굴은 너무 창백해 보였다. 지훈은 더위를 먹어서 그렇다고 생각했지만 소녀의 다리는 너무 가늘었고 어깨도 좁았다. 지훈은 소녀에 대해서 잘 몰랐다. 편의점 주인의 딸 친구니, 대학교 1학년일 텐데 학생은 아닌 것 같았다. 그 아이는 지훈이 태국을 여행하는 동안 편의점 일을 했고 지훈이 2월 초에 복귀하면서, 오전 10시부터 오후 1시까지만 일했다. 공손하고 눈빛이 맑은 아이였지만 핏기가 너무 없었다. 그렇다고 함부로 소녀에게 질문할 수도 없었다. 그러다 폭염이 기승을 부리던 8월 중순에 드디어 사건이 터졌다.

"아이고, 박 선생. 큰일 났어! 당분간 유진이가 못 나올 것 같아요. 그 시간에 일할 수 있어요?"

"아, 네, 할 수 있지요. 유진이라면 알바하는 학생이요? 무슨 일이 생겼나요?"

"네, 걔가 쓰러졌어요. 빈혈이랑 영양실조로. 참 딱해. 나중에 이야기해 줄게요. 지금 내가 병원에 가봐야 하니까."

지훈의 방에 올라와 그 말을 마친 편의점 주인은 허겁지겁 병원으로 향했다. 영양실조? 빈혈? 하긴, 지난 몇 개월 동안 좀 심각해 보였다.

그날 저녁에 지훈과 만난 지혜도 얘기를 듣고는 안쓰러워했다.

"어쩐지, 걱정스러웠어. 가끔 볼 때마다 느꼈지만 혈색이 너무 안 좋았어."

"카페 일은 할만해?"

가족인 줄 알았는데, 사람이었어

"재미있어. 컴퓨터 모니터 앞과는 다른 세계야."

"포르투갈 여행기는?"

"며칠 전에 탈고해서 출판사에 넘겼어. 아직 교정, 교열 보는 과정이 남아있기는 하지만 한고비 넘긴 기분이야."

"축하해. 기대하고 있어."

"지훈 씨, 전번에 쓴 소설은?"

"여전히 표류 중이야. 여러 출판사에 투고했지만 연락이 없어."

"언젠가 풀리기 시작하면 확 풀려. 부지런히 다른 것도 준비해, 하하. 이제 내가 돈 버니까 맛있는 것도 사줄게. 얼마 안 되지만 그래도 목돈 안 까먹고 생활을 유지하는 게 얼마나 다행인지 몰라."

걱정이 담긴 지훈의 말에 지혜는 따뜻한 위로를 담아 대답했다. 그녀의 밝은 모습을 보니 지훈도 기분이 좋았다.

다음 날 편의점 주인은 지훈에게 소녀에 대해 이야기했다.

"일단 하루나 이틀 입원해서 영양제 수액 좀 맞고 건강을 회복한 후에 퇴원할 예정이에요."

"다행이네요. 너무 몸이 약해 보였어요."

"음식을 안 먹으니까 그럴 수밖에요."

"네? 그럼… 거식증에 걸린 건가요?"

편의점 주인은 우울한 표정으로 고개를 끄덕였다. 손님이 들어왔다 나간 후, 다시 지훈이 물었다.

"살이 찌기 싫어서 그런 건가요?"

"아니에요. 거식증에는 여러 이유가 있대요. 어릴 적부터 부모들이 많이 싸우는 바람에 받은 스트레스 때문에 그런 것 같아요. 유전일 수도 있고요…."

편의점 주인은 한숨을 내쉬며 말끝을 흐리다 다시 말을 이었다.

"몇 년 전에 부모가 이혼했어요. 엄마는 집을 나가고 오빠와 자기는 아버지와 함께 살았는데 얼마 전에 아버지가 위암으로 세상을 떴대요. 형편이 어렵다 보니 아버지 대학 동창들이 돈을 모아 장례식을 치러주었고, 교대 다니던 아들의 등록금도 졸업할 때까지 대주겠다고 했답니다. 그래도 사람이 좋았나 봐요. 그런데 이 아이, 그러니까 유진이는 대학 갈 엄두를 못 냈고, 박 선생이 태국 여행하는 동안 우리 편의점에서 일하면서 생활비를 벌었어요. 지금 세 시간씩 일하면서 그래도 생계를 유지했는데 문제가 터진 거예요."

"아, 그런 일이 있었군요."

"그런데 거기서 끝난 게 아니에요. 아버지가 진 빚 때문에 전세금이 다 날아갔대요. 아이가 갈 데가 없어진 거지요. 그래서 잠시 우리 집에 와있으라 했는데….."

"엄마나 오빠는요?"

"오빠는 학교 기숙사에 있고 엄마는 1년 전에 재혼했는데, 그 엄마도 병원에 입원해 있대요. 그러니 유진이가 당장 엄마 집에 갈 형편도 안 돼요. 의붓아버지와 함께 있어야 하는데 그게 편하겠어요? 이러지도, 저러지도 못해서 내가 우선 엄마 퇴원할 때까지 우리 집에 잠시 있자고 했지요. 모르는 체할 수 없잖아요. 몇 달 전 처음 봤을 때, 몸이 너무 말랐고 창백했는데 이번에 우리 집에 와있는 2주 동안 밥을 너무 안 먹었대요. 나는 본 적이 없지만 아내가 걱정했어요. 더위 때문에 그런가 했지요. 일이 터지고 나서야 거식증인 걸 알았어요. 평소에도 힘 빠지고 어지럽고 구토 증세가 있었대요. 또 자기 엄마도 그런 증세로 입원했대요."

일하느라 힘들고, 자기 자식들 돌보기도 힘든데 딸 친구까지 돌보는 편의점 주인은 걱정스러운 표정으로 말했다. 일주일 후에 나타난 유진이는 여전히 창백해 보였지만 예전보다는 나아져 있었다.

"몸은 어때?"

그전까지 지훈은 소녀에게 다정하게 말을 붙인 적이 없었다. 부담스러워할까 봐 일부러 거리를 두고 꼭 필요한 말만 했다.

그러나 사정을 알고 나니 좀 더 따스하게 대해주고 싶었다.

"조금 좋아졌어요."

"식욕은 어때?"

"아직요…."

핼쑥한 유진이는 힘없이 말했다. 지훈은 말을 길게 붙이기가 미안했다.

"마음 편하게 먹어. 스트레스가 만병의 근원이래."

유진이는 쓸쓸하게 미소를 지었다. 며칠 후, 무인카페에서 만난 지혜도 자기 일처럼 가슴 아파했다.

"어머, 나도 고등학교 시절 그런 적이 좀 있었어. 나는 갑상샘 호르몬에 좀 문제가 있었는데, 몸에 힘이 빠지고 어찔어찔 횡 돌았어. 식욕도 부진하고, 느글느글하고… 죽을 맛이었어. 거기다 이석증까지 생겨서 한동안 고생했는데. 다행히 약은 먹지 않고 좀 쉬면서 스트레스 덜 받으니 차차 나았어."

"원인이 뭐였는데?"

"스트레스… 만병의 근원이잖아. 아버지가 군대식으로 엄마나 자식들을 엄격하게 대하고, 그것 때문에 부부싸움하고. 우리는 어렸을 적부터 눈치 보며 자랐어. 거기다 공부에서 오는 스트레스 때문에 그랬던 거지…. 나도 혼자 남으니 얼마나 외롭고 쓸쓸한지 모르겠는데 그 아이 심정은 어떨까? 거기다 몸

가족인 줄 알았는데, 사람이었어

까지 그러니."

지혜는 가벼운 한숨을 내쉬었다. 그러나 유진에게 닥친 불행은 계속 이어졌다. 보름 후, 그녀의 어머니가 세상을 뜬 것이다. 오갈 데 없는 유진이는 편의점 주인의 집에서 계속 있을 수밖에 없었다.

"설상가상이라더니… 너무 안 되었어요. 방 하나에 두 딸과 유진이가 함께 자니 비좁고 불편하지만, 부모 잃은 유진이를 의붓아버지에게 보낼 수도 없잖아요. 내가 딸처럼 생각하고 살아야지요. 뭐, 우리 어릴 때 다 그렇게 살았잖아요."

선한 편의점 주인은 쓸쓸한 표정으로 말했다. 유진은 오히려 담담했다. 남의 일을 바라보는 것처럼 무표정했다. 이미 엄마와는 몇 년 동안 떨어져 살았기에 실감이 나지 않는 것 같았다. 유진은 편의점 주인의 아내가 지어온 한약과 몸에 좋다는 음식을 먹으며 차차 회복되었다. 유진이가 안정을 찾는 것 같다고 편의점 주인은 안도했지만, 유진의 얼굴에는 여전히 표정이 없었다.

가족의 힘

지혜는 2주일에 한 번은 카페 일을 쉬었다. 친구이자 사장인 박지혜의 배려였다.

"얘, 지혜야. 사람이 쉬어가며 일해야 해. 그 시간 알바비도 줄 테니까 쉬어."

"고맙지만 그 시간에는 누가 해?"

"내가 하지. 괜찮아. 그런데 너 소설은 계속 쓰니? 그거 잊으면 안 돼."

김지혜는 자신의 소설에 대해 걱정해 주는 박지혜가 진심으로 고마웠다. 작가는 그 누구보다도 자신의 글 세계를 이해해 주는 사람이 고마운 법인데 박지혜가 그런 친구였다.

김지혜는 쉬는 날에 종종 혼자서 서울 곳곳을 돌아다녔다.

가족인 줄 알았는데, 사람이었어

홍대나 이태원은 물론 송리단길, 경리단길, 해방촌, 강남의 대로를 걸었다. 맛집도 다니고 유명한 카페도 드나들면서 사람들의 행태를 관찰하는 것이 지혜에게는 흥미로운 여행이었다. 지혜는 점점 밝아져 갔다. 추석 때는 언니네 집에 가서 함께 송편도 먹었다. 언니와 형부도 그녀를 따스하게 대해주었고 아이들도 이모를 반겨주었다. 여전히 지혜는 그들이 타인처럼 여겨졌지만 그래도 이 땅 위에 남은 유일한 혈육이라고 생각하니 정이 갔다. 지훈의 말대로 지혜는 해피 엔딩을 향해서 가고 싶었다. 지훈은 여전히 가까운 남자 친구였고 가끔 함께 잠도 잤지만 가족은 아니었다. 지훈은 영원히 자기 옆에 있겠다고 약속했지만 사람 마음이란 게 늘 변하지 않나? 그래서 결혼이란 제도가 있는 것이 아닐까? 또 아이들을 낳아서 관계를 지속되게 하는 것은 아닐까? 지혜는 새삼 결혼해서 아이들을 낳고 긴 인생을 살아가는 사람들이 대단하게 보였다.

지훈 역시 추석 때 어머니 집에 가서 식구들을 만났다. 그는 형네 식구들이 자신을 대하는 태도가 달라진 것을 느꼈다. 예전에는 자신을 한심하게 보았던 형수가 애틋한 눈초리로 맞아주었다. 아이들도 삼촌을 존경하는 태도로 맞이했다. 다만 어머니만 한없는 애처로움을 안고 자식들을 바라보았다. 간이 망가진 아들이나, 간을 떼어준 아들이나 어머니는 모두 안쓰러웠다. 형이 동생에게 주었든, 동생이 형에게 주었든 어머니는 소금 장수와 우산 장수 아들을 둔 어머니처럼 마음이 아팠다. 비가 오면 소금이 녹을까 걱정, 날이 맑으면 우산이 안 팔릴까 걱정하는 어머니의 애틋한 마음이 형제지간을 묶어주고 있었다.

편의점 주인 부부는 선한 이들이었다. 부부가 하루에 16시간 일해야만 한 달 생활비가 나오는 구조 속에서 힘들어했지만 그들은 양쪽 부모들에게도 잘했고, 아이들을 바르게 키웠으며, 오갈 데 없는 유진이까지 품었다. 해외여행은 물론 국내여행조차 제대로 해본 적 없는 그들은 훗날 은퇴 후, 몇 달 정도 세계 여행하는 꿈을 꾸며 열심히 살았다. 딸들도 부모를 보며 성실하게 살았고 그 분위기 속에서 유진도 차차 치유되었다. 다행히 유진의 병은 유전에서 온 것이 아니었다. 어린 시절부터 겪어온 스트레스와 불안감과 우울감 때문이었다.

선선한 바람이 부는 10월 어느 날, 한 달에 한 번 휴가를 얻는 지훈은 지혜와 데이트를 했다. 시내의 어느 유명한 칼국수집에서 식사한 후에, 한옥 카페에서 커피를 마셨다. 오랜만에 갖는 달콤한 시간이었다. 지혜는 밝게 웃다가 불쑥 유진에 대해 말했다.

"유진이라는 아이, 요즘 표정이 많이 밝아진 것 같아. 가끔 편의점 들르면 웃으면서 인사해. 전에는 핏기 없는 얼굴로 외면했는데."

"응…, 편의점 주인 부부가 참 좋은 사람들이야. 그들을 보면서 가족의 힘을 느껴. 지금 가족이 해체되는 집도 많고 1인 가구도 많지만, 나는 그들에게서 전통적인 가족의 힘을 봐. 부러워."

"그러게, 가족의 장점은 많은 거 같아. 하지만 가족이 해체되는 거도 현실이고, 온갖 형태의 가족이 공존하는 거 같아."

"그렇지. 각양각색이야."

지훈은 창밖을 바라보다가 말을 이었다.

"전에 내가 가족은 가건물이라고 말했잖아. 지금도 내 생각은 변함이 없어. 하지만 어차피 모든 게 가건물인 세상이니까, 가건물도 소중하다고 생각해."

"그럼, 우리 가건물을 함께 지을까?"

지혜는 눈을 반짝이며 지훈을 바라보았다. 지훈은 잠시 당황한 눈빛을 보였지만 이내 차분하게 대답했다.

"조금만 더 기다려 보자고. 우선 나에게만 집중하면서 내 실력을 키우고 싶어."

"그래, 우리가 급할 이유는 없지…. 그런데 사실 요즘 나, 가족에 대해서 많이 생각하고 있어. 과거의 전통적인 대가족 혹은 우리가 살아왔던 핵가족으로 돌아가자는 게 아니야. 하지만 사람이 외톨이로 산다는 건 힘든 일 같아."

지훈이 지혜의 감정을 모르는 바는 아니었지만, 그는 경제적으로나 정신적으로 여유 있을 때 함께 살고 싶었다. 지혜는 뭔가를 골똘히 생각하다가 숨을 내쉰 후 입을 열었다.

"지훈 씨는 나중에 함께 산다 해도… 나, 우선 유진이와 함께 살까?"

지훈은 놀란 눈초리로 지혜를 바라보았다. 2년 전, 무인카페에서 단도직입적으로 "우리 사귀자"라며 돌직구를 날리던 그녀가 떠올랐다. 그녀의 글은 부드럽고 모호했지만, 언행은 직설적이고 명쾌했다.

"아니, 그게 무슨 이야기야?"

"나 지난 한두 달 동안 생각 많이 했어…. 고민 끝에 내린 결론이야."

"너무 성급한 거 아니야? 남과 함께 산다는 건 힘들 텐데. 언제까지 그 아이랑 함께 산다는 거야? 영원히? 가족으로? 입양하는 것처럼?"

"아니, 전혀 그런 거 아니야."

지훈은 지혜의 강렬한 눈빛을 보며 넋을 잃었다. 무슨 말을 해야 할지 몰라 쳐다만 보았다.

가족인 줄 알았는데, 사람이었어

"어려울 것도 없잖아? 내가 유진이 부모 노릇하겠다는 것도 아니고. 그 아이는 이제 성인으로서 자기 밥벌이도 하고 있으니까, 거처만 내 집으로 옮기는 거지. 각자의 삶을 살면 되는 거고 미래는 자기가 책임지면 돼. 다만 나는 언젠가 지훈 씨와 함께 살 생각을 하고 있으니까, 미리 지훈 씨의 동의를 얻어야 한다고 생각해."

"그럼 나와 합치게 되는 순간, 유진이가 나가는 건가?"

"그건 아니지. 유진이가 결혼하거나 독립할 능력이 되어 스스로 나간다면 모를까, 살던 애를 나가라고 하면 안 되지."

"그럼 우리가 합한 후에도 그 아이하고 영원히 살 수도 있는 거네."

"그럴 수도 있지."

한동안 침묵이 흐른 후 지훈이 물었다.

"그럼 그 아이와 우리의 관계는 어떻게 되는 거지?"

"아무것도 아니지. 나는 그 아이의 엄마가 될 생각이 없어. 지훈 씨는 아빠가 되고 싶어?"

"아니, 아니, 전혀. 아빠라니 하하, 그런 생각은 해본 적도 없어. 그럴 능력도 없고."

"나도 그래. 그냥 우리는 동거인이야. 새로운 가족."

"새로운 가족?"

"지훈 씨가 예전에 한 말을 사용한다면, '핵개인가족'이야. 낱개로 살아가는, 혈연이 아닌 핵개인들이 모인 가족."

지훈은 지혜를 멍하니 바라보았다.

"왜 그런 생각을 하게 되었어?"

"충동적이었어. 원래 내가 그 아이 좋게 보았어. 편의점에 드나들면서 그 아이가 착하고 약한 모습이 안되었다고 생각했는데 거식증에 걸렸다는 말을 듣고 나니 가슴에 콱 박힌 거야. 나도 거식증에 걸렸던 적이 있었고 부모님 돌아가신 점도 같잖아…. 내가 나를 보는 것 같았어."

지혜의 눈빛에 진정성이 보였다. 실내 음악이 거문고 소리로 바뀌었다. 묵직한 음이 그들의 가슴을 쿵쿵 울리고 있었다. 멀고 먼 세상에서 들려오는 것만 같았다.

"좁은 집에서 둘이 살기 힘들지 않겠어?"

"지금 방 하나에서 아이들 세 명이 잔다면서? 그것보다야 낫겠지…. 그런데 지훈 씨까지 들어오면 살 수가 없어."

"그럼 앞으로 평수를 늘릴 능력이 안 되면 내가 함께 살 수 없네."

"그렇지, 하하…. 그러니까 죽기 살기로 베스트셀러 쓰라고, 지훈 씨!"

지훈은 밀려나는 느낌이 들면서 섭섭했다. 그는 지혜의 이

가족인 줄 알았는데, 사람이었어

런 점이 좋으면서도 가끔 난감하게 다가왔다. 신중한 그가 결코 흉내 낼 수 없는 지혜의 독특한 면이었다.

"아니면 내가 베스트셀러를 쓰든지… 혹은 돈을 악착같이 벌든지. 그것도 아니면 유진이도 함께 돈을 벌거나 집세가 싼 데로 이사를 갈 수도 있고…. 살아가면서 길을 찾아야지."

지혜는 창밖을 바라보며 혼잣말하듯이 중얼거렸다. 마당의 꽃들이 바람에 하늘거렸고 담장 너머의 파란 하늘은 평화로웠다. 묵직한 거문고 소리가 그들을 오랫동안 침묵 속에 빠트렸다. 한참 만에 지훈이 입을 열었다.

"지혜 씨 의도는 알겠어. 그런데 그 아이가 좋아할까? 유진이의 마음이 중요하지."

"맞아. 나는 그 아이에게 시혜를 베푸는 마음이 아니야. 그 아이 못지않게 나의 외로움, 나의 불안을 극복하기 위해 유진이가 필요한 건지도 몰라. 그러니까 겸손하게 그 아이에게 물어야지."

"지혜 씨는 이미 유진이를 관찰해서 좀 알지만 유진이는 지혜 씨를 잘 몰라."

"그러니까 나 좀 도와줘. 그 아이가 나를 알 수 있게끔 나에 대해서 이야기해 줘. 내 책도 줄 거야. 앞으로 차차 이야기하는 시간도 마련할 거고. 그렇게 몇 달 지나면 물어볼게."

지혜는 빙긋 웃으며 지훈을 바라보았다. 나오는 길에 지혜는 몽롱한 눈빛으로 카페의 마당을 뒤돌아보며 말했다.

"카페가 참 아름다워. 나도 언젠가 이런 한옥에서 살고 싶어. 널찍한 집을 만들고, 정원도 만들고, 방도 많이 만들어서 외로운 사람들이 함께 모여 살 수 없을까? 식당도 만들고, 카페도 만들어서 함께 일하고, 함께 사는 거… 그건 불가능할까?"

지훈은 지혜의 순수한 마음에 감동하면서도 그녀의 선한 의도가 오히려 더 큰 상처로 돌아오지 않기를 바랐다. 부부지간에도 갈등이 생기고 부모와 자식 간에도 불화가 생겨 찢어지는 시대인데…. 하지만 지혜는 거침이 없었다.

가족인 줄 알았는데, 사람이었어

이 막막한 우주를 함께 비행할까?

지혜는 사람이 바뀌기 시작했다. 관념에서 현실로, 방 안에서 일터로, 자신에게서 타인으로, 소설에서 카페로, 필명에서 본명으로 시점이 옮겨지고 있었다. 그동안 형성되었던 자신의 껍데기를 깨고 닥치는 대로 부딪혀 갔다. 소설 쓰기를 중단하자 울프라는 정체성도 희미해졌다. 또한 지혜는 지훈이 가장 가까운 타인이지만 언제든 멀어질 수 있는 파트너임을 상기했다. 그에게 의존하지 않기로 했다. 어차피 성향과 생각이 다른 핵개인인 것이다. 언니네 가족은 유대감은 있었지만, 다른 궤도를 가는 핵가족임을 분명히 인식했다. 한 시절의 인연이 끝나면 다 헤어지는 것이다. 결국 남는 것은 자신이라는 사실을 지혜는 깨달았다.

지혜는 몇 달 전, 지훈이 한 말을 떠올렸다. 가족의 형태는 시대의 산물로 이제 가부장적인 아버지의 권위는 산산조각 났다. 자기 아버지만 해도 권위가 있었다. 아버지는 자식들에게 화를 내고 가르쳤다. 그녀는 반발했지만 돌아가시고 나서야 그 말 중에 소중한 것이 있었음을 알았다. 하지만 이제 가족 구성원의 의식과 행태는 가족보다는 인터넷, 전문가 집단의 의견 혹은 또래 집단의 경험에 지배당한다. 당연히 구성원들은 각자 다른 생각을 갖고 살아간다. 부모들은 옛날처럼 자식들에게 인간의 도리를 강조하지 못한다. 아니, 도리가 무엇인지 자신들조차 잘 모른다. 가족 간의 예의도 사라지고, 더 나아가 선생과 학생들 간의 관계도 변했다. 학생들이 선생들에게 '촉법소년'을 들먹이며 대드는 세상이다. 어디 학생만 그런가? 장유유서는 이미 무너진 지 오래되었다.

지혜는 고민했다. 유진을 자기 집에 들이겠다는 결심에는 변화가 없었지만, 앞으로의 고민과 갈등도 예상되었다. 지혜는 유진과 피 한 방울 섞이지 않은 관계고, 그 아이의 깊은 성격도 모른다. 그녀를 낳아준 부모에 대해서도 전혀 모른다. 어릴 때부터 입양해서 자신이 교육한 아이도 아니다. 아무 관련이 없는 그 아이와 함께 살아가려면 집안의 질서가 필요하다고 지혜는 생각했다. 그러나 옛날에 아버지가 해오던 대로 할 수도

가족인 줄 알았는데, 사람이었어

없었고 자유, 평등의 가치로 살아갈 수도 없었다. 집안의 리더로서 새로운 기준과 질서를 생각하니, 지혜의 고민과 불안감은 깊어져 갔다. 지훈은 계속 신중한 태도를 취했다.

"지혜 씨, 지금 결정을 번복해도 아무 일 없어. 아무에게도 말하지 않았으니까."

지혜도 잠시 마음이 흔들렸다. 공연히 긁어 부스럼을 만드는 것은 아닐까? 감상에 젖어 경솔하게 일을 벌이는 것은 아닐까? 그러나 지혜는 용감하게 전진하기로 했다. 그녀는 어른이 되고 싶었다. 이 시대에는 젊은이들을 흉내 내며 어른이 되기를 거부하는 피터 팬 같은 사람들이 많다. 지혜도 한때 그랬다. 영원히 젊게 사는 것이 좋아 보였다. 그러나 아버지를 잃고, 혼자 생계를 꾸려나가야 하고, 갈 길을 잃고 방황하는 가운데 지혜는 변했다. 어른이 성숙해지지 않으면 젊은이들은 점점 어른을 업신여긴다. 텔레비전 드라마뿐만이 아니라 현실 속에서 종종 목격하는 장면이었다. 자신도 성숙한 어른이 되지 못하면 앞으로 젊은 세대들에게 무시당할 것이라고 지혜는 생각했다. 자기실현이라는 환상 속에서 혼자 살던 지혜는 어느 순간 자신이 허약한 아이임을 알았다. 그녀는 젊은이를 흉내 내는 어른이 아니라, 젊은이가 본받고 싶어 하는 어른이 되고 싶었다. 지혜는 유진의 성장을 도우며 동시에 자신도 성숙해지고 싶었다. 지혜는 일단 유진의 마음을 얻기로 했다. 자신의 책 중에서 감수성 어린 단편 소설집과 성장소설을 유진에게 주었다. 2주 후, 지혜가 편의점을 방문했을 때 유진은 지혜를 알아보고 반갑게 인사했다.

"전번에 주신 소설책 잘 읽었습니다. 감사합니다."

유진은 지혜를 존경스러운 눈초리로 바라보며 고마워했다.

"응, 그래. 어렵지 않았어?"

유진은 얼굴이 발갛게 달아오른 채 기어드는 목소리로 말했다.

"어렵기도 하고, 이해가 잘 안 되는 것도 있었지만 왠지 모르게 끌렸어요."

"어머, 그래. 고맙다. 차차 읽어. 관심 있으면 다른 책도 나중에 또 줄게."

지혜는 11시에 에스프레소 바에 오면 오아시스에 온 기분이 들었다. 길쭉하고 좁은 공간이지만 시원한 가을 공기와 음악이 흐르는 이곳은 아늑했다. 가슴 높이의 긴 검은색 테이블 중앙에는 거꾸로 세워진 빨갛고, 파란 유리컵들과 작은 소년이 그려진 앙증맞은 에스프레소 잔이 포개져 있었다. 또 하얀 색깔의 큰 등이 중앙에 있어서 한결 밝게 보였다. 주인 박지혜가 만

가족인 줄 알았는데, 사람이었어

들어 놓은 인테리어에 김지혜가 손을 좀 더 댄 부분은 생화였다. 김지혜는 커다란 화병에 생화를 꽂아놓았다. 가격이 나가도 그렇게 장식하고 싶었다. 처음에 김지혜가 하얀 국화를 꽂아놓자 박지혜가 흥분해서 외쳤다.

"어머나, 김지혜. 이 국화 정말 멋있다! 공간에 생기가 돌아. 이거 얼마야? 내 돈으로 해야지."

"아니야, 이건 내가 살게."

김지혜에게 이 공간은 너무도 소중했다. 자신의 방과 전혀 다른 세계였다. 9시부터 이곳에 오는 손님들은 대개 주변의 상인이나 직장인들이었다. 그들은 아메리카노를 테이크아웃해 갔고, 김지혜가 일하는 11시부터는 에스프레소를 찾는 손님들이 종종 왔다. 이런 손님들에게 가장 인기 있는 것은 에스프레소에 크림을 얹은 에스프레소콘판나와 에스프레소에 크림과 거품을 얹고 설탕을 섞은 빈센트였다. 가격이 싼 만큼 그들은 대개 두 잔을 연거푸 마셨다. 지혜는 손님을 맞을수록 힘이 났다. 손님들은 대개 젊은이들이었지만 가끔 중년들도 왔다. 그들은 이런저런 이야기를 하거나 조용히 구석에서 바깥의 풍경을 바라보았다. 그들이 카페에 머무는 시간은 대개 20분 미만이었다. 지혜는 그들의 수다나 간단한 대화를 통해서 새로운 세상을 엿보았다. 근처의 일식당에서 아르바이트하는 일본인

종업원도 휴식 시간에 종종 와서 커피를 마셨다. 글만 쓸 때는 접할 수 없었던 활기가 이곳에는 늘 감돌았다.

어느샌가 가을이 왔다. 일하는 지혜 앞에서 시간은 쏜살같이 흘러갔다. 지혜는 문득, 유진을 자기 카페에 데려오고 싶었다.

"유진아, 너 내가 근무하는 에스프레소 바에 구경하러 올래?"

유진은 눈을 반짝거리며 호기심을 보였다. 유진이 다음 날 그곳에 들렀을 때는 오후 3시 무렵으로 마침 손님이 없었다. 좁지만 아늑한 공간에 들어서며 유진은 눈을 휘둥그레 떴다.

"와, 언니 여기 분위기 너무 좋아요!"

"뭐 마실래? 음… 먼저 에스프레소콘판나 마셔봐."

지혜는 능숙한 솜씨로 에스프레소를 뽑아낸 후, 작은 잔 위에 크림을 듬뿍 얹어 유진에게 주었다.

"이거 스푼으로 섞은 후에 마셔도 되는데, 나는 먼저 입술로 크림을 살짝 먹은 후에 혀로 에스프레소를 빨아올려. 그럼 혀를 적신 달콤한 맛 뒤에 올라오는 씁쓸한 에스프레소 맛이 아주 좋아."

유진은 지혜가 가르쳐 준 대로 마신 후, 놀란 표정으로 외쳤다.

"와, 맛있어요! 아줌마, 아니… 언니. 어떻게 불러야 하지요?"

가족인 줄 알았는데, 사람이었어

"얘, 나 아직 결혼도 안 했는데 무슨 아줌마니? 언니라고 불러."

"언니, 음악 들으면서 커피 향 맡는 분위기가 너무 좋아요!"

"너도 여기서 일하고 싶지 않아?"

"일자리 있어요?"

"아니, 지금은 없어. 하지만 기회는 언제나 갑자기 찾아와. 그러니까 미리 준비해 두는 게 좋아…. 너 커피 배울래?"

"네? 그럴 수 있어요?"

"응, 여기 와서 배워. 내가 가르쳐 줄게. 편의점 1시에 끝나지?"

"네."

"그럼, 점심 먹자마자 오면 여기 2시나 2시 반쯤 도착할 수 있겠네! 내가 4시까지 알바하니까… 일주일에 두세 번 나와서 한두 시간 정도 커피 배워. 알바비는 못 줘. 나도 알바하는 신세니까. 다만 오는 날은 저녁 사줄게."

유진은 그 말을 듣고 뛸 듯이 기뻐했다. 좋은 분위기 속에서 커피를 배운다는 것이 꿈만 같았다. 유진은 거의 매일 와서 커피를 배웠고 일이 끝나고 나면 그들은 근처의 길을 걸으며 곳곳을 구경했다. 독특하고 고풍스러운 문구류를 파는 곳도 드나들었고, 향수 가게도 구경하고, 소금빵도 사 먹었다. 유진은 거

리의 외국인 관광객들을 신기한 눈초리로 바라보았다. 유진에
게는 이곳의 모든 것들이 신세계였다. 지혜 역시 혼자 다닐 때
는 느낄 수 없는 기쁨을 누렸다. 지훈과 함께 있을 때와는 또
다른 즐거움이었다. 유진을 챙겨주고 베푸는 가운데 샘솟는 모
성애가 그녀에게 깊은 만족감을 주었다.

어느 날 아르바이트를 마친 그들은 에스프레소 바 옆의 작
은 공원으로 갔다. 아직 단풍이 들지 않은 활엽수들과 소나무
가 그득했다. 파란 하늘에서 늦가을 태양이 눈부시게 빛나고
있었다. 그들은 오솔길에 있는 작은 벤치에 앉았다. 까치들이
떨어진 나뭇잎 사이에서 뭔가를 쪼아 먹고 있었다. 저 까치들
은 가족이 있는 것일까? 혼자 살아가는 것 같지만 까치도 관계
속에서 살아갈 것이다. 그들도 혼자 있으면 외롭기에 무리를
짓고 사는 것이겠지. 한동안 생각에 빠져있던 지혜가 입을 열
었다.

"지금 친구 집에서는 어떻게 살아? 불편하지 않아?"

"저보다도 친구와 동생이 불편할 거예요"

말을 마친 유진은 쓸쓸하게 웃었다. 유진은 아직도 우울하
고 힘이 빠진 표정을 가끔 보였지만 예전에 비해 훨씬 기력을
찾은 모습이었다. 눈빛도 총명하고 선해 보였다.

"오빠는 언제 졸업해?"

가족인 줄 알았는데, 사람이었어

"지금 3학년이에요…."

"자주 봐?"

"아니요? 통화만 가끔 해요. 오빠는 임용시험에 합격해야 한다면서 공부하느라 정신이 없어요. 그래야 저를 데려간다면서요."

"유진이 학교는?"

"저는 나중에 천천히 가도 돼요…. 지금도 만족해요."

지혜는 가슴이 아팠다. 이른 나이에 체념하는 법을 배운 것일까? 지혜는 망연한 눈초리로 숲 사이를 바라보았다. 까치 한 마리가 푸르르 날아갔다. 한참 후, 유진이 물었다.

"질문이 있는데요, 소설을 쓰려면 어떻게 해야 해요? 국문과를 꼭 가야 하나요?"

"응? 나 국문과 아냐. 영문과 나왔어, 하하. 소설 쓰는 거는 과하고 상관없어. 대학 나오는 거 하고도 상관없어. 소설은 죽도록 쓰고 싶은 사람이 쓰는 거야. 왜? 유진이도 소설 쓰고 싶어?"

"언니 소설 보면서 쓰고 싶다는 생각이 들었어요. 언니만큼은 못 쓰겠지만, 그래도 뭔가 써보고 싶다는 생각이 들었어요."

지혜는 말없이 유진을 바라보다가 입을 열었다.

"유진아, 오늘 저녁은 언니 집에 가서 먹을까?"

저녁 어스름이 거리를 덮어오고 있었다. 그들은 함께 지하철을 탔고, 함께 맥주와 치킨을 샀으며, 함께 집으로 돌아왔다. 지혜는 일상 속에서 유진과 '함께'하는 시간 자체가 행복했다. 지혜가 2층 계단을 올라가 문을 탁 여는 순간, 벽과 천장과 공기가 일렁거렸다. 식탁에 올린 치킨 냄새가 방 안에 가득 찼고 맥주 캔 따는 소리가 경쾌하게 울려 퍼졌다.

"자, 우리 한잔하자. 건배!"

쨍그랑, 잔이 부딪치는 소리가 크게 울려 퍼졌다. 지혜의 방에 활기가 돌았다. 그녀는 그동안 이 방에서 한 번도 이런 분위기를 느껴본 적이 없었다. 지훈이 왔을 때도 이렇지는 않았다. 젊은 생명으로부터 오는 기운이 공간을 가득 채웠다.

"근데, 언니⋯ 질문이 있는데요. 왜 저한테 이렇게 잘해주세요?"

"응? 잘해준 거 별로 없는 것 같은데⋯."

"아뇨, 저는 늘 느끼고 있어요."

"글쎄, 그렇게 느낀다면⋯ 유진이가 옛날의 나 같은 생각이들어서 그런가?"

잠시 침묵이 흘렀다.

"언니 부모님도 이혼하고, 다 돌아가셨나요?"

"아니, 이혼하지는 않았지만 늘 부부싸움을 많이 하셨고⋯ 언니와 나는 불안에 떨었지. 한때 나도 거식증이 좀 있었어. 어

가족인 줄 알았는데, 사람이었어

머니는 7년 전쯤 돌아가셨고, 아버지는 돌아가신 지 1년 반 정도 되었어. 나도 이제 혼자 살아가야 해. 근데 부모님은 어떤 분이셨어?"

유진의 얼굴에 잠시 긴장한 표정이 서렸다.

"아버지는 착하고 성실한 분이셨어요. 그런데 남에게 잘 속았대요. 사기도 당하고…. 어머니는 그런 점을 늘 못마땅해했어요. 어머니가 성격이 좀 급한 편인데 부부싸움도 많이 하셨어요. 그러다 이혼하셨죠."

"많이 힘들었겠구나."

"지금은 괜찮아요. 제 운명인가 봐요."

운명… 이 아이는 어린 나이에 이런 말을 하는구나. 책이나 남을 통해 들은 말이 아니라 부모의 이혼과 죽음, 가족 해체, 친구 집에서 더부살이를 통해 자신의 운명을 알아버린 아이다. 지혜는 가슴이 아팠다. 그래도 유진은 예전처럼 얼굴이 창백하지는 않았다. 키는 작고, 몸은 여전히 말랐지만, 계란처럼 동그란 얼굴에 외꺼풀 눈을 가진 눈빛에는 선한 기운이 감돌고 있었다.

"유진아, 이리 와봐."

지혜는 유진과 함께 작은 방으로 갔다. 지혜는 글 쓰는 작업을 안방에서 했고 이곳에는 책장 두 개와 옷걸이 등이 있었다.

"유진아, 너 여기서 살래?"

유진은 갑작스러운 지혜의 말에 놀라며 바라보았다.

"네?"

"응, 유진이가 좋으면 이 방 써도 돼. 책장은 내 방으로 옮기거나 거실로 내오면 돼."

유진은 넋이 나간 채 지혜를 바라보았다. 밖의 계단에서 발걸음 소리가 들려오다가 툭 끊어졌다.

"여기서 살다가 오빠가 독립하면 가서 오빠하고 살아도 돼. 하지만 네가 좋다면 여기서 계속 살아도 돼. 너 결혼하면 독립해서 나가도 돼… 만약 결혼하지 않으면 나하고 끝까지 살아도 돼. 내가 나가라고 하지는 않을 테니까."

유진은 아무 말도 하지 못한 채 벙어리처럼 서있었다. 지혜는 속으로 유진에게 말했다.

'유진아, 이 막막한 우주를 함께 비행할까?'

가족인 줄 알았는데, 사람이었어

핵개인가족

아무리 자유가 좋다 해도 핵개인은 외롭다. 사람은 소통과 관계 속에서 살아가는 존재다. 그 속에서 다시 갈등이 일어나지만 어쩔 수 없는 인간의 운명이다. 고독과 갈등이란 양극단 사이에서 사람들은 살아간다. 봄비에 움트는 새싹들처럼 새로운 가족이 모습을 드러내고 있다.

공존을 위한 규칙

지혜와 유진이 사는 집은 걸어서 5분 거리였지만 유진이 지혜의 집에 오기까지는 두 달이 걸렸다. 몸보다 마음에 걸림돌이 있었다. 하나하나 치워가는 데 시간이 걸렸다.

"그 사람이 어떤 사람이야? 2년만 참으면 내가 임용고시 합격해서 우리 같이 독립할 수 있는데….."

유진의 오빠는 조심스러워했고 유진 역시 망설였다. 지혜는 서두르지 않고 느긋하게 기다렸다. 눈이 오던 12월 중순, 어느 날이었다. 밤부터 소복소복 쌓인 눈이 세상을 하얗게 뒤덮은 날, 편의점에 들렀던 지혜에게 유진은 언니 집에 가겠다고 말했다. 머뭇거렸지만 눈빛에는 흔들림이 없었다. 지혜는 유진의 손을 꼭 잡아주었다. 지혜는 며칠 후 올 유진을 위해서 침대와 책상을 작은 방에 들여놓았다. 이사는 간단했다. 칫솔과 속옷과 옷 몇 벌이었다. 큰 가방 하나를 든 유진은 소풍 가는 기분으로 지혜를 찾아왔다. 유진과 지혜가 함께 집에 왔을 때는 어둑어둑한 저녁이었다. 방 안에 들어서면서 어색한 표정을 지은 유진이었지만 자신의 방을 보며 감격했다. 평생 자기 방 없이 살아온 유진이었다. 그들은 그날 치킨과 맥주를 앞에 놓고 파티를 열었다.

"유진아, 환영해. 어서 먹자!"

어색하지만 따스한 눈빛이 오갔다. 방 안의 공기와 가구들도 따스해 보였다. 똑같은 음식이지만 혼자서 먹을 때와 달랐다. 지혜는 맛있게 먹는 유진을 보며 자기도 엄마처럼 일찍 결혼했다면 이만한 딸이 있을 것이라고 상상했다. 그날 밤, 지혜의 가슴에 늘 깃들어 있던 외로움이 사라졌다. 지훈과 있을 때와는 달랐다. 그는 사랑했지만 어딘지 허전한 존재였다. 하지만 유진은 달랐다. 피 한 방울 섞이지 않았는데도 마음이 푸근해져 왔다.

그러나 며칠을 지내면서 차차 그들 사이의 다름이 드러났다. 우선 생활 습관이 달랐다. 지혜는 아르바이트를 위해 일찍 일어났고 유진은 늦잠을 잤다. 저녁 식사 시간도 달랐다. 낯선 존재와 함께 사는 것이 처음인 지혜는 신경이 곤두서기 시작

가족인 줄 알았는데, 사람이었어

했다. 지혜는 고민 끝에 유진에게 말했다.

"유진아, 너와 나는 다른 별이라고 생각해."

유진은 눈을 동그랗게 뜨고 지혜를 바라보았다.

"함께 지내지만 우리는 다른 궤도를 달리는 행성이야."

유진은 별, 행성, 궤도라는 말을 듣는 순간 다른 세계로 왔다는 실감이 났다.

"우리가 함께 살아가기 위해서는 이 공간에 질서가 필요해. 우리가 서로 충돌하지 않기 위해서는…."

지혜는 부드러운 표정으로 말을 이었다.

"우선 우리의 규칙을 만들자. 식사 시간, 자는 시간, 청소하는 거… 이런 거에 대한 규칙이 필요해. 그동안 친구 집에서는 어떻게 지냈니?"

"거기서는 친구가 학교 가는 시간에 맞춰서 모든 걸 했어요…. 친구가 학교 가고 나면, 친구 어머니가 청소하는 동안 제가 설거지하고 쉬었다가 편의점에서 일한 후, 오후에는 자유롭게 지냈어요."

"그렇구나. 그럼 일어나고 자는 생활 리듬은 그렇게 하면 되겠네."

"네."

"그럼, 각자 자기 방 청소는 매일 하고 거실과 화장실 청소는 토요일에 나눠서 하자. 거실은 네가 하고, 화장실은 내가 할게. 오케이?"

"알겠어요."

"그리고 유진아, 언니는 네 식비를 대줄 형편은 안 돼. 이제부터 생활비는 스스로 해결해야 하는데 괜찮겠니? 집세 같은 건 없지만, 그 외의 식비나 옷 같은 것들 말이야. 그럼 너도 떳떳하고 자유롭게 살 수 있어."

"네, 저도 그렇게 생각해요."

"그런데 우리가 밥을 같이 먹어야 가까워질 텐데 어떻게 하면 좋겠니?"

지혜는 유진과 밥을 함께 먹는 식구가 되고 싶었다.

"저는 잘 모르겠어요. 언니가 하자는 대로 따를게요."

"내가 엄마처럼 식사를 준비해 줄 수도 없고… 우선 이렇게 할까? 점심은 각자 자기가 알아서 사 먹고, 아침과 저녁은 함께 먹자. 그건 공동 비용으로 준비하고, 내가 식사를 준비하면 네가 설거지하고, 네가 식사 준비를 하면 내가 설거지하자. 그리고 자유롭게 음식 재료를 사오는데, 우선 자기 돈을 쓴 후 가계부에 꼼꼼히 쓰자. 나중에 그걸 정산하자고. 그러니까 너와 내가 반반씩 똑같이 부담하는 거야…. 그리고 또 뭐 없나?"

"전기세, 수도세… 그런 것도 있잖아요."

가족인 줄 알았는데, 사람이었어

"아, 그건 언니가 다 낼게. 신경 쓰지 마. 너는 식비와 네 옷, 용돈 그런 것만 스스로 책임지면 돼."

"고맙습니다."

지혜는 자신이 야박하다는 생각이 들었지만 마음을 굳게 먹었다. 이런 사고방식은 아버지로부터 물려받았다. 아버지는 함께 살 때 딸들에게 늘 규율과 책임감을 강조했다. 그러면서 요즘 세태에 대해 매우 불만스러워했다.

"도대체 요즘 젊은 애들은 자신의 자유나 권리는 내세우면서 의무랑 책임에 대해서는 너무 생각을 안 해. 너희들도 그래. 다 컸다고 자기 인생 간섭하지 말라면서 자기 먹고, 자는 건 부모한테 신세 지잖아. 그거 불공정하다고 생각하지 않아? 돈을 벌면 여기 살면서 생기는 비용을 내야지. 언제까지 모든 게 부모의 의무야?"

그렇게 말했던 아버지였지만 돈 못 버는 지혜에게 생계비를 지원했다. 지혜는 언젠가 갚겠다고 생각했지만 아버지는 기다리지 않고 세상을 떴다.

"유진아, 저 방은 네 공간이니까 네가 알아서 해. 하지만 이 집의 전체 공간은 우리가 사는 곳이니까, 공통된 분위기나 정신이 있었으면 좋겠어."

"네?"

살아오면서 그런 이야기를 처음 듣는 유진은 작가 언니라 역시 다르다고 생각했다. 지혜 집안의 가훈은 '성실, 책임'이었다. 지혜 아버지의 밥상머리 교육이 늘 그랬고 액자를 만들어서 벽에다 붙여놓기까지 했다.

"유진아, 우리 집의 가훈을 뭐로 만들었으면 좋겠니?"

"네? 가훈이요?"

"유진이 집에서는 그런 거 없었어? 편의점 아저씨네는 뭐였어?"

"그런 거 없었는데요… 하하. 우리 친구 집에도 없어요."

"그래? 요즘은 그렇구나. 우리 집만 그랬나? 우리는 '성실, 책임'이었어."

"그거 우리 고2 때 급훈과 비슷해요. 우리 반 급훈이 '성실하자, 정직하자'였어요.

"하하, 그렇구나. 어땠어?"

"숨 막혔어요. 그거 그냥 형식적이었어요. 하하."

"그럼 뭐로 하지? 나는 그런 게 우리 집에도 있으면 좋겠어."

지혜는 자신이 아버지 흉내를 내는 것에 대해 스스로 놀랐지만, 이는 낯선 존재를 받아들이는 데서 오는 불안감 때문이었다. 지혜는 유진이가 자기 멋대로 살면 싫어질 것 같았다. 그렇다고 자신과 유진을 '갑을' 관계로 만들고 싶지 않았다. 둘이

가족인 줄 알았는데, 사람이었어

함께 따를 수 있는 '그 무엇'을 만들면 서로 평등한 관계가 될 것 같았다. 대한민국 헌법 앞에서 누구나 승복하듯이, 집에서는 가훈을 따르는 분위기가 필요하다고 생각했다.

지혜는 유진이 오기 전에 책이나 텔레비전 혹은 인터넷을 통해서 가족에 관해 알아보았다. 수많은 가족의 예를 보면서 집이든, 조직이든, 나라든 구성원이 따르는 가치와 기준이 없으면 해체된다고 보았다. 제각기 자기가 다 옳다고 고집부리면 결국 분열된다. 가장이나 왕이 권위로 누른다면 말이 다르지만 지금은 그런 시대도 아니다. 지혜는 아버지 밑에서 살 때는 자유와 독립 같은 구호가 좋았지만, 이제는 질서와 규율이 더 중요하게 다가왔다. 유진은 한참 동안 생각하다가 입을 열었다.

"'나는 매일 꿈을 꾼다', 어때요?"

지혜가 전혀 생각하지 못한 말이었다.

"음… 유진이는 그게 좋아?"

"네, 사실은 〈문어의 꿈〉이라는 노래 가사 중의 일부예요."

"그런 노래가 있어? 난 모르는데."

"그거 한참 유행했어요. 제가 들려드릴까요?"

유진은 휴대폰으로 유튜브를 켰다. 동요 같은 노래가 흘러나오기 시작했다.

경쾌한 노래였지만 지혜는 왠지 슬프게 들렸다. 어둡고 무서운 바닷속에서 꿈을 꾸는 문어의 이야기… 지혜는 외로운 문어가 유진이처럼 느껴졌다. 노래가 끝날 무렵 유진이 말했다.

"아빠랑 엄마가 이혼하고, 또 아빠와 엄마가 돌아가실 때 매일 이 노래를 들었어요. 하루에도 수십 번씩. 제가 깊은 바닷속 문어가 된 것 같아서…."

지혜의 가슴이 뭉클해졌다.

"이 노래 동요니?"

"아니에요. 안예은이라는 가수가 부른 건데 다양한 노래를 부르는 가수예요. 근데 이 노래가 초등학생들에게 엄청나게 인기 있어요."

초등학생들이? 지혜는 이해가 되지 않았다. 아이들 가슴속에 슬픔이 있나? 깊은 바닷속에 살고 있다고 생각하나? 묘한 느낌이 들었다.

"그래, 우리 집 가훈… 아니 우리 집 노래는 〈문어의 꿈〉으로 하자!"

그날 밤, 거실 창문을 여니 눈이 내리고 있었다. 이미 길에는 눈이 소복하게 쌓여있었다. 지혜는 창문을 열고 펄펄 내리는 눈을 하염없이 바라보았다. 어느샌가 유진이 옆으로 왔다.

"어머, 너 안 잤어?"

"네, 언니 나오는 소리 듣고 나왔어요."

"벌써 새벽 1시야."

"잠이 안 와요. 꿈꾸는 것 같아요. 현실 같지 않아요…. 언니, 고마워요."

두 외로운 별들이 캄캄한 우주를 바라보았다. 바람이 차가워도 두 사람의 가슴은 따스했다.

묘한 관계와 선한 기운

한두 달간 지혜의 신경은 여전히 곤두서 있었다. 과연 유진이 규칙을 잘 지킬까, 불편한 점은 없나, 자신에 대해서 어떻게 생각할까 등 온갖 것이 신경 쓰였다. 지혜는 어린 시절 읽었던 〈빨강 머리 앤〉을 떠올렸다. 마릴라 아주머니는 어린 앤을 처음에는 야단도 치며 엄격하게 대했다. 일도 시켰다. 그러나 차차 정이 들자 앤을 학교에도 보내며 헌신적으로 키웠다. 지혜는 자신이 마릴라 아주머니가 아니라는 점을 명심했다. 유진은 이미 성인이고, 그녀에게 일을 시킬 수도 없으며, 그녀를 학교에 보낼 의무도 없었다. 다만 평등하고 독립된 행성으로서 각자의 궤도를 도는 자유로운 존재로 생각했다. 그들이 부딪힐 일은 별로 없었다. 늘 똑같은 일상이 전개되었다. 다행히 유진

가족인 줄 알았는데, 사람이었어

은 규칙을 잘 지켰다. 유진은 아무리 지혜가 잘 대해주어도 눈치를 보았다. 어린 시절부터 부모가 부부싸움을 할 때도, 학교에서도, 친구의 집에서도 유진은 늘 눈치를 보았다. 유진의 마음속 깊은 곳에는 여전히 얼어붙은 구석이 남아있었다.

지혜는 유진과 함께 살면서 지훈을 만나는 일이 드물어졌다. 그럴수록 지훈은 상실감이 들었다. 뜨겁게 사랑하던 추억이 점점 멀어져 가고 있었다. 지훈은 어느 날 그들의 관계를 곰곰이 생각해 보았다.

지혜와 자신은 비록 거리감이 생겼지만 여전히 사랑하고 있다. 그러나 독점적인 관계를 주장할 수 있는 부부는 아니다. 지혜와 유진의 관계는? 모녀지간도 아니며 동성의 연인 관계도 아니다. 그러므로 지혜와 나와 유진의 사이는 삼각관계도 아니다. 비즈니스 파트너도 아니고 동료도 아니다. 또 유진이는 나의 딸도 아니다. 그럼, 도대체 우리는 무슨 관계지?

가끔 지혜는 지훈의 방에 찾아와 잠자리를 같이했어도 밤 10시면 돌아갔다. 지혜는 유진에게 반듯한 모습을 보이고 싶었다. 그러나 시간이 갈수록 유진은 지혜와 지훈의 관계를 눈치챘다. 그렇다고 유진이 그들 사이를 질투할 입장도 아니었다. 설날에 지훈은 지혜의 집을 방문했다. 그곳에서 셋은 함께 떡국을 먹었다. 화기애애한 시간을 가졌지만 서로 가족이라고 생각하지는 않았다.

묘한 관계가 익숙해지는 가운데 봄이 왔다. 지훈과 지혜가
처음 뜨거운 사랑을 나누었던 계절이며 동시에 아버지가 돌아
가신 계절이었다. 봄은 쓸쓸하게 지나가고 있었다. 어느 날 지
훈은 지혜에게 물었다.

"유진이랑 사는 건 괜찮아?"

"응, 생각보다 괜찮아. 이제 넉 달 정도 되어가는데 좋은 점
이 많아. 생명이 있는 존재가 같은 공간에서 숨 쉬고 산다는 게
든든해. 물론 충돌이 있을까 봐 서로 규칙을 정해서 노력하고
있어."

"내가 들어갈 공간이 없네⋯."

"그건 지훈 씨가 처음부터 거절했잖아? 지금에라도 들어오
고 싶어? 유진이가 함께 있으면 불편할 텐데⋯."

"아, 지금 가겠다는 건 아니야. 유진이가 우리 딸도 아닌데
그런 상황에서 함께 살기는 불편하지."

"나는 우리가 합해도 유진이를 내보내고 싶지는 않아. 자
기가 독립해서 나간다면 모를까. 그러니까 우리가 거기에 맞
춰야 해."

지혜는 평소의 성격답게 단호했다.

가족인 줄 알았는데, 사람이었어

"아버지가 돌아가신 후, 어떻게 살아가야 할지 많이 생각했어. 결론은 우리는 다 다른 별들이라는 거야. 혈연이나, 지연이나, 학연으로 묶고 싶지 않아. 지훈 씨도 늘 '개인의식'을 강조했잖아?"

지훈은 아무 말 없이 듣다가 물었다.

"같이 사니까 좋은 점이 뭐지?"

"전번에 몸살감기가 났을 때 유진이가 약이랑 먹을 것을 사다 주니 얼마나 고마운지 모르겠어. 물론 나도 유진이가 배탈이 났을 때 죽을 쑤어 주었어. 하지만 그것보다도 그냥 함께 사니까 공동체가 된 기분이 들어서 든든해. 그렇다고 나이 들어 유진이의 도움을 기대하지 않아. 노후에 나약해진 나를 돌봐달라고 유진이를 택한 것은 결코 아니야. 각자는 각자의 삶을 살아가야지."

이렇게 자신만만한 지혜였지만 조금씩 갈등이 생기고 있었다. 유진은 차차 늦게 일어나기 시작했다. 처음에는 7시에 일어났지만, 점점 늦어지더니 9시 반 정도가 되어서야 간신히 일어나 10시부터 시작되는 편의점 근무 준비를 했다. 성수동 카페로 출근하는 지혜는 처음에 유진이가 아픈 줄 알고 걱정했지만 그것이 아니라는 사실을 알았다. 지혜가 보기에 유진은 늦게 자고 늦게 일어나는 올빼미형 같았는데 긴장이 풀리자

습관이 나온 것 같았다. 늦게까지 유튜브를 보는 유진에게 지혜는 한마디 했다.

"우리 함께 일어나 아침 식사하기로 했잖아. 이렇게 되면 집 안의 질서가 흐트러져."

유진은 알겠다고 말했지만 여전했다. 아침 7시 반쯤 지혜가 방 안을 들여다보면 유진은 정신없이 자고 있었다. 깨워도 도저히 일어날 수 없는 상태였다. 그날 밤 11시쯤 지혜가 유진의 방에 가니 그녀는 휴대폰을 보고 있었다. 지혜는 짜증을 냈다.

"유진아, 늦게 자고 늦게 일어나면 건강에 안 좋대. 늦게까지 휴대폰을 보면 잠도 잘 못 자게 돼. 네 건강을 스스로 지켜야지."

지혜는 유진의 그런 태도가 싫었다. 지혜는 아버지와 비슷해져 갔다. 군인이었던 지혜의 아버지는 아침 6시면 일어나 체조를 하고, 6시 반이면 두 딸을 다 깨워서 각자의 방 청소를 시켰다. 그는 아침형 인간으로서 늦게 일어나는 자식들을 두고 보지 않았다. 지혜는 그런 아버지를 싫어했지만, 이제 유진이 게을러지는 모습도 보기 싫었다. 내버려둘 것인가 아니면 유진이를 위해서 습관을 고쳐줄 것인가? 이런 고민을 지훈에게 이야기하자 그는 다른 관점에서 말했다.

"나도 좀 올빼미형이야. 늦게 자고 늦게 일어나. 그런데 사

가족인 줄 알았는데, 사람이었어

람마다 차이가 있는 것 같아. 나중에 알고 보니 내가 저혈압이
더라고. 저혈압은 아침에 팔딱팔딱 일어나지를 못해. 눈을 뜨
고서도 멍청하게 시간을 보내…. 나 그거 때문에 군대에서 얻
어터진 적도 있었어. 군대에서는 불침번이 '기상!' 하고 외치면
발딱 일어나서 침구를 정리해야 하는데 나는 좀 굼떴거든. 그
때는 저혈압인지도 잘 몰랐는데, 어쨌든 맥이 빠지고 빠릿빠릿
하지 못했던 거야. 그런 나를 고참은 '군기가 빠진 놈'이라면서
팼지, 하하. 유진이도 어쩌면 저혈압 때문에 그런 건지 몰라."

지혜가 전혀 생각하지 못한 부분이었다. 그녀는 그날 곧바
로 약국에서 혈압계를 산 후, 그날 저녁에 유진의 혈압을 재
보았다. 수치가 70mmHg에서 50mmHg이었다. 인터넷에 검
색해 보니 정상범위는 수축기 때 120mmHg, 이완기 때는
80mmHg였다. 자신을 재보니 130mmHg에서 90mmHg이
나왔다.

"유진아, 너 혈압이 너무 낮아. 늘 이랬니?"

"혈압을 제가 재본 적은 없어요. 하지만 늘 몸에 힘이 없고
맥이 빠져요. 특히 아침에는 일어나기가 힘들어요."

지혜는 유진이 10개월 전에 거식증 증세로 쓰러졌다는 사실
을 떠올렸다. 유진은 그때보다 혈색이 좋아졌지만 여전히 몸은
말라있었다. 저혈압 증세는 무증상부터 실신까지 다양한데 다

행히 유진은 급성저혈압은 아닌 것 같았다.

"유진아, 그때 너 쓰러져서 병원에 갔잖아. 의사가 뭐랬어?"

"스트레스받지 말고, 잠 잘 자고, 고기 잘 먹고… 운동하라고 했어요."

지혜는 가슴이 아팠다. 유진이는 환자였는데 그것을 잊었구나. 내 입장에서만 생각했어. 그래도 친구 엄마가 잘 챙겨주었는데 여기 와서는 먹는 것이 부실했어. 어떻게 하지? 지혜는 고민했지만 요리 쪽에는 무지했다. 우선 유진과 함께 식당에 다니며 삼계탕과 삼겹살, 돼지갈비 등을 먹었다. 그런데 아침 식사가 막막했다. 여태까지는 빵과 사과, 두유 정도를 먹었는데 그것 갖고는 부족해 보였다. 지혜는 우선 저혈압 환자에게 좋다는 음식들을 마트에 가서 잔뜩 사 왔다. 호두, 아몬드, 캐슈너트 등의 견과류부터 치즈, 버터, 두유, 사과, 귤, 토마토 등은 물론 양배추, 청경채 같은 채소도 잔뜩 사 왔다. 저녁은 포케 식으로 먹기로 했다. 채소를 물에 데쳐 그릇에 담고, 닭 가슴살은 전자레인지에서 살짝 익힌 후 잘라서 넣었다. 거기에 토마토 약간 익힌 것과 삶은 달걀, 두부, 삶은 콩도 넣었다. 들기름과 소금을 뿌려서 간을 맞췄고 버터와 치즈도 넣었다. 그래도 이것을 요리로 불러야 할지 지혜는 자신이 없었다.

"유진아, 앞으로 우리 저녁은 이렇게 포케로 만들어 먹자.

가족인 줄 알았는데, 사람이었어

요즘 포케가 유행이라는데 웰빙 푸드래."

유진은 수북하게 올라온 대접 속 음식을 보고 놀랐다.

"양이 너무 많아 보이는데요…."

"아냐, 채소가 있어서 그렇게 보이지 그리 많지 않아. 그리고 닭 가슴살하고 두부랑 달걀은 매일 충분히 먹어야 해. 치즈랑 버터도 먹어. 식사 후에는 두유도 꼭 먹고, 디저트로 다크초콜릿도 먹어. 저혈압에는 잘 먹어야 한대. 밥은 네가 불편하지 않을 정도로 먹어."

유진은 그동안 밥과 국, 김치, 약간의 마른반찬만 먹던 저녁 식사에 비해 너무도 푸짐한 식사를 보고 놀랐지만, 차려준 정성을 생각해서 천천히 다 먹었다. 다 먹은 후, 지혜는 커피포트에 물을 끓인 후, 된장을 그릇에 풀어 물을 담았다.

"유진아, 나 솔직히 요리 못하고 하기도 싫어. 그러니까 된장국은 이렇게 디저트 삼아 먹자, 하하."

"네, 이렇게 먹으니 편하네요. 특별하게 요리할 것도 없고."

말은 그렇게 했지만, 유진은 지혜가 차려준 음식이 너무 많았고 맛도 없었다. 억지로 먹고 나니 소화가 되지 않았다. 간이 맞지 않는 요리는 생전 처음 먹어보는 것이었다. 지혜는 유진의 속도 모르고 열정적으로 말했다.

"유진아, 골고루 먹고 고기도 먹어야 혈압이 올라가. 그래야 아침에 기력이 생긴대. 그런데 이렇게 먹고 나면 아침이 안 먹힐 수도 있어. 그러니까 저녁을 일찍 먹자. 먹고 나서 네 시간 정도가 지난 후에 자야 속이 편하대. 우리 저녁을 7시쯤에 먹고, 아침에는 일어나서 간단하게나마 운동하고 8시쯤에 아침을 먹자. 저혈압에는 잘 먹고, 운동하는 게 좋대. 그리고 아침 식사는 사과, 귤, 견과류, 삶은 달걀, 호밀빵에 치즈랑 버터 발라 먹고⋯."

"어휴, 저는 그렇게 못 먹어요. 저녁도 잘 먹었는데 아침을 어떻게 그렇게 먹어요?"

"그러니까 운동해야 해. 걷기도 하고, 체력 회복하면 헬스장에도 다녀야겠다. 너는 너무 안 먹고 자랐어. 그게 습관이 된 것 같아. 만약 안 당기면 아침을 9시나 10시쯤에 먹어도 돼. 너 편의점 알바 시간에 늦지 않게만 일어나. 점심은 요즘 뭐 먹니?"

"편의점 도시락에 컵라면 주로 먹어요."

"그럼 안 돼. 점심도 잘 먹어야 해. 내가 이 근처 가정식 백반하는 데 알거든. 거기 가서 사 먹어. 8천 원인데 조금 부담되더라도 병 고친다고 생각하고 가서 먹어. 내가 모자라는 식비는 당분간 대줄게. 걱정하지 마."

그날 밤, 지혜는 한숨이 나왔다. 자신이 한심하고 무능해 보

가족인 줄 알았는데, 사람이었어

였다. 40대 초반의 자신은 어른도 아니고 아이도 아니었다. 요리도 잘 못하고, 아이를 키워본 경험도 없으며, 타인을 어떻게 배려해 줘야 할지도 몰랐다. 급한 마음에 허겁지겁 음식 재료들을 잔뜩 사 왔지만, 그냥 날것을 먹는 것이나 마찬가지였다. 말이 좋아 포케지 이것저것 섞어 먹는 정도였다. 지혜는 유진에게 이런저런 조언을 많이 했지만 자신이 없었다. 그녀가 직접 체험한 일이 아니었다. 지혜는 그동안 유진을 너무 어른으로 생각했다는 점도 후회스러웠다. 어리광도 부리고, 부모 밑에서 밥투정해 가며 잘 먹었을 나이에 남의 눈치나 보면서 자란 아이였다. 유진이는 아마 아침도 건너뛰었을 것이다. 점심은 편의점 도시락에 컵라면이라니… 저녁은 일주일에 두 번 정도 카페 일을 도와준 후 근처 식당에서 함께 먹었지만, 다른 날은 혼자서 밥과 김치에 마른반찬 정도만 먹었을 것이다.

지혜는 된장찌개를 만들지 못해 된장을 물에 풀어 먹는 자신이 한심했고, 유진의 형편도 모른 채 규칙, 독립심, 책임감을 강조한 자기가 너무 몰인정하다고 생각하며 반성했다. 그러나 지혜는 추진력이 강했다. 다음 날 그녀는 유진과 함께 운동복과 운동화를 산 후 헬스장에 등록했다.

"우리 우선 3개월만 헬스장에서 운동하자. 저혈압에는 운동이 좋대. 무리하지 말고 유산소랑 근력 운동 조금씩 하자. 알바 끝나자마자 집에 와서 밥 먹고 한 시간 정도 쉬었다가 운동하자. 헬스비는 당분간 내가 내줄게."

다행히 유진은 지혜의 말을 잘 따랐다. 유진은 지혜 언니를 따라가기 힘들었지만 고맙게 생각했다. 엄마 같기도 하고, 언니 같기도 하며, 선생님처럼도 여겨졌다. 또 멋진 글을 쓰는 작가로서 존경했다. 지혜는 유진과 살면서 자기 부모, 특히 엄마가 자식들을 키우기 위해 얼마나 신경 썼을까를 생각하며 남몰래 눈물을 흘렸다. 지혜는 자신이 조금씩 어른이 되어가는 기분이 들었다.

그해 가을, 지혜가 카페 아르바이트를 시작한 지 1년이 넘어가던 무렵, 친구이자 카페 주인인 박지혜가 프랑스 파리로 가게 되었다. 을지로점을 종종 들락날락하던 연하의 프랑스 남자와 사랑에 빠진 것이다. 적당한 콧수염에 금발이 어우러진 말랑말랑해 보이는 인상, 눈빛이 장난스러워서 믿음직하지는 않았지만 사랑스러워 보이는 30대 후반의 남자였다.

"내가 이렇게 될지 나도 몰랐어."

박지혜는 김지혜를 보며 천진난만하게 웃었다. 사랑에 빠지니 40대 중반이 되어가는 여자답지 않게 소녀다운 표정을 지었다.

가족인 줄 알았는데, 사람이었어

"프랑스에 가서 어떻게 살려고?"

"그 남자는 IT기업에 다녀. 한국 지사에 나왔다가 본사로 들어가는 건데, 나는 우선 프랑스 사회에 적응했다가 거기서 이런 스탠드 카페를 운영할 생각이야."

"그럼 이 카페는 어떻게 하려고?"

"내놓아야지."

"이거 내가 해볼까?"

지혜는 서슴지 않고 말했다. 충동적으로 보였지만 그녀는 지난 1년 동안, 카페 일을 하면서 언젠가 독립해 보고 싶은 생각을 하고 있었다.

"네가 할 수 있겠어?"

"응, 아버지 돌아가신 후 물려받은 유산이 좀 있어."

"어머, 그러면 잘됐다. 네가 해라."

그렇게 해서 지혜는 카페 사장님이 되었다. 지혜의 출근 시간은 빨라졌고 일은 많아졌다. 9시부터 6시까지 긴 시간을 혼자 다 할 수는 없었다. 당연히 작년부터 가끔 나와서 커피를 배웠던 유진이 아르바이트를 하기로 했다. 편의점 아르바이트를 1시에 끝낸 후, 3시부터 6시까지 카페 아르바이트를 하게 된 유진은 기뻐했다. 지혜와 유진은 저녁에 집에 오자마자 함께 식사하고 헬스장에서 운동했다. 팍팍한 일상이 펼쳐졌다. 지혜에게 허락된 자유 시간은 밤 10시에서 12시 정도였다. 휴일 없이 일하기에 지훈을 만나서 이야기를 나눌 시간도 없었다. 수입은 늘어났지만 힘든 생활이 다람쥐 쳇바퀴처럼 굴러갔다. 지혜는 점점 현실을 느끼기 시작했다. 아침에 출근할 때 엄청나게 많은 사람과 부대끼며 '아, 다들 이렇게 살아가고 있구나. 나는 그동안 피상적인 관념으로 사람들을 보았어'라며 반성했다. 지혜는 사람들이 책을 안 읽는다고 불평했지만 이제 지혜 자신도 책을 멀리했다. 시간도 없었지만, 에너지를 카페 일에다 쏟고 집에 들어오면 머리가 텅 빈 채 텔레비전 드라마나 유튜브를 보았다. 유튜브도 긴 것보다는 짧게 올라오는 숏폼 영상을 많이 보았다. 그녀는 이제 작가가 아니라 대중이나 독자의 입장이 되어갔다. 현실의 빠른 리듬이 그녀를 변하게 했다. 그녀는 지쳤고, 호흡이 짧아졌고, 시야가 좁아졌다. 그러자 자식을 키우기 위해 악착같이 살아가는 언니도 더 잘 이해하기 시작했다. 또한 아버지의 일기장에서 언니가 아버지에게 돈 5천만 원을 드렸다는 글을 보는 순간 지혜는 부끄러웠다. 아버지가 언니 결혼자금으로 얼마를 주었는지 몰랐지만, 언니는 나름대로 부모에게 어느 정도 갚았던 것이다. '잘 알지도 못하면서' 언니를 자기식대로 생각했던 지혜는 크게 반성했다. 지혜는 힘들수록 타인들을 이해했고 돈을 벌수록 마음이 너그러워

가족인 줄 알았는데, 사람이었어

저 갔다.

유진은 입이 짧아서 요리되지 않은 밋밋한 포케를 잘 먹지 못했다. 삶은 달걀보다는 양념이 된 계란말이 같은 것을 좋아하는 유진은 요리되지 않은 음식을 먹기 힘들어했다. 결국 지혜는 식단을 바꿨다. 그들은 퇴근길에 반찬 가게에서 마른반찬뿐만 아니라 고기나 생선 요리, 찌개 같은 입맛에 맞고 영양가 있는 반찬을 사 왔다. 유진은 다행히 그런 반찬은 잘 먹었고 운동하면서 차차 자신감도 생겼다. 그녀의 오빠는 동생의 그런 모습을 보고 안심했으며 자신도 임용 시험을 준비하며 힘을 냈다.

지훈은 자신에게 집중할 수 있는 시간이 예전보다 많아져서 소설에 집중했다. 그는 글쓰기는 물론 다른 작가들의 작품을 폭넓게 읽으며 자신의 안목을 높였다. 이런 선순환 속에서 여러 생명은 다시 살고자 하는 용기를 불러냈다.

이런 선한 기운의 순환은 어디서부터 시작되었을까? 우선 유진의 불행을 방관하지 않고 자기 일처럼 여겼던 선한 편의점 주인 부부의 배려에서 시작되었다. 그들은 자신들의 근무 시간, 즉 수입을 줄이면서까지 유진에게 일자리를 주어 버틸 수 있게 했고, 유진의 건강을 챙겨주었다. 지훈 역시 자신의 수입이 줄어드는 것을 감수하면서 동참했고 지혜는 자신의 집에 유진을 품었다. 그리고 예기치 않게 지혜는 카페 사장이 되어서 경제적인 여유도 생겼다. 이렇게 모든 사람의 도움이 좋은 결과를 낳았다. 그들은 입만 앞세우지 않고 묵묵히 자신의 시간과 돈을 베풀었다. 그들은 구호나 이념을 내세우는 집단에 속한 사람들이 아니라 깊은 정을 베푸는 따스한 개인들이었다. 거기에 예기치 않은 좋은 계기들이 합해져서 좋은 방향으로 흘러갔다. 어느 누가 계획하지 않았음에도 불구하고 모든 일이 좋은 쪽으로 흘러가는 것은 우연일까? 지혜는 종교적인 사람은 아니었지만, 다른 차원에서 오는 힘을 느끼며 감사하는 마음을 가졌다.

가족인 줄 알았는데, 사람이었어

지혜, 따스한 개인주의자가 되다

"유진아, 너는 미래의 꿈이 뭐니? 우리 집 가훈이 '나는 매일 꿈을 꾼다'잖아."

어느 날 지혜가 묻자, 유진은 한참 동안 머뭇거리다가 얼굴이 발개진 채 입을 열었다.

"저는 아직 미래의 희망을 잘 모르겠어요. 무얼 하고 싶은지도 잘 모르겠고요…. 그런데 매일 꿈은 꿔요."

"무슨 꿈인데?"

"그게 참… 그러니까 좀 비현실적인 꿈이에요. 말하기가 좀 그런데 하하…."

"뭔데, 궁금하다. 말 좀 해봐."

"저기, 그러니까 하늘을 날아다닌다거나 몸이 순간 이동한다거나, 그런 거예요. 하하."

"오, 슈퍼맨이 되고 싶었구나. 하하, 멋지다!"

유진은 한참 만에 다시 입을 열었다.

"아버지와 어머니가 싸우거나, 어머니가 집을 나가고, 아버지가 돌아가셨을 때 저는 현실 속에서는 꿈이 없었어요. 그냥 이 세상에서 사라졌으면 좋겠다고 생각했어요. 하늘을 날아다니거나, 눈 한번 깜빡해서 다른 곳에 가면 좋겠다는 생각도 했고요."

지혜는 가슴이 아릿해져 왔다. 지혜도 부모가 싸울 때 집을 박차고 나가는 상상을 했다. 어딘가에서 따로 혼자 살아가고 싶었다. 그러나 아늑하고 따스했던 추억도 많이 있었다. 그런데 유진에게는 현실적인 꿈은 사치였을 것이다. 고통이 심해서 극단적인 선택을 하는 애들도 있는데 터무니없는 상상이라도 하며 상황을 이겨낸 유진이가 대견해 보였다.

지혜는 그날 밤 자신의 꿈을 돌아보았다. 그녀는 다행히 중학교 시절부터 작가가 되는 꿈을 꾸었고 꿈을 이루었다. 하지만 꿈을 이루고 나니 그것은 그저 시작이었다. 삶은 계속 장애물을 넘는 경기였다. 언덕을 넘고 나면 더 험한 언덕길이 나왔고 웅덩이가 나왔다. 지혜는 유진과 함께 살면서 많은 것을 배우고 있었다. 자식에 대한 부모의 마음이 이런 것일까? 자신이 낳았지만 마음대로 안 되는 존재 그러나 언제나 마음이 쓰이는 존재. 유진은 너무 간섭해도 안 되고 또 방관해도 안 되는 존재였다. 언젠가 지훈에게 그런 말을 했더니 그는 감탄했다.

"나는 까칠한 개인주의자에 머무르고 있는데 지혜는 따스한 개인주의자가 되고 있네…. 나처럼 머리로 접근하고 분석하는 사람은 타인에게 쉽게 마음을 열지 못해. 그런데 지혜는 가슴으로 접근하고 있어. 역시 감성적인 사람은 달라."

지혜는 밝고 튼튼하게 변해가고 있는 유진을 보면서 보람을 느꼈지만, 그녀의 장래가 조금씩 걱정되기 시작했다. 지금 유진의 나이에는 정신도 성장해야 하는데 그것이 멈춘 상태였다. 그렇다고 당장 대학에 갈 형편도 안 되었다. 하지만 꿈은 키워야 한다고 지혜는 생각했다. 마침 그 무렵에 새로운 길을 보여줄 수 있는 인물이 나타났다. 윤지혜였다.

"야, 김지혜, 너 오랜만이다."

"아, 지혜야, 정말 오랜만이다. 반갑다!"

윤지혜는 다 알고 왔다는 듯이 카페에 들어오며 크게 소리쳤다.

"너, 여기서 카페 한다는 거 박지혜한테서 들었어."

김지혜 또래에는 유독 지혜라는 이름이 많았는데 윤지혜도 그중 하나였다. 학교 다닐 때 김지혜와 윤지혜 역시 그리 친하지 않았다. 2학년 때 같은 반이었지만 윤지혜는 튀는 아이가 아니어서 눈에 잘 띄지 않았다. 고등학교 졸업 후, 그들은 처음 만나는 사이였다. 그래도 한창 자랄 때 같은 시절을 보낸 고등 학교 동창이라 그들은 반가워했다. 윤지혜와 박지혜는 같은 대학에 다녔다고 했다. 박지혜는 국문과, 윤지혜는 문헌정보학과에 다니면서 친한 관계였다.

"박지혜랑 졸업 후에도 만났지만 서로 바쁘니 한동안 못 만났어. 그런데 걔, 하하. 프랑스 남자랑 사랑에 빠져서 프랑스에 간다고 연락이 왔잖아. 세상일은 참 알 수가 없어. 그리고 자기가 하던 카페를 네가 한다고 말하더라고."

"그러게 말이야. 너는 어떻게 살아? 결혼은 했고?"

"나, 지금 돌싱이야. 5년 전에 결혼했다가 작년에 이혼했어. 지금은 혼자 살아…. 너에 대해서는 이미 잘 알고 있고 네 작품도 다 읽어봤어. 부럽다, 얘."

"그랬구나, 부럽기는…. 난 요즘 헤매고 있어. 아, 그건 그렇고 뭐 마실래?"

윤지혜는 돈을 내겠다고 했지만 지혜는 받지 않고 빈센트를 대접했다.

"우선 스푼으로 위에 얹힌 거품을 맛봐. 그리고 잘 저어 조금씩 마셔봐."

가족인 줄 알았는데, 사람이었어

"어머, 맛있다. 얘, 너 언제 이런 거 배웠니?"

"다 박지혜 덕분이지."

윤지혜는 문헌정보학과를 졸업한 후, 공무원 시험에 합격해 이 근처 공공도서관 사서로 근무하고 있다고 말했다.

"야, 정말 좋은 직업이다. 멋져. 늘 책 속에 파묻혀서 지내는 거 아니야? 분위기 좋은 곳에서."

"이렇다니까. 사람들의 오해가 이리도 깊어. 사서들은 만날 도서관에서 편안하게 책 보는 것 같지? 하하."

"아, 일이야 물론 하겠지만 그래도 틈틈이 책도 보고 그러지 않나?"

"아이고, 책 볼 시간이 어디 있어? 책은 말이 없으니까 좋은데 사람이 문제야. 도서관에도 진상들은 있어. 거기다 수많은 행사를 벌이려면 이런저런 기획도 해야 하고, 준비하고, 강사 섭외하고, 자원봉사자들이랑 친하게 지내야 해. 그 과정에서 온갖 일들이 일어나고. 또 윗사람, 동료와의 관계도 중요하고…. 그러니까 결국 도서관 일도 사람과의 관계가 중요해."

"나는 사회생활을 많이 하지 못해서 그런 쪽의 사정을 잘 몰라…."

"그런데 사람 때문에 피곤하면서도 또 사람 때문에 보람을 느끼기도 해. 참 묘하지? 동기 중에서 초등학교 사서교사들이 있는데, 공공도서관보다 더 힘든 것 같아. 도서관 수업하다 보면 수업 분위기 망치는 아이, 꼬박꼬박 말대답하는 아이, 친구 괴롭히는 아이, 소리 지르는 아이, 수업 시간에 제멋대로 돌아다니는 애들이 있대. 그런데도 선생이 통제하기 힘들대. 조금만 뭐라 하면 학부모들이 달려와 항의하고… 옛날 우리 어릴 때 분위기가 아니래. 그런데도 종종 아이들의 해맑고 순진한 표정을 보면 화가 풀리고, 또 말썽을 부리던 아이가 나중에 찾아와 선생님한테 사탕이라도 줄 때 보람을 느낀대… 하하. 사람 사는 게 다 그런 거 같아. 너는 어떠니?"

"나는 요즘 글 못 써. 카페 하느라고 정신이 없어. 이야기하자면 좀 길어."

그때 유진이 들어왔다.

"유진아, 인사해. 이분은 언니 친구인데 도서관 사서야. 잠깐만 여기 좀 봐줄래? 나 이 언니하고 이야기 좀 하고 올게."

김지혜는 윤지혜와 근처의 작은 공원으로 갔다. 벤치에 앉으니 건너편 벤치에 구두를 손에 들고 앉아있는 남자의 동상이 보였다.

"이곳이 원래 수제화 만들던 점포가 많아서 저런 동상이 있는데 요즘 이곳도 많이 변했어. 도서관이 이 근처라서 점심 먹

가족인 줄 알았는데, 사람이었어

고 나면 이곳에 와서 종종 쉬었는데 너 이 근처에 있는 줄 까맣게 몰랐네."

윤지혜는 웃었지만 어딘지 그늘이 보였다. 김지혜가 눈치를 보면서 입을 열었다.

"이혼할 때 상처 많이 받았겠구나?"

윤지혜는 대답하지 않은 채 하늘을 쳐다보았다. 나무에 앉아있던 까치 한 마리가 하늘로 솟구쳤고 시원한 바람이 불어왔다. 윤지혜는 한숨을 내쉰 후 입을 열었다.

"지금도 그놈만 생각하면 가슴이 떨려. 그놈이 바람을 피웠거든. 직장에서 만날 야근이다, 회식이라 하면서 늦는 거야. 처음에는 그런가 했지. 그런데 촉이 있잖아. 뭔가 이상하더라고. 너무 그런 게 잦아. 살살 거짓말도 하는 것 같고, 잠자리도 피하고…."

"그래서 증거를 잡았니?"

"불륜 현장을 쫓아다니는 것도 골치 아프고, 요즘 간통죄도 없어졌잖아…. 연애질만 하면 잡기도 힘들어. 잡아도 소용없고. 내가 그 미세한 감정에 대한 증거를 어떻게 잡아? 심증은 있어도 물증 잡기는 힘들잖아. 내가 뭐라 하니까 의부증이라며 그놈이 오히려 성을 내더라고. 방귀 뀐 놈이 성낸다는 속담이 딱 맞아."

"하긴 나도 어디선가 들은 이야기인데 같은 직장 안에서 불륜이 많이 일어난다더라. 비슷한 분위기 속에서 서로 힘드니까 대화도 하고 술도 마시고… 그러다 보면 정든대."

"결국 사소한 걸로 신경질 내고 싸우다 보니 점점 멀어졌어. 그래서 내가 먼저 이혼하자고 했지. 그놈도 기다렸다는 듯이 시원한 표정을 짓더라고. 또 애가 없으니까 금방 도장 찍었지."

"쿨하게 헤어졌네."

"그래, 쿨하게 헤어졌지. 그런데 두 달 전에 그놈이 결혼했다더라. 같은 직장 젊은 애하고. 내 촉이 맞았던 거야. 나와 이혼하자마자 좋다구나 하면서 결혼 준비했겠지. 나쁜 놈. 그 카르마를 언젠가 치를 거야. 남의 눈에 눈물 나게 한 놈, 자기 눈에 피눈물 날걸."

윤지혜는 말을 끝마친 후 입을 꾹 다물었다. 김지혜는 아무 말도 하지 못한 채 침묵을 지켰다.

"차라리 그놈이 솔직하게 말하고 헤어지자고 했으면 상처받았어도 기분이 이렇지는 않을 거야. 그런데 자기 불륜을 위해서 거짓말을 하고, 나를 정신병자로 몬 그 행위를 용서할 수 없어. 그놈, 그 여자한테 똑같이 당할 거야."

어느샌가 하늘에는 짙은 구름이 끼었고 까치들이 푸르르 날아올랐다. 노인들이 공원을 돌며 운동을 하고 있었다. 한동안

가족인 줄 알았는데, 사람이었어

침묵을 지키던 윤지혜가 다시 입을 열었다.

"난 가족에 대해서 회의해. 인간들에 대해서도 마찬가지야. 사람들은 한 남자, 한 여자에게 만족하지 못하고 사나 봐."

"나도 그런 이야기 들었어. 요즘 우리 사회에 불륜이 심각하대. 서로를 속이면서 사는 게 마음 편할까? 차라리 헤어지지."

"인간들은 남들의 불륜은 욕하면서도 자기가 그 짓을 하면 양심을 속여가며 거짓말하고 합리화해. 우리 친정 엄마가 본 건데, 예전에 돌아가신 아버지가 뇌출혈 때문에 입원한 적이 있었어. 그때 그 병실에 환자가 아홉 명 있었는데 다들 뇌출혈 환자여서 정신을 못 차리고 거동이 불편했대. 그런데 두 남녀가 서로 자기 배우자 간호하다가 2개월 만에 동시에 안 나왔대. 나중에 온 다른 가족에게 물어보니 이것들이 눈이 맞아서 아픈 자기 배우자 내팽개치고 사라졌다는 거야. 참, 기가 막히지. 그리고 수도 없이 생기는 사건들 봐봐. 서로 죽이고, 증거 없앤다고 토막 살인 저지르고… 인간들이 무서워. 그러면서 거짓말하는 악인들이 더 당당하게 살아가는 세상이야."

윤지혜의 목소리가 떨리고 있었다. 그녀는 이제 결혼에 대한 환상은 버렸다고 했다. 그러다 유진에 대한 이야기를 듣고 윤지혜는 우려 섞인 표정으로 말했다.

"대단한 일이지만 남을 데리고 산다는 것이 쉬운 게 아닌데.

갈등도 있을 텐데."

"하늘에 맡겼어. 나는 그 아이에게 바라는 게 없어. 사실 내가 그 아이로부터 많이 받아. 혼자 외롭게 살다가 함께 밥 먹고, 또 내가 그 아이를 신경 써주는 가운데 오히려 내가 힘이 나더라고…. 참 묘하지? 전혀 기대하지 않았던 건데."

"하긴 그래. 나도 싱글 생활이 편하지만 허전해. 애라도 있으면 거기에 신경 쓰겠는데 그것도 아니니까. 다른 친구들 아이 보면 부러워. 하지만 사춘기 되어서 말 안 듣는 애들 이야기 들어보면 골치 아픈 것 같아…. 어쨌든 다시 결혼하기는 싫어. 사람들은 애 안 낳거나, 혼자 사는 사람들에게 인구 줄어든다고 뭐라 말하지만 속상해. 알고 보면 다들 사정이 있는 건데."

"우리 아버지가 늘 하시던 말씀이야. 인구가 줄어서 나라 망한다고…. 나한테 마지막으로 한 말도 결혼하라는 말이었어."

김지혜는 그 이야기를 길게 하고 싶지 않았다. 아버지의 마지막 모습이 떠올라 가슴이 울컥해진 지혜는 하늘을 쳐다보았다.

"지금 사귀는 남자는 없니?"

윤지혜가 물었다.

"있어. 하지만 결혼할 형편은 안 돼. 그냥 친구로 살아가는 거야. 앞으로 어떻게 될지 몰라. 너 근무하는 공공도서관은 어디 있니?"

"걸어서 10분 정도 걸려. 점심때에 가끔 들르거나 근무 끝나면 저녁도 같이 먹자. 나, 솔직히 저녁에 텅 빈 집에서 혼자 밥 먹으면 슬퍼. 우리 같은 사람들은 함께 어울려야 해. 이혼하고 나니 처음에는 속 시원하지만 쓸쓸하더라고. 인생이 피곤해. 이리 가면 이게 문제, 저리 가면 저게 문제."

윤지혜는 한숨을 내쉬었다.

그날 저녁을 먹으며 지혜는 유진에게 물었다.

"유진아, 너는 현실적인 미래의 꿈은 없어?"

"네, 아직 아무 생각이 없어요."

"그럼, 대학에 가고 싶다거나, 어느 과에 가고 싶다거나 그런 거 없어? 친구들이 대학 다니는 거 보면 부럽지 않아?"

"부럽기는 하지만 이루어질 가능성이 없으니까, 생각하기 싫어요."

지혜는 쓸쓸하게 웃는 유진이 안쓰럽게 여겨졌다.

"유진아, '희망은 우리가 기댈 수 있는 마지막 돛'이라는 말이 있어. 바람은 갑자기 불어올 수가 있으니까 늘 준비해야 해."

지혜는 유진에게 오늘 만난 윤지혜의 이야기를 해주었다. 공공도서관에서 근무하려면 문헌정보학과를 나와야 하고 공무원 시험에 합격해야 한다는 것. 그리고 근무하게 될 때 마주하는 상황과 보람을 이야기해 주었다. 어려움에 대해서는 말하지 않았다. 꿈을 꾸는 유진이가 어려움까지 미리 알 필요는 없다고 지혜는 생각했다. 사람들은 모르기에 결혼하고, 아이를 낳고, 직장에 가고 혹은 예술을 하는 것 아닌가? 인생을 미리 다 알면 누가 살고 싶을까?

"언젠가 대학에 갈 형편이 될 수도 있으니까 꿈을 계속 꾸어야 해. 학자금 대출을 받아서 우선 다니고 나중에 직장 다니며 갚는 방법도 있어."

지혜도 계속 꿈을 꾸기로 했다. 그녀는 아버지가 돌아가신 후, 점점 다른 차원의 세계와 죽음 이후의 세계가 궁금해졌다. 마음이 허전해질수록, 무릎 꿇고 기도하던 어머니의 뒷모습이 눈앞에 종종 떠올랐다. 지혜는 어머니의 그 세계가 궁금해졌다. 어머니를 따라 어릴 때 성당에 나간 적이 있지만 희미한 기억으로 남아있다. 사람들이 일어났다 앉았다 하면서 무언가를 기도했는데 자신은 맨머리였지만 어머니는 하얀 면사포 같은 것을 머리에 얹었던 기억도 났다. 천주교 교리는 잘 몰랐지만 엄숙하고 평화로운 분위기는 지금도 선명하게 기억하고 있었다. 지혜는 12월 중순, 어느 일요일 날부터 카페 문을 닫았다. 매주 일요일은 쉬기로 한 후, 동네에 있는 한 성당에 나가기 시

가족인 줄 알았는데, 사람이었어

작했다. 지혜는 낯설지만 장엄한 분위기가 좋았다. 엄마가 옆에 앉아있는 것 같았고 어린 시절로 돌아간 기분이 들어 마음이 평안해졌다. 어느 날 지혜는 유진에게 성당에 함께 나가자고 권유했다.

"유진아, 언니가 믿는 종교를 믿으라는 거 아니야. 언니도 지금 완전한 신도도 아니고 교리도 잘 몰라. 유진이는 나중에 절에도 가서 템플스테이도 하면서 참선도 해봐. 또 교회도 나가보고… 종교는 앞으로 네가 살아가면서 탐색해. 다만 나는 몇 번이라도 너에게 이런 분위기를 접하게 해주고 싶어. 유진아, 사람은 몸뿐만이 아니라 정신이 성장해야 하는데 지금 네 나이에는 다양한 것들을 경험하는 것이 좋아."

다행히 유진은 지혜를 따라나섰다. 부모의 불화와 이혼 그리고 이른 죽음으로 인해 유진에게는 모델이 될만한 어른이 없었다. 지혜는 그런 유진에게 포근하고 성스러운 추억을 남겨주고 싶었다. 유진이 컸을 때, 언젠가 그 추억을 되새기며 자기처럼 스스로 길을 찾아가길 바랐다. 지혜는 지훈이 예전에 한 말을 떠올렸다.

"현대사회에서는 슈퍼에고의 존재가 사라졌어. 동양에서는 유교라는 이데올로기가 그 역할을 했잖아. 아버지의 권위 앞에서 복종하는 가운데 자신의 에고와 이드가 눌렸고, 서양에서는 기독교가 그 역할을 했는데 근대화가 되는 과정에서 종교가 무너지고, 포스트모던 사회에서는 전부 해체돼 버렸어. 이제 위에서 꾹 눌러주는 슈퍼에고의 존재가 없으니까, 사람들은 밑에서 치고 올라오는 욕망과 자신의 에고를 스스로 다스리지 못해. 너무 세상의 변화와 욕망이 거세니까… 그래서 버릇없고 예의 없는 사람들은 더욱 많이 생길 거야."

그러나 지훈은 종교적인 인간은 아니었다. 이성적인 그는 분석하고, 회의하는 데 멈춰있었다. 그는 일단 조직을 싫어했다. 반면에 정이 많고 감성적인 지혜는 모든 것을 일단 저지르는 편이었다. 그녀가 성당에 나간 것도 이성이 아니라 과거의 추억과 감성 때문이었다. 지훈은 지혜의 그런 변화를, 호기심을 갖고 바라보았다.

가족인 줄 알았는데, 사람이었어

포트럭 파티

크리스마스 무렵에 어느 출판사 편집자로부터 지훈에게 전화가 걸려왔다. 수없이 거절당했던, 아니 반응조차 없었던 〈무인카페〉 원고를 출간하자는 소리를 듣는 순간, 그는 현실 같지 않아서 잠시 '멍한' 기분이 들었다. 그는 가장 먼저 지혜에게 기쁜 소식을 전했다.

"지혜 씨, 나 소설이 나오게 되었어!"

"어머나, 축하해! 알베르토! 지훈 씨!"

지혜는 자기 일처럼 기뻐해 주었다. 문학을 전공한 사람이 아닌 지훈은 막상 소설이 책이 되어 나온다니 긴장했다. 그는 수없이 원고를 고쳤다. 불필요한 것도 잘라냈지만 뒷부분을 훨씬 더 많이 추가했다. 3월 말 무렵 최종 원고를 넘겼고 편집자의 꼼꼼한 교정과 교열이 더해졌다. 또 자신도 여러 번 고치는 가운데 책은 점점 완성도가 높아졌다. 그렇게 8월 중순, 지훈의 책이 세상에 나왔다. 저자에게 주는 증정용 책을 받은 지훈은 가슴이 뛰었다. 그는 그 책을 가장 먼저 지혜에게 주었다.

'사랑하는 지혜 씨에게, 모든 것이 당신 덕분입니다.'

첫 장에 쓰인 글씨를 물끄러미 바라보던 지혜는 감회 어린 눈빛으로 지훈을 바라보다가 그의 뺨에 가볍게 키스했다.

"축하해요, 지훈 씨. 정말, 진심으로 축하해."

"운이 좋았어."

"일단은 이 순간을 즐겨요. 앞으로 산 넘어 산이겠지만. 하하."

그날 그들은 지혜의 집에서 파티를 열었다. 유진도 지훈을 축하해 주었다.

"와, 제가 아는 분들이 다 작가라니 기뻐요."

"유진아, 작가가 되려면 시간이 오래 걸려."

지혜의 말에 유진은 어리둥절한 표정을 지었다.

"작가는 자기 가치관과 세계관이 튼튼하게 세워진 사람을 말해. 적어도 나는 그렇게 생각해. 그런데 그게 쉽지가 않아. 단지 이야기를 써내는 사람이 작가는 아니야. 나도, 여기 아저씨도 작가가 되기 위해서 노력하고 있을 뿐이야."

가족인 줄 알았는데, 사람이었어

유진은 고개를 끄덕였고 지훈은 웃으며 지혜를 바라보았다.

"사실, 얼떨결에 쓴 건데… 운이 좋았어. 옴니버스식으로 쓰다 보니 드라마틱한 건 없어. 다만 수많은 사람이 아픔을 겪으며 살고 있고 나만 그런 것이 아니라, 우리 모두 그렇다는 것을 알아가면서 타인을 사랑하게 된다는 이야기야. 지혜 씨, 당신 이야기도 들어가 있어. 허구적인 이야기지만, 하하."

"소설이 다 그런 거지. 자, 축하, 축하! 건배!"

이렇게 셋이 오순도순 모여서 마시니 한 가족이 된 것만 같았다. 지훈은 다음 주에 소설책을 들고 어머니와 형네 집을 방문할 생각을 하니 가슴이 두근거렸다. 소설이 얼마나 팔릴지 모르지만 새로운 길이 열려서 기뻤다. 어머니와 형도 그럴 것이라고 지훈은 확신했다. 세상에서 가장 가까운 사람들이 가족 아닌가? 그러다 문득, 지금 눈앞에서 함께 웃고, 축하해 주는 지혜와 유진이가 자신의 원가족보다 더 가깝게 있음을 느꼈다.

지훈은 동네방네 출간 소식을 알리지는 않았다. 다만 남궁진에게만 소식을 전했다. 마침 한국에 들어와 있던 진은 격하게 축하해 주었다.

"야! 지훈아, 축하한다!"

"뭐, 무슨 상을 탄 것도 아닌데…. 이제 초보 소설가야, 이 나이에. 하하."

"야, 고령화 시대에 40대 후반이면 아직 젊은이야. 그동안
가슴속에 있던 걸 다 풀어라."

진이 이쪽저쪽에 소식을 퍼트리자, 그동안 연락이 끊겼던
대학 동창들로부터도 전화가 왔다. 지훈은 살아오면서 최초로
자신이 뭔가를 해낸 것 같아서 뿌듯했다. 그동안 박사학위논
문도 못 쓰고 내리막길을 걷는다고 생각했는데 새로운 인생이
시작되는 기분이 들었다. 지혜는 지훈의 책을 자기 친구들에게
도 돌렸다. 프랑스로 간 박지혜에게도 우편으로 보냈고 도서관
사서 윤지혜에게도 주었다.

"잘 부탁한다. 내 남자 친구야. 도서관에서 좀 사주고 소문
좀 퍼트려 줘."

일주일 후에, 윤지혜로부터 김지혜에게 전화가 왔다.

"잘 읽혀. 재미있으면서도 생각하게 해. 우리 도서관에도 두
권 신청했어."

지훈이 소설책을 냈다는 소식은 짱 언니에게도 전해졌다.
남궁진으로부터 소식을 들은 그녀는 지훈에게 전화했다.

"축하해요, 박지훈 씨. 우리랑 가이드북은 못 냈지만 더 의
미 있는 일을 하셨네요."

짱 언니는 지혜에게도 전화했다.

가족인 줄 알았는데, 사람이었어

"울프 님, 그동안 미안했어요. 회사 사정 때문에 출간이 늦었는데 우리도 9월 중순에는 나올 겁니다."

그녀의 말대로 지혜의 책도 한 달 후에 나왔다.

"와, 포르투갈 여행기다!"

유진은 책을 보고 펄쩍 뛰면서 기뻐했고, 지훈은 그 책을 사서 편의점 주인에게 가져다주었다. 해외여행을 한 번도 하지 못한 편의점 부부가 돈을 모아 앞으로 제일 먼저 가보고 싶어 하는 곳이 포르투갈이었다. 편의점 부부는 책을 보면서 감탄사를 연발했다. 포르투갈 곳곳에 대한 섬세한 묘사에 감탄했고, 주제 사라마구와 특히 포르투갈의 국민 시인 페르난두 페소아의 이야기에 감동했다. 도서관 사서인 윤지혜는 "네가 내 친구라는 것이 자랑스럽다"는 말을 하며 눈물을 글썽일 정도였다.

이렇게 한 달 사이에 경사가 겹치고, 이야기가 서로 오가는 가운데 누군가의 입에서 '한번 모이자'라는 말이 나왔다. 지혜나 지훈이 그런 말을 한 적은 없었다. 지혜는 윤지혜가 그런 말을 했다고 생각했고 지훈은 남궁진이라고 기억했다. 그렇게 해서 10월 초 연휴가 시작되는 첫날, 지혜의 집에서 포트럭 파티가 열렸다. 지혜와 유진은 오후 3시에 카페 문을 닫고 집으로 와서 파티를 준비했고 다음 날은 하루 쉬기로 했다. 그들은 반찬 가게에서 이런저런 안주 그리고 소주와 맥주 또 무알코올 맥주를 넉넉하게 사 왔다.

"몇 명이 모여요?"

유진이 술을 사면서 물었다. 지혜는 모일 사람들을 떠올렸다. 지혜, 지훈, 유진, 윤지혜, 남궁진까지 총 다섯 명이었다. 그런데 모임 한 시간 전에 지훈으로부터 연락이 왔다.

"사람이 한 명 더 올 것 같아. 출판사 짱 언니 있잖아, 남궁진이랑 같이 오겠다는데."

"아, 우리 친구끼리만 모인다고 생각해서 연락하지는 않았는데… 오면 환영이지요."

정확하게 6시에 남궁진과 함께 나타난 짱 언니는 고양이를 품에 안고 있었다.

"울프 님, 고양이를 혼자 놓아두고 올 수 없어서 같이 왔어요. 얘가 워낙 조용한 애라서 먹을 거 주면 혼자서 조용히 놀아요."

"아, 네. 어서 오세요. 환영합니다."

"저 안 불러서 좀 섭섭했어요. 앞으로 이런 일 있으면 불러 줘요. 혼자 사는데 이런 재미도 없으면 못 살아요!"

알고 보니 짱 언니도 싱글이었다. 결국 모인 사람들이 다 혼자 사는 사람들이었다. 각자 이런저런 먹을 것들을 사 왔다. 낙지볶음, 순대, 떡볶이, 생선구이, 오징어, 잡채 등 푸짐한 음식들이 상에 올려졌다.

가족인 줄 알았는데, 사람이었어

"자, 축하합니다! 울프 님의 포르투갈 여행기는 이미 대박의 조짐이 보이고, 박지훈 님 소설도 대박 나길 기원합니다. 건배!"

성격이 활달한 짱 언니는 신바람 나게 좌중을 휘어잡으며 분위기를 띄웠다. 돌싱으로 혼자 살고 있는 윤지혜도 비슷한 사람끼리 모이니 들떠있었다.

"이렇게 비슷한 사람들이 모이니 좋아요. 어디 모임 가면 전부 자식 자랑 혹은 남편이나 시어머니 흉보고…. 그런 친구들과 앉아있으면, '내가 여기 뭐 하러 앉아있나?' 하는 생각이 들어요. 뭐, 공유하는 게 있어야지? 이혼녀끼리 모일 수도 없고, 하하."

술김에 윤지혜는 하고 싶은 말을 다 했다.

"이혼하고 나니, 뭐, 남자 소개해 주겠다는 소리도 듣는데, 지겨워. 다시는 결혼 안 해! 남자들이란… 아, 쏘리, 쏘리."

윤지혜는 지훈과 진을 보며 미안해했다.

"결혼할 생각들은 없는 거예요?"

짱 언니가 남궁진과 지훈을 보면서 물었다. 지훈과 지혜는 슬며시 웃었고 남궁진은 허허거리다 말을 이었다.

"아이고, 이제 쉰이 되는데요. 그리고 늘 떠도느라 아무것도 없어요. 결혼하고 싶어도 이제는 못 해요."

"하고는 싶고요?"

짱 언니가 다그치듯이 물었다.

"아니요, 안 해요! 그냥 이렇게 사는 것이 편해요. 자유가 좋아요."

"왜? 고… 거시기도 아닌데?"

술 취한 짱 언니는 거침이 없었다. 짱 언니는 남궁진과 친해서 농담도 자주 했다.

"아, 본인이나 해결해요!"

"나는 결혼하기에는 일이 너무 바빠요. 정말 바빠. 일하다 보니 이렇게 되었다고요."

이제 40대 중반이 된 짱 언니는 출판사 업무가 얼마나 바쁜지 아냐며 하소연했다. 그러자 윤지혜의 넋두리가 시작되었다.

"아이고, 나도 그래요. 다들 사서는 도서관에서 책보는 사람인 줄 알아요, 하하. 이용자는 책 보지만 사서는 뒤에서 일하느라 정신없어요. 책 옮기고, 꽂느라 인대가 늘어난 적도 있어요."

"나도 할 말 있어요."

남궁진이 입을 열었다.

"내가 가이드북 쓴다고 하면 여행하며 사진이나 찍고, 음식이나 맛보면서 책 쓰는 줄 알아요. 얼마나 개고생을 하는데요. 발이 불어 터져라 돌아다니고, 취재하고, 집에서는 원고 쓰고 또 지도 보면서 호텔, 식당, 카페 위치 표시하다 보면 눈알이

　　　가족인 줄 알았는데, 사람이었어

빠지는 거 같아요. 근데 이것도 이제는 못 할 거 같아요."

"소설은 어때요?"

짱 언니가 김지혜에게 물었다.

"저, 지금 소설 못 써요. 한때 풀고 나니, 이제 어디로 가야 할지 막막해요. 잘 팔리는 것도 아니고…. 그래서 카페 하잖아요. 먹고 살려고, 하하."

"박지훈 씨는 어때요?"

짱 언니가 또 물었다.

"전, 뭐… 아직 초보 소설가라 할 말이 없어요. 운 좋게 된 건데 이것도 쓴 지 2년 넘게 헤매다가 나온 거예요. 출판사 사정은 잘 아시잖아요. 요즘 책 안 읽고 다 휴대폰이나 컴퓨터만 보니까. 지금은 디지털 세계잖아요."

짱 언니는 한숨을 푹 내쉬었다.

"맞아요, 책 자체를 안 읽으니까. 하긴 나도 책 안 읽어요. 집에 가면 드라마 봐요! 하하."

"나도, 하하. 집에 가면 드라마 보고, 영화 보고, 휴대폰으로 인스타그램 보지. 책 보기가 싫어졌어요."

도서관 사서 윤지혜가 그렇게 말하자 지훈이 외쳤다.

"아니, 사서가 그러면 안 되지요!"

"아, 책은 보지요. 업무 시간에 책 구분할 때. 속은 안 보고 걸만. 하하."

다들 웃음을 터트렸다.

"농담이고요, 재미있고 좋은 책은 봐요. 하지만 수도 없이 나오는 책을 다 볼 수는 없어요. 그러니까 작가분들이 읽지 않고는 못 배길 재미있고 도움이 되는 책들을 써줘요. 그렇지 않으면 솔직히 책에 손길이 가지 않아요."

조용하게 언니와 오빠들의 이야기를 듣고 있던 유진에게 윤지혜가 물었다.

"이름이 뭐더라? 전번에 들었는데 잊었어."

"유진이요."

"아, 그래… 유진이. 유진이는 앞으로 뭐가 되고 싶어?"

"저는 아직 아무 생각도 못 했어요."

유진이 수줍게 웃으면서 말했다.

"그래, 오늘 들은 거 다 잊어. 인생을 너무 알면 못 살아. 살아가면서 부딪히는 거야. 직장도, 결혼도 다 그런 거야. 젠장, 그런데 어떻게 이렇게 시간이 빨리 가는지, 나 참…."

술이 많이 취한 윤지혜가 혀 고부라진 소리로 말했다. 포트럭 파티는 밤 10시 무렵에 끝났다. 돌아가기 전, 짱 언니가 지혜에게 말했다.

"울프 님, 저 이런 분위기 너무 좋아해요. 우리 모임 만들어

가족인 줄 알았는데, 사람이었어

서 종종 모여요."

사람들이 모두 찬성했고 다음을 기약했다.

"아, 이제 집에 가면 컴컴한 방이 기다리고 있겠지? 외로워."

윤지혜가 푸념하듯이 말했다.

"고양이 한 마리 키우세요."

짱 언니가 고양이를 품에 안은 채 말을 이었다.

"그래도 외롭기는 마찬가지지만…."

사람들이 돌아간 후 지혜와 지훈과 유진만 남았다. 함께 치우고, 설거지를 하자 11시가 넘어가고 있었다. 내일은 노는 날이라 지혜는 긴장이 풀려왔다. 지훈이 자기 집으로 갈 때, 지혜가 손을 잡으며 속삭였다.

"같이 가요."

지혜의 눈길이 뜨거웠다.

"유진아, 언니가 오늘은 이 아저씨, 아니 오빠 집에 가서 잘게. 혼자 잘 수 있지? 이해하지? 너도 빨리 커서 남자 친구 만들어!"

얼굴이 발갛게 달아오른 유진을 뒤로하고 지혜는 지훈과 어스름 속으로 함께 사라졌다.

혼자서 자기 방에 누운 유진은 이 모든 게 꿈만 같았다. 서로 즐겁게 떠들던 사람들의 얼굴이 떠올랐다. 유진은 살아오면서 이렇게 즐거운 분위기는 처음이었다. 엄마와 아빠는 늘 싸웠다. 함께 웃으며 사는 모습은 드라마에서나 보았는데 눈앞에 실제로 펼쳐지니 믿을 수 없었다. 유진은 지혜와 지훈이 함께 잠을 자는 모습을 상상했다. 남자와 여자가 함께 자는 기분은 어떤 것일까? 유진은 그동안 잊고 살던 남자에 대한 호기심이 일었다. 창문을 열고 싱그러운 가을바람을 쐬는 유진의 눈빛이 몽롱해졌다.

가족인 줄 알았는데, 사람이었어

핵개인가족의 카페

다음 날, 짱 언니가 지혜에게 메시지를 보냈다.

"어제 한 이야기인데요, 우리 우선 인터넷 모임이라도 만들었으면 좋겠어요. 채팅방이든, 밴드든, 인터넷 카페든…. 어떤 게 좋다고 생각하세요?"

지혜는 일단 채팅방을 열어서 사람들의 의견을 들어보자고 했다. 여러 이야기가 나왔지만, 윤지혜는 속 깊은 얘기를 하기에는 인터넷 카페가 좋다고 했다. 카페지기는 가장 적극적인 짱 언니가 맡았다. 그리고 프랑스로 간 박지혜도 참여하기로 했다.

분석하기 좋아하는 지훈은 구성원의 특색이 무엇인가를 생각했다. 싱글의 모임도 아니고, 돌싱의 모임도 아니고, 커플의 모임도 아니다. 나이도 20대 초반부터 40대 후반까지 다양하고, 글과 관련된 일을 하는 사람이 많지만 모든 이가 다 그렇지는 않다. 독신을 주장하거나 짝을 찾는 모임도 아니다. 그럼 우리는 왜 모였지? 지훈이 생각하니 우연과 인연 때문이었고 공통점은 '외로운 핵개인'이란 것이었다. 박지혜는 남편이 있어도 프랑스라는 이국땅에 살면서 소외감을 느끼고, 윤지혜는 이혼 후 혼자 살며 외로움에 힘들어한다. 지훈과 지혜는 연인이지만 동거는 못 한 채 여전히 각자 외롭다. 유진은 지혜와 함께 살지만 부모가 돌아가신 고아다. 짱 언니와 남궁진도 홀로 살고 있다. 사정이야 어떻든 이들의 가슴에는 외로움이 맴돌고 있었다. 추진력 있는 짱 언니는 카페의 이름을 어떻게 할지 채팅으로 물었고 지훈이 의견을 내었다.

우리는 모두 핵개인의식을 갖고 사는 공통점이 있습니다. 연인이든, 부부든, 싱글이든 원가족한테서 떨어져 나온 낱개들입니다. 그래서 '핵개인가족'이란 이름을 제안합니다. 그리고 이곳에 정치색과 종교색을 드러내지 말았으면 좋겠어요. 상대방의 가치관과 기분을 생각하지 않은 채, 자기 생각이 보편적이라고 확신하면서 남들 앞에서 떠드는 행위는 타인에게 상처를 준다고 생각해요. 온 사회가 그것 때문에 갈가리 찢겼는데 우리 사이는 그렇게 되지 말

가족인 줄 알았는데, 사람이었어

았으면 좋겠어요.

지훈의 의견은 만장일치로 통과했다. 핵개인이란 이미지와
가족이 주는 이미지는 서로 상반되지만, 그들은 자유와 함께
연결 속에서 따스함을 찾고 싶어 했다. 그들은 속 깊은 이야기
를 하는 가운데 위로하는 것이 위로받는 것이고, 격려하는 것
이 격려받는 것이라는 점을 깨달아 갔다. 카페 개설 후 한 달
정도 되던 날, 카페지기 짱 언니가 각자의 소감을 카페에 올려
달라고 했다. 멀리 프랑스에 사는 박지혜가 가장 먼저 글을 올
렸다.

프랑스에서 남편과 함께 산다 해도 언어 장벽은 어쩔 수 없어
요. 우리 핵개인가족에게 내 외로움을 이야기하니 힘이 솟습니다.
ㄴ 박지혜, 나 도서관 사서 윤지혜야. 나도 마찬가지야. 일과를 끝
내고, 집에 돌아와 혼자서 밥 먹으려면 너무 외로워. 술을 마셔도
쓸쓸하고, 아무리 재미있는 드라마라도 혼자서 우두커니 보고 있
으면 슬퍼. 그렇다고 다시 결혼하기는 싫어. 하루의 유일한 낙은
우리 카페에 들어와서 이런저런 이야기를 할 때야. 나의 고민이 우
리의 고민이라는 것을 확인받을 때 묘하게도 위로받아.
ㄴ 남궁진입니다. 지금 제가 있는 곳은 태국의 방콕입니다. 남들

은 늘 돌아다니는 것이 재미있겠다고 생각하지만 20년 넘게 해보세요, 지겹습니다. 그럴 때마다 이 카페에 들어와 여러분들의 사연을 보고 또 제 사연을 올리는 시간이 행복합니다. 늘 저와 함께하는 친구들처럼 여겨져서 힘이 납니다.

ㄴ 박지훈입니다. 전 원래 조직을 싫어해요. 극히 개인주의적 성향을 보이고 사는 은둔형외톨이에 가까운데 이곳은 마음이 편해요. 제가 까칠한 개인주의자에서 따스한 개인주의자로 변해가는 것 같아요. 외로움이 조금씩 걷혀가네요.

ㄴ 김지혜입니다. 이 카페에서 여러분과 이야기하면서 천리안을 갖게 되는 것 같아요. 가만히 앉아서 다른 이들의 사연을 보고, 프랑스의 사정과 태국의 풍경을 봅니다. 나만 알고, 내 안에 갇혀 살았는데 점점 세상으로 나오는 기분이 듭니다. 여러분들을 만난 것은 행운입니다.

ㄴ 짱 언니입니다. 고양이와 아무리 친해도 사람하고 이야기하는 것 같지는 않아요. 저 역시 우리 원가족들보다 더 이야기가 잘 통하고 비슷한 정서가 있는 여러분들에게 위로받고, 용기를 냅니다. 파이팅! 그런데 우리 막내, 유진이는 어디 갔나?

자기보다 인생을 20여 년을 더 산 선배들 모임에서 쉽사리 입을 열지 못했던 유진이도 조금씩, 편안히 말을 하기 시작했다.

　　　　　가족인 줄 알았는데, 사람이었어

ㄴ 저, 막내 유진이에요. 저는 가만히 앉아서 세상을 배워요. 이 모든 게 꿈만 같아요. 학교도 안 다니고, 친구도 별로 없는데 지혜 언니 덕분에 이렇게 좋은 분들을 많이 알게 되었어요. 앞으로도 많이 배우겠습니다. 감사합니다.

이 카페 모임은 오프라인에서부터 시작했기에 더 단결력이 있었다. 자기 생각, 상처, 아픔을 털어놓았지만 적당한 선을 지켰다. 그들은 정치, 종교, 철학 등 너무 고차원적인 이야기를 하지 않았다. 또한 절제되지 않은 자기 한풀이, 넋두리, 고민 혹은 음담패설 등을 자제했다. 그 분위기는 지훈에 의해서 만들어져 갔다. 지훈은 독일의 사회학자, 게오르크 지멜의 책에서 아이디어를 얻었다. 지멜에 의하면 너무 고차원적인 이야기나, 타인을 생각하지 않은 채 자기 개인적인 감정을 과도하게 풀어놓는 분위기 속에서는 친교 활동이 망가진다. 즉 상위 한계와 하위 한계를 지키면서, 자기를 적절하게 표현하고 동시에 남의 이야기도 들어주는 관계가 되어야 서로 위로받고 치유된다고 지멜은 말했다. 지훈은 카페를 세심하게 관찰하면서 조직을 잘 유지하기 위한 제안을 종종 했다. 무조건 모임이 중요한 것이 아니었다. 가족이든, 모임이든, 더 나아가 국가든 그 안에 공유하는 가치와 질서와 규율이 없으면 붕괴하기 쉽다고 지훈은 판단했다.

　이 모임은 카페 이름처럼 핵개인가족 같은 성격을 띠어갔다. 병에 관한 체험, 운동, 음식, 맛집, 책 등 수많은 것들에 관한 글이 올라왔다. 물론 인터넷에서 흔하게 접할 수 있는 정보도 있지만 체험에서 나온 이야기가 더 실감 났다. 또한 직장에서의 갈등, 존재론적 고민을 털어놓는 가운데 유대감이 더욱 돈독해졌다. 이들 모두 반듯하게 살려고 노력하는 사람들이었기에 가능한 일이었다. 독선적이거나 이기적이지 않고 기본 상식과 윤리의식을 갖춘 사람들이 모인 것은 행운이었다. 이들은 타인의 고민을 자기 일처럼 생각하고 조언해 주었지만 선을 넘지 않았다. 이들은 어떻게든 독립적으로 살려는 의지들이 강했고 남에게 부담을 주지 않으려고 노력했다. 그들은 오프라인에서도 모임을 갖기로 했다. 카페지기 짱 언니는 한 달에 한 번씩 만나자고 했지만 그건 너무 자주라는 이야기가 나왔다. 결국 1년에 두 번 만나기로 했다. 봄에는 꽃구경, 가을에는 단풍구경을 하기로 했다.

　"누구 집에서 서너 시간 모이는 건 시간이 너무 짧아요. 아침부터 저녁까지 온종일 놀거나, 1박 2일로 하는 게 어때요? 그래야 마음껏 이야기도 하고 술도 마시지요."

　짱 언니의 주도하에 차차 규칙이 만들어져 갔다. 그리고 말

　　　　　　　　가족인 줄 알았는데, 사람이었어

이 나온 김에 11월 중순, 일요일 날 단풍 구경을 하기로 했다. 지훈은 이 모임의 장래에 대해서 예측해 보았다. 앞으로 세월 이 흐르면 더 많은 규칙이 만들어질 것이다. 또 우리가 60대 혹은 70대가 되면 모임의 형태도 바뀔지 모른다. 그리고 80대 로 접어들면 사람들이 하나둘씩 사라지고 장례식에서 만나겠 지. 그럼 막내 유진이는 60대. 그때 새로운 젊은이들이 우리 멤 버가 되어있을까? 앞으로 점점 이런 핵개인가족이 생기지 않 을까? 어쩌면 이미 곳곳에서 싹트고 있는지도 모른다. 현대판 부족 전쟁에서 어느 편에도 휩쓸리기 싫어하는 외로운 핵개인 들은 이렇게라도 모이겠지. 우리는 낱개지만 우리를 연결하는 눈에 보이지 않는 힘이 존재하는지도 모른다고, 지훈은 남몰래 상상했다.

지혜는 소설로부터 멀어졌지만 카페 일이 재미있었다. 사 람들을 만난다는 것은 그녀의 표현에 의하면 수많은 다른 별 을 만나는 것이었다. 그들의 눈빛, 표정, 옷차림, 말소리, 향수 냄새 등이 늘 지혜의 가슴을 설레게 했다. 그들을 관찰하는 것 이 여행이었다. 지혜는 매일 일기장에 간단하게나마 그런 관찰 과 감정들을 기록했다. 돈을 버는 것도 좋았다. 돈이 벌리니 우 선 앞날에 대한 두려움이 사라졌고 너그러워졌다. 언니에게 가졌던 섭섭한 마음도 사라졌다. 언니는 결혼하는 순간 시집과의 관계가 복잡하게 얽히면서 수많은 갈등과 고민이 발생했는데, 지혜는 그 세계를 전혀 알지 못했음을 깨달았다. 점점 언니가 측은해 보였다. 가족이나 세상이 자신을 이해하지 못한다며 투정을 부렸지만 자신 역시 타인을 '하나도' 이해하지 못했음을 반성했다. 지혜는 꾸준히 카페 일을 했다. 열심히 일하고 매일 결과가 매출이라는 피드백으로 보이니 활력이 솟았다. 소설은 매일 앉아서 써도 몇 년이 걸리는 작업이었다. 출판 후, 들어오는 인세도 빈약한, 막막한 세계였다. 아무리 보람과 의미를 강조해도 삶이 맥 빠졌는데 지혜는 이제 빠른 리듬을 타고 점점 활기 있게 변해갔다. 반면에 지훈은 초보 소설가가 되고 나니 생각이 깊어지며 글에 대해 고민하기 시작했다. 그는 자신의 소설 세계를 넓히고 싶었지만 막막했다. 그는 다시 제 방으로 도망치고 싶었다.

어느 휴일, 지훈과 지혜 그리고 유진은 지혜의 집에 모여서 함께 식사했다. 푸짐하게 차린 음식을 먹으며 그들은 오랜만에 대화를 나누었다. 지훈이 요즘 자신의 심정을 이야기하자 지혜가 말했다.

"내가 예전에 나의 세계, 판타지 세계를 모색하다가 지금은

가족인 줄 알았는데, 사람이었어

세상 속으로 들어왔다면 지훈 씨는 사회에 대해서 관찰하다가, 은둔했다가, 세상으로 들어오는가 싶더니, 다시 은둔 분위기네요. 하하."

"그러게. 지혜 씨는 하나 더 있지. 수평적으로 확장하는 것과 동시에 수직적인 관계를 모색하고 있어."

"그렇게 거창한 것은 아니고… 사람들을 별로 보고, 육체에 갇힌 영혼으로 보니까 그 영혼의 세계를 알고 싶어서 그러는 거야. 내가 성당에 나가는 것은 종교 교리보다도, 의식을 통해서 살아있는 하느님의 힘을 느끼고 싶어서 그런 거예요."

"그걸 느껴?"

"아직… 그러나 조금은. 분위기에 취해서 나오는 거겠지만 약간의 감동 같은 거 느껴. 그것이 무엇이든 내 삶이 조금씩 변하고 있는 것은 분명해."

"나는 자꾸 컴컴한 동굴 속으로 들어가는 기분이야. 그 동굴 안에 뭐가 있을까?"

"글쎄. 컴컴한 동굴이라기보다는 어떤 텅 빈 곳, 여백의 지대를 찾아가는 것 아닐까? 인간과 세계에 대한 분석이 못 미치는 세계… 언어가 끊어진 세계를 언어로 더듬어 가는 듯한 모습이야. 그리고 그 끝에서 나타나는 하늘의 세계. 하하, 상상입니다."

꿈보다 해몽이라더니… 지훈은 지혜의 말을 듣고 감탄했다. 그래서 그녀를 사랑스러운 눈초리로 바라보았다. 그 옆에 다소 곳이 앉아 그들의 대화를 듣는 유진이도 사랑스럽게 보였다. 피 한 방울 섞이지 않은 그들이었지만 사랑이 그들 사이에 흐르고 있었다.

유진은 자기 전에 늘 일기를 썼다. 그녀는 그날 지혜와 지훈이 하는 이야기를 일기장에 옮겼다. 다 이해하지는 못했지만 자신이 부쩍 성장하는 것을 느꼈다. 자신이 친부모 밑에서 접해보지 못했던 소중한 이야기들이었다. 특히 유진은 지훈이 동굴로 들어가는 것 같은데, 그 끝에서 언어가 끊어진 세계가 나오고 하늘로 연결되는 세계가 나올지도 모른다는 지혜의 이야기에 감동했다. 유진에게 우울한 유년 시절과 부모의 죽음은 컴컴한 동굴이었고 요즘은 동굴 밖에서 나와 하늘을 보는 기분이 들었기 때문이다. 유진은 자신도 언젠가 글을 쓰며 더 넓은 하늘로 날아오르고 싶었다.

가족인 줄 알았는데, 사람이었어

가을 소풍

11월 중순 어느 일요일, 그들은 가을 소풍을 갔다. 멀리 가자는 의견도 있었지만, 서울의 서촌에 모여서 점심을 먹고 수성동계곡을 걷자는 것으로 결론이 났다. 날이 쌀쌀해졌지만 상쾌하고 맑았다. 지훈과 지혜와 유진은 함께 길을 나섰다. 지하철 3호선 경복궁역에서 나와 서촌의 세종마을 음식문화거리 앞으로 가니 벌써 윤지혜와 짱 언니가 나와있었다. 잠시 후 남궁진도 나타났다. 언제나 바람잡이 역할을 하는 이는 활달한 짱 언니였다.

"자, 오늘 날씨도 좋고, 기분도 좋으니 먼저 낮술이나 한잔하지요. 그리고 계산은 우선 내 카드로 할 테니까 나중에 나눠서 정산해 주세요."

좁은 골목길에는 파전, 골뱅이, 곱창전골 등 술 마시기 좋은 안주를 파는 식당들이 많았다. 옛날 모습을 간직한 좁다란 식당이어서 더 정겨웠다. 짱 언니가 향한 곳은 어느 곱창집이었다. 짱 언니는 곱창전골을 주문한 후 소주와 맥주도 시켰다. 사람들이 바글바글 모여 어깨를 부딪치는 분위기가 모두에게 오랜만이었다. 술을 마시기도 전에 다들 기분이 들떠있었다.

"아, 여기 콜라도 한 병 주세요!"

지혜가 주문하자 짱 언니가 물었다.

"아, 작가님은 술 안 마시나요?"

"아뇨, 지훈 씨가 술을 못 마셔요."

"아, 내 정신 좀 봐. 전번에도 술을 안 마셨지요. 원래 술을 안 마시나요?"

"아, 사정이 그렇게 되었어요."

지훈은 말을 흐렸다. 드디어 부글부글 곱창이 끓고 소맥이 돌기 시작했다. 취기가 오르자 다들 신바람이 났다. 그들은 원래 식사 후에 수성동계곡을 통해 인왕산을 오르려고 했지만 짱 언니의 제안에 방향을 틀었다.

"오늘은 우리 모두 한복을 입어봅시다!"

근처의 외국 관광객들이 모두 한복을 입고 다니는 것을 본 짱 언니가 돌발 제안을 했다. 외국 관광객들, 여자는 물론 남자들도 한복을 많이 입고 있었다. 그녀는 앞장서서 어느 한복 대여점으로 향했고 다른 사람들은 얼떨결에 뒤를 따라갔다. 겉옷은 물론 속옷과 머리 액세서리 등을 모두 빌려주고 보관함까지 있는 깔끔한 곳이었다. 두 시간이 기준이었지만 짱 언니는 세 시간을 빌리자고 했다. 다양한 색깔의 여성 한복이 준비되어 있었고 남성용으로는 왕, 선비, 무사까지 세 종류의 한복이 있었다. 지훈은 선비를 택해서 회색빛 옷에 갓을 썼고 진은 왕을 택해서 파란색 곤룡포에 익선관을 머리에 썼다. 그리고 서로를 보면서 웃었다. 거울을 보던 진이 말했다.

"이거 뭐, 왕이 아니라 돌쇠 같아. 하하."

"나는 고고한 선비가 아니라 탐관오리 같은데, 하하."

지훈도 자기 모습이 어색하게 느껴졌다. 반면에 여자들이 입은 한복은 화려했다. 치마가 빨간색, 분홍색, 남색, 녹색, 옥색 등 다양했고 밑이 넓게 퍼져서 품위 있어 보였다.

"와, 모두 양갓집 규수 같습니다. 하하."

남궁진이 크게 외쳤다.

"그쪽도 멋있어요."

하지만 남자들은 영 쑥스러워했다. 결혼했던 윤지혜 빼고는 다들 처음 입어보는 한복이었다.

"어머, 유진이는 정말 춘향이처럼 예쁘다. 이팔청춘 같아!"

짱 언니가 흥분해서 외쳤고 윤지혜가 김지혜에게 말했다.

"애, 나도 폐백 드릴 때 한복 입었지만, 그때는 식장에서만 입었어. 그런데 지금 이렇게 시내에서 입으니 기분 좋다!"

"자, 우리도 이제 관광객 놀이를 해봐요!"

짱 언니는 앞장서서 경복궁을 향해 걸어갔다. 경복궁은 한복을 입은 관광객들로 가득 들어차 있었다. 서쪽 문으로 들어가자 드넓은 광장이 나왔고 흥례문이 보였다. 거기를 통과하자 근정문이 나왔고 멀리 파란 하늘 밑에 우뚝 서있는 근정전이 보였다. 그 너머로 아담한 인왕산이 보였고 왼쪽으로는 청와대가 작게 보였다. 그들은 어깨를 펴고 가뿐한 발걸음으로 근정전을 향해 걸어갔다. 옛날로 돌아온 것만 같았다. 인종과 피부와 말소리가 달라도 많은 사람이 다 함께 한복을 입으니 하나처럼 보였다. 아름다웠다. 사람들의 밝은 표정과 사랑스러운 눈빛, 파란 하늘과 하얀 구름 그리고 근정전의 살짝 솟아오른 처마까지 어느 것 하나 아름답지 않은 게 없었다. 경복궁에서 한동안 시간을 보낸 그들은 서촌 수성동계곡을 향해 걷기로 했다. 경복궁에서 나와 길을 건너기 전에 유진이 외쳤다.

"길을 건너기 전에 저 오른쪽, 담장 쪽으로 걸어가세요. 제가 건너편에서 사진을 찍을게요."

갑작스러운 유진의 제안에 사람들은 그쪽으로 걸어갔고 마침

가족인 줄 알았는데, 사람이었어

녹색 불이 켜지자, 부리나케 횡단보도를 건넌 유진은 계속 청와
대 쪽으로 올라가라고 그들에게 손짓했다. 한복을 입은 그들이
죽 열을 지어서 경복궁 담장 밑을 걸어갔다. 이때 유진은 휴대
폰으로 사진을 찍었고 그중에서 기가 막히게 멋진 사진들이 나
왔다. 경복궁 담장과 노란 은행나무를 배경으로 걸어가는 그들
의 모습은 한 폭의 그림처럼 아름다웠다. 마치 조선시대에 선비
와 규수들이 한가롭게 거니는 모습 같았다.

"어머, 유진아! 어떻게 이렇게 사진을 잘 찍니? 작품 같아!"

짱 언니가 소리를 질렀다. 다들 유진의 사진을 보고 감탄했다.

"아까 보니 거기를 걸어가는 사람들이 멋있게 보였어요."

"와, 너 사진에 소질이 있다. 처음 와본 곳에서 이런 구도를
척 보네."

남궁진도 감탄했고 유진은 수줍게 웃었다.

"앞으로 계속 사진 찍어봐. 사진작가 되겠어."

윤지혜도 한마디 거들었다. 지혜와 지훈은 흐뭇한 눈길로
유진을 바라보았다. 수성동계곡을 향하는 동안 한복 입은 관광
객들은 눈에 띄게 줄어 다 같이 한복을 입고 걷는 모습은 돋보
였다. 지나가던 사람들이 그들의 사진을 찍었다. 조금 걷다가
이곳을 잘 아는 도서관 사서, 윤지혜가 나서서 설명했다.

"여기가 시인 이상의 집입니다. 1910년에서 1937년까지 살

앉던 큰아버지 집인데 나중에 관심 있는 분들은 와서 보세요."

계속 올라가려는데 어디선가 새소리가 들려왔다. 다들 새를 찾는데 어묵 안주와 잔으로 술을 파는 술집에서 나오는 소리였다. 짱 언니가 앞장서서 들어갔다. 좁은 가게 안에는 어묵과 각종 전통주 등을 팔고 있었다.

"우리 여기서 가볍게 한잔! 어때요?"

모두 찬성했다. 컵에 든 어묵에 따스한 청주가 어우러진 '잔술 세트'를 마시며 이들은 행복하게 웃었다. 갑자기 한복을 입고 들어온 일행을 바라보는 젊은 남자 주인도 즐거워했다. 술과 어묵보다도 이들은 우연과 파격과 돌발적인 분위기를 즐겼다. 혼자서는 결코 느낄 수 없는 흥겨움이었다. 다시 길을 앞장서던 윤지혜가 말했다.

"서촌이 한때 떴었는데 요즘 경기가 안 좋아서 한산한 편이에요."

한참을 올라가다 언덕길 왼쪽의 작은 3층짜리 집 앞에 윤지혜가 섰다.

"여기가 시인 윤동주가 하숙하던 집이에요. 연희전문학교 다닐 때 5개월 정도 머물렀는데 여기서 그 유명한 시, 〈별 헤는 밤〉을 썼답니다. 집이 그때의 모습은 아니고 그 터랍니다."

계속 걸어 올라가는 동안 낡은 빌라들이 보였고 좁은 길에

가족인 줄 알았는데, 사람이었어

는 마을버스들이 지나다녔다. 한참을 가자 마을버스 종점 근처에 수성동계곡이 나왔다. 짱 언니가 말했다.

"우리 여기까지만 가요. 한복 입고 인왕산 오르기에는 무리고 여기서 쉬다 가지요."

등산객들이 걸어 올라갈 뿐 골짜기는 조용하고 한적했다. 짱 언니와 윤지혜만 이곳에 왔던 적이 있었고 다들 처음이었다.

"조선시대에는 이곳에서 양반들이 풍류를 즐겼대요. 특히 안평대군이요. 옛날에는 비가 오면 물이 엄청나게 흘렀고 폭포도 있었답니다. 물소리가 크게 나서 만 마리의 말들이 뛰는 것 같았다는데 지금은 고요해요."

윤지혜의 말을 들으며 모두 그 앞의 벤치에 앉았다. 선선한 가을바람이 산에서 불어왔다. 올라오는 골목길과 등산로는 텅 비었고 저만치 보이는 종점에서 마을버스가 길을 떠나고 있었다. 한동안 쉰 후, 윤지혜가 말했다.

"조금만 더 올라가면 정자가 나오는데 우리 거기까지 갈래요? 걸어서 몇 분밖에 안 걸려요."

"아, 맞다. 거기 좋아요. 거기 가요!"

짱 언니가 맞장구를 쳤다. 오른쪽 등산로를 따라 조금 올라가자 왼쪽에 계곡을 마주한 정자가 나타났다. 마침 아무도 없었다. 한복을 입은 이들이 그곳에 올라가 앉자 조선시대의 풍경화처럼 보였다. 가을비가 내리고 난 후라 계곡에서도 콸콸 물이 흘러가고 있었다.

"이 근처에 원래 옥인아파트가 있었는데 헐린 후, 주변이 이렇게 옛날 모습으로 복원되었대요."

윤지혜는 더 이야기하다가 입을 다물었다. 모두 경치에 취해서 침묵했다. 까치 울음소리가 들려왔고 멀리서 개 짖는 소리도 들려왔다. 푸른 소나무들이 주변을 둘러쌌고 언덕진 곳에서는 억새가 바람에 흔들렸다. 쉼 없이 흘러가는 계곡 물소리와 눈부신 파란 하늘이 평화로웠다. 지훈은 바람에 흩날리는 여자들의 치맛자락과 표정에 심취했다. 아름다웠다. 풍경 속에 흐트러진 사물과 사람들이 개별성을 초월해 아름다움 그 자체로 다가왔다. 하늘과 나무와 물과 새들이 하나가 되고, 모든 소리와 형태와 색깔이 어우러졌으며, 사람들은 자신을 잊은 채 초월적인 세계에서 하나가 되는 것만 같았다. 긴 침묵을 깨고 유진이 말했다.

"여기서 사진 한 장 찍으면 좋을 것 같아요."

모두 꿈에서 깨어난 듯 자세를 바로 하고 정자에 앉았다. 계곡이 포근하게 감싸주는 아늑한 분위기였다. 우선 유진이 사진 한 장을 찍었다.

"유진아, 너도 같이 찍어야지. 저, 사진 좀 찍어주실래요?"

가족인 줄 알았는데, 사람이었어

짱 언니가 마침 등산로를 올라가던 어느 중년 여성에게 부탁했다. 그녀는 다가오며 크게 소리쳤다.

"어머, 한복이 참 예쁘네요. 여럿이 함께 입고 있으니까 더 보기 좋아요. 자, 찍습니다. 하나, 둘, 셋, 김치, 치즈… 아니 화났어요? 왜 그리 골난 표정이에요. 웃어요!"

"하하!"

그녀는 다들 웃는 모습을 연거푸 찍더니 물었다.

"그런데 동창생이에요? 그건 아닌 것 같고… 가족인가? 그것도 아닌 것 같고?"

"아… 네, 가족입니다. 가족! 감사합니다!"

짱 언니가 큰 소리로 외쳤다.

그렇게 아름다운 가을날이 가고 있었다. 부드러운 인왕산 줄기를 타고 내려온 나무들은 노랗게 물들었고 알록달록한 한복을 입은 그들은 행복한 웃음에 물들었다. 인왕산 품에 안겨 있으니 더욱 따스해 보였다. 낙엽 지고 단풍 드는 늦가을 오후였지만 봄처럼 파릇파릇한 생명의 기운이 솟구치고 있었다.

지혜는 내려올 때 뒤에 쳐져 일행의 뒷모습을 바라보았다. 핏줄로 맺어진 관계는 아니지만 그들이 가족처럼 여겨졌다. 그러나 가슴 한구석은 여전히 허전했다. 어린 시절, 부모의 사랑을 듬뿍 받았던 따스한 가족의 추억을 떠올리며 자신에게서는 그것이 재현되지 못한다는 상실감을 느꼈다. 지훈이 처음에 가족은 가건물이라고 말했을 때, 지혜는 아무 생각 없이 그것을 받아들였지만 성당에 다니면서 의문이 생겨 지훈에게 물어본 적이 있었다.

"지훈 씨, 가족이 사회적 상황에 따라서 변한다는 건 이해되지만 그래도 핏줄과 가족 개념은 그보다 더 뿌리 깊은 것이 아닐까? 예를 들면 기독교 성경에는 아주 오래전부터 자기들 조상의 계보를 매우 강조하거든. 유대인만 그럴까? 어느 문화권에서건 그런 핏줄이나 가문 의식은 중요하지 않았을까? 원시 시대에도 자기가 낳은 생명에 대한 애착은 강했을 것 같은데 그런 본능에서부터 가족이 형성된 것이 아닐까?"

"뭐라 단정하기는 힘들겠지. 사실 내가 대학원에서 배운 학설은 마르크스주의 학자들이 자본주의사회의 부르주아지 가족을 비판하는 가운데 나온 게 많거든. 원래 사회학은 좌파 계열의 입김이 강한 편이니까 절대적이라고 생각할 수는 없겠지. 관점에 따라 달리 보이니까. 세상의 개념이 다 그런 것 같아."

"그럼 진실이 없는 건가? 다 보기 나름인가?"

"참 말하기가 곤란해. 나도 한때는 그렇다고 생각했어. 그런데 요즘에는 그것을 초월한 어떤 절대적인 가치나 기준이 있

가족인 줄 알았는데, 사람이었어

을지도 모른다고 생각해. 하지만 아직 잘 모르겠어. 지혜는 어떻게 생각해? 종교에는 그런 게 있지?"

"종교에서는 있지. 하지만 나도 아직은 그런 걸 확고하게 믿고 주장할 입장은 아니야. 다만 가족이 가건물이라고 하기에는 우리의 본능은 뿌리 깊다는 생각이 들어. 자기 새끼가 맹수들에게 공격당하면, 아무리 약한 초식동물의 어미라도 새끼를 살리기 위해서 싸우잖아. 사람이 다르겠어? 그 본능적 사랑을 바탕으로 해서 만들어진 가족을 제도나 개념으로 쉽게 설명할 수 있을까?"

"그렇기는 해. 우리 부모님도 자식을 위해서 헌신적인 삶을 살았으니까."

지훈은 어린 시절의 부모를 떠올렸다. 특히 자식에 대한 어머니의 애정은 말로 표현하기 힘들 정도로 헌신적이었다. 하지만 요즘의 현실을 생각하면 모든 부모가 그런 애정을 갖는 것은 아니라고 생각했다.

"요즘 젊은 부모들이 아이들 학대하고 버리는 경우도 종종 있잖아. 그러니까 확고한 진실이라고 말할 수도 없는 것 같아. 진실은 양극단 어디에선가 계속 왔다 갔다 하는 것 같아."

지혜는 지훈과의 대화를 떠올리며 비탈길을 걸어 내려왔다.

갑자기 내려가던 일행이 어느 골목길 앞에 서서 웅성거리기 시작했다. 내려가 보니 웬 길고양이 한 마리가 길옆 풀밭 구석에 웅크리고 있었고 새끼 고양이 세 마리가 어미 배 옆에서 꼬물거리고 있었다. 일고여덟 살 정도 되는 아이 두 명이 과자를 고양이들에게 주고 있었다.

"새끼를 낳았나 봐요."

유진이가 고양이를 바라보며 흥분한 목소리로 외쳤다.

"어머, 예쁘다."

이지혜는 사랑스러운 눈초리로 새끼 고양이를 바라보았고 고양이를 기르고 있는 짱 언니는 고양이를 만지고 싶어서 어쩔 줄 몰라 했다. 그러나 다들 바라보기만 했다. 어미 고양이는 이런 일에 익숙한지 공격적인 반응을 보이지는 않았지만 잔뜩 긴장하고 있었다. 새끼 고양이들은 아무것도 모른 채 어미 품 속에서 뒹굴며 과자를 먹었다. 아이들은 고사리처럼 작은 손으로 과자를 계속 고양이들에게 주고 있었다.

"예쁘고 아름답네."

지혜는 지훈을 바라보며 말했다. 그녀는 문득, 자신도 생명을 낳고 싶다는 충동을 느꼈다. 지혜는 지훈과의 사이에서 태어나는 아기를 상상했다. 그러나 가능성이 희박하다는 것을 깨닫는 순간 그녀의 가슴에 슬픔이 밀려왔다.

가족인 줄 알았는데, 사람이었어

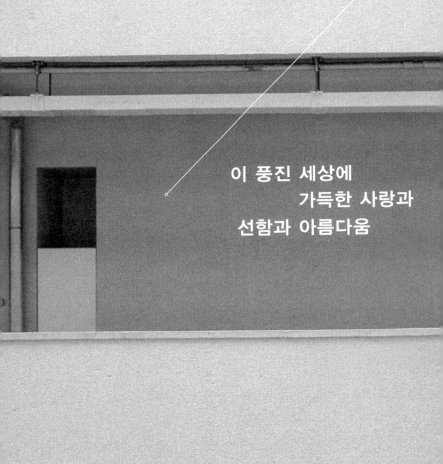

이 풍진 세상에
가득한 사랑과
선함과 아름다움

어지러운 세상이다. 바람에 날리는 티끌들이
가득한 혼란스러운 세상이다. 바람이 어디서
오는지, 어디로 가는지 알 수 없기에 더욱 어
지럽다. 그곳에도 법칙과 질서가 있을까? 쉽
게 알 수 없지만 그래도 사랑과 선함과 아름
다움은 곳곳에 숨어있다.

인간은 지푸라기 개라고 하지만

첫 번째 소설, 〈무인카페〉는 반응이 미미했다. 나오기 전에는 가슴이 두근거렸지만 막상 나오니 막막했다. 혹평보다도 무관심이 더 무서웠다. 요즘처럼 책이 안 팔리는 시대에는 누구나 그렇다며 지혜는 나를 위로했다. 하긴, 초보 소설가가 첫술에 배부를 수는 없다. 나는 겸손해야만 했다. 시간이 좀 흐르자 인터넷 서점에 좋은 평도 달려 힘도 났다. 하지만 아픈 비판도 있었다.

소설 〈무인카페〉는 인간과 세상을 너무 낭만적으로 그리고 있다. 묘사는 평이하고 등장인물들의 결말은 모두 다 뻔한 해피 엔딩이다. 이건 비현실적이다. 따뜻한 감동을 주려는 저자의 의도는 알겠지만, 뻔한 결과는 지나치게 순진하다. 세상은 냉혹한 곳이다. 이런 평범한 소설은 읽고 싶은 의욕이 생기지 않는다.

후기 아래에 평을 쓴 사람의 블로그 주소가 적혀있었다. 클릭하자 그의 블로그가 나왔다. 블로그 제목이 '시리우스에서 본 지구'였고 프로필에는 '지구의 모든 것을 비평하는 가장 빛나는 별'이라는 글이 보였다. 하하. 웃음이 터져 나왔다. 이거 뭐, 과대망상증 환자 아냐? 시리우스를 인터넷에서 찾아보니 태양계 근처에 있는 항성으로 밤하늘에서 가장 밝게 빛나는 별이라는 설명이 보였다. 프로필부터 황당했지만 그가 올린 글마다 공감을 누르는 추종자들이 몇십 명씩 보였다. 글의 주제는 온갖 것이었다. 그중에 〈무인카페〉에 대한 신랄한 평이 있었다. 앞서 본 인터넷 리뷰보다 좀 더 길고 논리적이었다.

소설 〈무인카페〉는 잘 읽힌다. 하지만 너무 잘 읽혀서 소설답지 않다. 긴장감도 없고, 작품 특유의 독특한 분위기 없이 현실에서 흔한 인물들의 평범한 이야기를 밋밋하게 풀어가고 있다. 모든 에피소드가 다 해피 엔딩으로 끝나는 것이 초보답다. 아예 판타지 소설이라면 황당무계해도 그러려니 할 것이다. 하지만 〈무인카페〉는 현실을 다루는 소설인데 모든 결론이 해피 엔딩으로 끝나니 이건

가족인 줄 알았는데, 사람이었어

리얼리즘도, 판타지도 아니다. 우리의 현실이 과연 그런가? 얼마나 살벌한가? 물론 소설은 작가가 만드는 허구다. 하지만 동화처럼 해피 엔딩의 결말을 남발하면 독자들에게 오히려 해를 끼친다. 희망, 치유, 힐링⋯ 이런 것을 내세우며 책을 팔아먹으려고 그렇게 쓴 것인가? 아니면 작가가 세상 물정을 모르는 순진한 사람인가?

　　　　　　- 지구의 모든 것을 비평하는 가장 빛나는 별, 시리우스

　내 글이 그런 식으로 읽혔나? 한숨이 나왔다. 팔아먹으려고 그렇게 썼다니? 세상 물정을 모르는 순진한 사람이라니? 살아오며 이런저런 고민과 고통을 안고 살아온 사람에게 함부로 이런 말을 하나? 분통이 터졌다. '지구의 모든 것을 비평하는 가장 빛나는 별' 시리우스라고? 가슴이 벌렁거리며 숨이 가빠져 왔다. 나는 냉수 한 컵을 마신 후, 답글을 썼다.

　〈무인카페〉를 쓴 작가 박지훈입니다. 내 소설이 판타지답다는데, 그래요. 판타지입니다. 그런데 당신이 생각하는 현실은 판타지 아닙니까? 당신의 감각을 통해서, 뇌 속에 형성된 세계는 확고한 현실인가요? 당신의 감각기관을 통해 부분적으로 뇌 속에 전달된 외부의 이미지는 천억 개의 신경세포 뉴런 사이에 있는 수백조의 시냅스에서 발생하는 신경전달물질에 의해서 형성되는 세계입

니다. 그런데 우리는 시간과 공간의 일부분만 경험하며, 접하는 뉴스나 정보도 자신의 취향, 알고리즘에 의해 편협하게 받아들입니다. 그러니 당신의 머릿속에 형성된 세상은 객관적 현실이 아닙니다. 그러므로 현실을 신줏단지처럼 모실 필요가 없어요. 우리가 드라마나 영화를 현실이라 생각해서 좋아합니까? 소설도 그런 것 아닌가요? 나는 현실 자체를 판타지로 보고, 소설은 판타지 속의 판타지로 보는 사람입니다.

네, 나의 소설은 평범한 우리들의 이야기고 결론은 뻔합니다. 그러나 끔찍한 사건을 다루거나, 결론을 비관적으로 내거나, 특별한 인간들을 다루거나, 사람들을 깜짝 놀라게 해야 좋은 작품입니까? 물론 나는 아직 초보자로서 문학에 대해 잘 모릅니다. 그러나 제가 소설을 쓴 이유는 현실이라는 판타지가 엉망진창이고 혼란스러워서 사람들에게 힘 좀 내자고 일부러 좋은 판타지를 쓴 겁니다. 그런데 돈을 벌기 위해서라니요? 요즘 이런 거 쓰면 잘 팔립니까? 또한 돈을 버는 것이 나쁜 건가요? 뭘 하는 분인지 모르겠지만 당신의 일도 역시 다 돈으로 환산됩니다. 당신은 괄호 속의 인물이 아닙니다. 아무리 시리우스 별에서 지구를 비평해도 지구에서 숨 쉬고, 먹고 살지 않습니까? 남을 비평하기 전에 자신에 대해 성찰해 보시지요. 그런데 시리우스 당신은 누구입니까? 현실입니까, 판타지입니까?

가족인 줄 알았는데, 사람이었어

나는 이 글을 몇 번이나 고치다가 올리지 않고 삭제했다. 그날 밤, 무인카페에서 만난 지혜에게 그 이야기를 하자 그녀는 쓸쓸한 표정을 지으며 말했다.

"지훈 씨, 그 정도는 아무것도 아니야…. 작품이 책으로 나오는 순간, 작가는 도마 위에 오른 생선 꼴이 돼. 무대 위에 오르는 순간 캄캄한 객석에서 던지는 돌도 맞고. 그거 다 맞을 각오해야 해. 작가의 운명이야. 세상의 가치관, 시선과 싸울 수밖에 없어. 물론 누구나 동의하는 기준도 있지만, 그걸 통과하고 나면 그때는 메시지나 형식 또는 가치관을 갖고 논란이 벌어져. 정답이 없는 세상이야. 그것이 문학이나 예술의 어려운 점인데 작가들의 성격이 까칠해지는 이유도 거기 있어. 늘 전투를 벌여야 하니까. 심지어는 인격 모독적인 말을 하는 사람들도 있어. 그거 일일이 다 대응하면 힘들어져. 지훈 씨의 소설이 나올 수 있었던 이유는 적어도 문학 전문 출판사가 보기에 기본을 넘어서는 것이니까 자신감을 가져. 좋아하는 독자들도 점점 생길 테니까, 그런 악평은 모르는 척하면서 전진하는 수밖에 없어. 파이팅!"

지혜의 말에 마음이 진정되었지만 처음 당하는 일이다 보니 그날 밤, 잠이 오지 않았다. 나는 유혹을 이기지 못하고 다시 시리우스의 블로그에 들어갔다. 잊으려고 할수록 가슴이 부들

거려 왔다. 그는 꽤 냉소적인 사람이었고 책을 많이 읽은 것 같았다. '천지는 어질지 않으며 만물을 짚으로 만든 개처럼 여긴다'는 노자의 《도덕경》에 나오는 글도 보였다. 많은 글이 정치와 사회 비판에 관한 것이었는데 어디선가 본 느낌이 들었다. 머릿속에서 가물거렸지만 희미했다. 자정이 넘어가고 있었다. 목이 말라서 냉장고 문을 여는 순간 머리를 스치는 인물이 있었다.

"아, 존 그레이! 그래… 그 사람이다."

지금도 나는 그의 책을 몇 권 갖고 있다. 10여 년 전, 전공과 관련이 있어서 읽었던 책들이었다. 책장에서 그의 책들을 꺼내 조금 보다가 다시 시리우스의 블로그 글들을 보며 비교해 보았다. 그중에 이런 글이 보였다.

휴머니즘은 질병이다. 인간이 자기 운명과 환경을 극복하고 발전할 수 있다는 믿음도 질병이다. 자유의지란 환상이다. 인간은 우연성이란 바람 앞에서 허물어지는 '지푸라기 개'와도 같다. 소크라테스나 플라톤이 이야기한 진선미도 환상이며, 기독교의 구원에 대한 약속도 환상이다. 진보도 신화다. 우파적인 자본주의든, 좌파적인 공산주의든 모두 잘못된 신화다. 그 안에는 인간 스스로 무언가를 할 수 있다는 오만한 생각이 깃들어 있다. 도덕이나 정의는

가족인 줄 알았는데, 사람이었어

'있는 그대로'를 외면하는 허약한 인간들의 나약한 외침이다.

시리우스의 다른 글들도 비슷했다. 인간들은 지구 관점에서 볼 때 암세포 같다거나, 우리의 힘과 지능은 인류에게만 속한 대단한 것이 아니라는 이야기였다. 휴머니즘 안에는 인간이 최고라는 잘못된 인간관이 있는데, 그것은 기독교 하나님의 자리를 인간이 차지한 것이란 비판도 있었다. 이런 이야기는 존 그레이의 메시지와 비슷했다.

존 그레이는 독특한 학자다. 1970년대 중반에는 자유주의를 신봉했지만 20년 정도 지나자 선회해 신자유주의와 자본주의를 신랄하게 비판했다. 그 후 그는 제임스 러브록의 '가이아 이론'이나 노장사상에 따라 반(反) 휴머니즘을 내세우며 인간 중심의 문명을 비판했다. 가이아 이론은 지구가 단지 무생물이 아니라 가이아 여신처럼 지성을 갖고 스스로 진화하고 변화하는 유기체라는 주장인데 비판도 많이 받는 이론이다. 하지만 시리우스는 출처를 밝히지 않은 채 이러한 생각을 자기식대로 멋지게 표현하고 있었고 그의 추종자들은 시리우스를 대단한 사상가로 존경하고 있었다. 다른 글들도 있었다.

현대는 노마드의 시대다. 모든 인간이 유목민처럼 살아가는 시대다. 이전의 세상은 수목적 체계였다. 거기서는 중심과 변방의 구분이 분명했다. 권력이 왕, 대통령 등에 집중되었고 계급이 분명했다. 사람들은 중심을 흠모하며 변방에서 살았다. 그러나 현대에는 전통과 뿌리가 사라졌다. 대신 뿌리줄기, 즉 리좀의 시대다. 고구마 같은 뿌리줄기는 땅속에서 무질서하게 사방으로 뻗어나가며 곳곳에 열매를 맺는다. 중심도 없고 변방도 없으며 시작도 없고 끝도 없다. 우리는 언제나 중간에 살고 있다. 과거의 정체성은 사라지고, 오로지 현재의 입장에서 무언가를 해서 '되는 것'이 중요하다. 현대에는 이 세계를 하나로 통일하는 획일적인 가치가 없다. 다름과 차이가 세상의 본질이다. 타인들과 비교할 필요 없다. 순간을 만끽해야 한다. 현재를 불사르라. 카르페디엠! 자유롭게 살아라. 다양함 속에서 속도감을 즐기면서 살아라.

그럴듯한 말이었다. 이런 글은 들뢰즈와 가타리가 쓴 《천 개의 고원》이나 그와 비슷한 노마디즘에 관련된 책에서 흔하게 볼 수 있는 내용이었지만 그는 출처를 밝히지 않은 채, 마치 자신의 글인 것처럼 써놓았다. 그 글에도 시리우스의 독특한 관점을 칭찬하는 '빠'들의 댓글들이 무수히 달려있었다.

한숨이 나왔다. 인터넷 세계에는 시리우스 같은 인간들이 많다. 하긴 나도 몇 년 전만 해도 이런 사상들에 매력을 느꼈

가족인 줄 알았는데, 사람이었어

다. 지금도 나는 오늘날 세계를 그렇게 보고 있다. 이미 현대는 전통과 뿌리가 다 훼손되고 폐허처럼 되었다. 과거와 같은 중심은 사라지고 제각기 자기가 옳다고 주장하며 살아가는 세상이 되었다. 핵가족조차 해체되는 세상 아닌가? 나는 한동안 과거의 전통을 붙들며 성실하게 살아가는 사람들을 우습게 보았고 참 존재인 이데아의 세계 혹은 신의 세계도 다 허상이며 인간이 만들어 낸 것으로 생각했다. 젊은 시절, 힘이 넘쳐나던 시절에는 그런 사상이 나에게 더 매력적이었다.

그런데 그 자유와 해체의 끝에서 나를 기다린 것은 허망함이었다. 내 몸이 기울고, 내가 사회적으로 쓸모없는 인간이 되자 그 어두운 허망함은 깊이를 알 수 없는 거대한 지하동굴처럼 다가왔다. 그곳에 추락하면 모든 윤리와 금기가 다 사라진 상태가 될 것 같았다. 실제로 그런 징후는 이 사회에 차고도 넘쳤다. 윤리의식이 실종된 짐승 같은 사람들의 본능적 포악함은 신도, 카르마의 법칙도 없다는 믿음에서 오고 있었다. 그들의 내면에는 허무와 쾌락과 아집이 독사처럼 똬리를 틀고 있는 것으로 보였다. 만약 돈과 권력을 가졌다면 나도 그렇게 되었을지 모른다. 나는 주변의 친구들에게서도 종종 그런 모습을 볼 수 있었다. 하지만 다행히 나는 실패했고, 주눅 들었으며, 무너졌다. 그때 나는 참 존재의 세계가 그리웠고 그곳으로 가는 통로 같은 헤테로토피아, 즉 다른 세계를 기웃거리기 시작했다.

동시에 나를 정신 차리게 만든 것은 팍팍한 나의 상황이었다. 지구가 망하든 말든, 나는 내 밥벌이를 스스로 해결해야만 했다. 노자의 《도덕경》에 나온 '만물은 지푸라기 개'라는 말을 흉내 내서 '인간은 지푸라기 개'라는 말을 퍼트리는 사람들도 있었지만, 그런 말을 하는 사람들은 나보다 더 열심히 살고 있었다. 그들은 열심히 글을 쓰고, 유튜브를 하고, 강연하면서 돈을 벌었다. 인간을 병균, 암세포로 보는 사람들은 지구를 위해 자기 목숨을 끊지 않았다. 세상을 비판하는 사람들 중에는 오히려 일반인들보다도 더 부와 권력과 명예를 추구하는 이들도 있었다. 심지어는 그것을 자식 대에 물려주기 위해 안간힘을 쓰고 있었다.

그들의 말에 '휘둘린' 내가 초라하고 한심하게 느껴졌다. 그 후부터 나는 사상이나 메시지보다도 그 말을 전파하는 그들 자체를 보기 시작했다. 또 전체를 내려다보았다. 나의 현재 처지와 그들의 삶과 행동, 구조와 메커니즘을 위에서 내려다보았다. 즉 초월적인 '메타인지적 관점'에서 통찰하려고 했다. '달을 가리키면 달을 봐야지 손가락만 본다'는 비판도 있지만, 그 말을 하는 인간과 주변 상황을 전체적으로 보지 못하면 어느샌가

가족인 줄 알았는데, 사람이었어

그의 다른 손이 내 호주머니를 털어간다는 사실을 깨달았다.

물론 인간은 거대한 지구와 우주에서 잠시 반짝이다가 사라지는 지푸라기 개다. 이 지구상에서 이미 다섯 번의 대멸종이 발생했다. 그때마다 가장 상위 포식자들은 멸종했다. 공룡도 그 길을 걸었다. 그리고 인간이 다를 리 없었다. 지구가 몸 한 번 뒤틀거나, 우주에서 날아온 거대한 운석에 부딪히면 곧 사라지는 허약한 존재다. 하지만 인간이 지푸라기 개라고 떠드는 사람들도 스스로 지푸라기 개처럼 행동하지 않는다. 그런 이들 역시 존중받고, 사랑받고 싶어했다. 그것이 명확한 인간의 본질이었다. 그런 인간들 사이에서 우선 내가 생존하는 것이 급했지, 지구의 멸망은 그다음이었다.

시리우스의 글에는 그럴듯한 비판도 있었지만 자기를 돌아보는 반성과 성찰이 없었다. 타인에 대한 따스한 애정도 없었다. 남의 글을 표절하며 잘난 체하는 오만함이 가득했다. 계속 그의 글을 보다가 문득 '이 친구 밥은 먹고 사나'라는 생각이 들었다. 아마 페이스북도 하겠지. 유튜브도 하나? 아, 쓸데없는 생각이다. 그와 나는 다른 궤도를 도는 다른 별이다. 온갖 종류의 사람들이 각자도생으로 살아가고, 그들만의 리그에서 끼리끼리 살아가는 곳이 세상이다. 나는 그 부분일 뿐이다. 나는 조용히 블로그에서 빠져나와 그를 잊기로 했다.

이 풍진 세상에 가득한 사랑과 선함과 아름다움   301

이 풍진 세상에 먼지가 되어

형은 자식을 키우는 것이 최우선 과제였다. 지혜의 언니도 마찬가지였다. 그들은 거기서 삶의 의미와 기쁨과 보람을 찾았다. 그런데 싱글이거나 결혼해도 애를 낳지 않는 이들은 어떻게 살아야 하나? 즐기는 것도 한때지. 지혜와 내가 가진 글에 대한 고민은 결국 삶을 어떻게 살아갈까에 대한 고민이었다. 지혜는 나름대로 그것을 찾고 삶 속으로 뛰어들었다. 하지만 나는 여전히 표류 중이었다. 소설이 잘 써지지 않는 이유는 내 삶이 표류하기 때문이었다. 아무리 생각해도 묘수가 떠오르지 않았다. 현실은 차갑고 막막했다. 하지만 현실 너머에서 메시지를 갖고 오는 전령이 있었다.

가족인 줄 알았는데, 사람이었어

어느 날 밤에 꿈을 꾸었다. 놀이공원 같았다. 주변이 어둑어둑했다. 아무도 없는 어둠 속에 서있었다. 여기가 어딘지에 대해 의문도 들지 않았다. 나는 그냥 거기에 서있을 뿐. 얼마나 그렇게 있었을까? 갑자기 저 멀리 높은 언덕 너머에서 곤돌라가 둥실 떠오르기 시작했다. 위가 봉긋하게 솟아오른 물방울 모양의 곤돌라는 노란 불빛을 가득 담은 채 환하게 빛났다. 언덕 너머에서 계속 솟구치는 곤돌라들은 길게 이어진 줄을 따라 내려오고 있었다. 수많은 보름달이 하늘에서 하강하는 것 같았다. 내려온 곤돌라는 내 앞을 스쳐 지나가며 옆의 줄을 타고 언덕 너머로 다시 올라가기 시작했다. 케이블 선을 따라 오르락내리락하는 환한 곤돌라의 행렬은 환상적이었다. 황홀경에 빠져 넋을 잃던 나는 한 곤돌라로 뛰어 들어갔다. 문도 없는 곤돌라의 유리는 투명한 젤리처럼 폭신폭신했다. 안은 포근하고 아늑했다. 밖은 캄캄한 어둠이었고 옆을 스쳐 지나가거나 저 멀리 언덕까지 뻗어나간 곤돌라 행렬만 보였다. 달처럼 빛나는 물방울 형태의 곤돌라는 계속 언덕을 향해서 올라갔다. 가슴이 두근거렸다. 저 언덕을 넘어가면 황홀하고 아름다운 세계가 드넓게 펼쳐질 것만 같았다.

그러다 꿈에서 깼다. 한동안 행복감에 젖어서 일어나고 싶지 않았다. 의미나 메시지도 없었고 사건조차 없는 꿈이었다. 다만 환한 빛과 따스함, 아늑함과 황홀감이 내 온몸을 덮쳐왔다. 꿈이지만 이것이 현실이었으면 좋겠다는 느낌이 간절했다. 거기에 평생 푹 파묻혀 있고 싶었다. 창밖으로 날이 부옇게 밝아오고 있었다. 나는 잠자리에서 뒤척이며 생각했다.

나의 글과 삶이 저 언덕 너머를 향해서 갔으면 좋겠구나. 그곳이 어딘지, 무엇인지 모르겠지만 그 불빛에 취해서 살았으면 좋겠다. 저 언덕 너머의 세계로 가면 모든 고통과 고뇌에서 해방될 것만 같다. 불교에서 말하는 피안의 세계일까? 어쩌면 헤테로토피아 같은 곳이겠지. 이 세계에 있지만 숨어있는 다른 세계. 그 세계를 어떻게 찾을 것인가? 내 안의 더듬이로 발견해야 한다. 아주 여리고, 여린 더듬이로. 어린아이와 같은 감수성으로, 빈 마음으로…. 그것은 결코 거시적인 프레임으로는 찾을 수 없을 것이다. 그런 것은 타인들이 만들어 놓은 굴레일 뿐. 헤테로토피아는 미시적인 세계 속에 숨어있다. 그것을 보려면 내가 먼지가 되어야 한다. 햇살과 바람 사이에서 둥둥 떠다니고 사람들의 눈빛과 한숨과 표정에 달라붙어야 한다. 거기서 나오는 글이 소설이 되든, 시가 되든, 잡글이 되든, 외마디 비명이 되든, 한숨 어린 독백이 되든 상관없다. 이제 나는 그속으로 뛰어들 것이다. 내 인생이 해피 엔딩이 되지 못해도 괜

가족인 줄 알았는데, 사람이었어

찮다. 그것에 집착하면 나약해진다. 어떤 운명이든 사랑할 것이다. 운명이 가자는 대로 가면 된다.

희열이 온몸을 훑고 지나갔다. 나는 기쁨에 젖어서 크게 외치고 싶었지만 들어줄 사람이 없었다. 지혜가 몹시 보고 싶어졌다. 그러나 지혜에게도 집착하지 않을 것이다. 그녀는 나와 다른 별이다. 하지만 그녀를 사랑한다. 무조건 그녀가 잘되기를 바란다. 유진이도 행복해져야만 한다. 나는? 아무래도 괜찮다. 나는 먼지가 되어 둥둥 떠다닐 것이다. 모든 것을 하늘에 맡긴 채….

세상에 가득한 사랑과 선함과 아름다움

그날 나는 아무도 만나지 않았다. 편의점 일을 마친 후, 저녁 어스름이 깔리는 길을 걸었다. 싸늘한 공기를 마시며 골목길을 걷다가 산비탈에 있는 성당 뒤쪽의 산길을 따라 올라갔다. 상큼하고 정결한 숲 향기가 가슴 속을 채워왔다. 꿈에서 본 언덕은 아니었지만, 나는 다른 세계를 찾는 것처럼 동네 뒷산의 얕은 정상을 향해 올라갔다. 나뭇잎이 떨어진 앙상한 겨울나무는 아름다웠고 빈 가지 위로 활짝 드러난 파란 가을 하늘은 황홀했다. 어둑어둑한 숲길은 현실에서 다른 세계로 가는 길처럼 다가왔다.

길을 걷다가 낙엽을 주웠다. 빨갛게 물든 단풍잎은 아기 손 같았고 갈색 낙엽은 할머니의 손 같았다. 단풍잎은 튀어나온 일곱 개의 갈래로 나뉘어 있었고 정확하게 중간 갈래를 중심으로 대칭이었다. 다른 낙엽들도 그랬다. 언제나 중심선이 있었고 대칭이었다. 아까 오다가 본 사람들도 몸의 중앙선을 기준으로 대칭이었다. 너무나 당연해서 인식조차 못 하고 살았는데 갑자기 그것들이 눈에 띄기 시작했다. 자연에는 황홀하고 감탄할 만한 질서와 법칙이 있었다. 오다가 본 성당도 균형을 유지하기 위해 양쪽이 대칭이었다. 눈에 보이는 것만 그런 것은 아니었다. 태양은 동쪽에서 떠서 서쪽으로 진다. 지구는 정확하게 자전과 공전을 한다. 눈에 보이지 않는 힘들이 서로 밀고 당기며 균형을 이루고 있으며 사계절은 어김없이 오간다.

아무리 현대사회에 중심과 변방이 없고 리좀이 사방팔방으로 무질서하게 뻗어나간다 해도, 자연에는 중심과 변방이 분명히 존재했다. 인간세계에서는 질서와 법칙이 무너졌다 해도 자연에는 통일된 질서가 세상 만물에 널리 퍼져있었다. 한동안 잊고 있던 그 보편적 질서를 떠올리자 마음이 평안해져 왔다. 단조롭고 질서 있는 바흐의 음악이 귓가에 울려 퍼지는 것 같았다. 나는 가슴속에 차오르는 기쁨을 느끼며 산 정상에서 세상을 내려다보였다. 평화로운 세계였다. 해가 서녘 하늘을 붉게 물들이며 지고 있었다. 아름다웠다.

싸늘한 바람이 어둠을 타고 몰려왔다. 나뭇잎들이 흔들리다가 바람결을 이기지 못하고 떨어졌다. 나뭇잎들은 제각기 방향이 다르게 흩날렸다. 문득, 의문이 들었다. 바람 타고 떨어지는 나뭇잎의 궤적은 정해진 질서를 따르는 것일까? 미세한 사물의 움직임은 너무도 변화무쌍하다. 나는 질서와 무질서의 중간, 이 세계와 저 세계의 중간에 서있다. 자연에는 법칙이 있지만 인간세계의 일들은 무질서해 보인다. 인간들 사이의 수많은 만남과 헤어짐, 현란한 몸짓, 표정, 말, 웃음… 그것에 법칙이 있나? 예측하지 못한 사건들이 매일 터진다. 불안하다. 내 삶은 거기에 영향을 받고 흔들린다. 베이징에서 나비가 날갯짓하면, 뉴욕에서 폭풍우가 치는 그 현상 사이에 이어지는 엄청나게 복잡한 인과관계처럼, 우리는 삶이 어떻게 전개될지 모르고 산다. 세상의 구조와 법칙은 그저 섬 속의 일일 뿐, 저 대양과 하늘의 세계로 가면 카오스의 세계가 아닐까? 우리의 일상은 그 카오스의 기운에 휘둘리는 것 아닐까? 나는 그저 이 풍진 세상에 휘날리는 먼지 같다. 그래서 사람들은 조직이나 제도 속으로 들어가는 것이겠지. 낱개로 남으면 불안하고, 허전하니 결혼하고, 애를 낳으며 가정을 이룬다. 그 제도 속에서 의미를 부여하고 안정을 찾는다. 또한 거기서 생기는 갈등을 억누르기 위해 수많은 관습을 만든다. 인간은 가끔 의문을 던지고 반항하지만, 그것을 억누르기 위해 의례적 행위를 반복한다. 인간

　　　　　　　　가족인 줄 알았는데, 사람이었어

은 거기서 형성된 가족의 의미, 국가의 의미, 삶의 의미를 되새기며 의지한다. 하지만 급변하는 혼란기에는 모든 게 다 무너진다. 현대인들이 불안에 떠는 이유다. 외톨이로 사는 핵개인들은 더욱 그렇다. 갈등이 있는 가족도 마찬가지다. 평생을 함께 살아온 사람들도 황혼 무렵에 이혼한다.

산에서 내려와 컴컴한 어둠 속을 걸어오는 동안 쓸쓸했다. 질서와 혼란의 경계선에서 살아가는 나는 늘 생각이 많고, 가끔 우울해진다. 골목길로 들어오자 불을 밝힌 식당과 카페가 보였다. 반가웠다. 약한 인간은 결국 저런 따스한 기운을 찾아간다. 지혜와 유진이가 보고 싶어졌다. 그러나 우리는 가족이 아니다. 지금 지혜와 유진이 그리고 주변 친구들이 모인 핵개인가족도 튼튼한 것은 아니다. 앞으로 어떤 갈등이 생길지 모른다.

멀리 불 밝힌 편의점이 보였다. 선하고 착한 주인 가족의 일터인 그곳은 따스해 보였다. 나는 착하고, 성실하며, 단란하게 살아가는 편의점 주인이 늘 부러웠다. 그들은 하루도 빠짐없이 부부가 열여섯 시간을 일한다. 그래야만 자신들의 생계를 유지할 수 있다. 양쪽 부모에게 잘하고, 딸 둘을 잘 키우고 있으며, 한때 딸 친구인 유진이까지 품었다. 그들의 생활 반경은 편의점을 벗어나지 못한다. 해외여행은 물론 국내여행도 제대로 해 본 적이 없는 사람들이다. 다니던 직장이 코로나로 인해 망한 후, 어렵게 편의점을 열어 간신히 유지하고 있다. 그런데 그들 에게서는 늘 따스한 기운이 감돌고 있었다. 그들은 우주의 법칙이나 노마디즘 혹은 인간은 지푸라기 개라느니, 지구의 멸망이니, 정치니… 그런 분야를 전혀 모른다. 다만 성실하게 살아가는 선한 사람들이었다. 나는 온유하고 선한 그들이 존경스러웠다.

무인카페에 들렀다. 카푸치노를 앞에 놓고 창가에 앉았다. 밤이 오면 세상천지는 어둠이 뒤덮는다. 남궁진이 이야기했던 것처럼 지구 밖의 우주는 암흑천지다. 빛은 태양계에 속한 지구에 사는 생명들에게만 구원이고 희망이다. 생각이 거기까지 미치자 나는 갑자기 슬퍼졌다. 인간이 너무 나약해 보였다. 인간세계는 질서 정연한 법칙이 지배하지 못하는 것 같다. 있다고 해도 수명 짧은 생명인 나는 전체적인 흐름의 방향을 모른다. 내가 의지할 곳은 어디인가?

저만치서 지혜와 유진이 함께 걸어오는 것이 보였다. 밝게 웃는 모습이 행복해 보였다. 순간, 가슴이 떨렸다. 허전한 마음이 순식간에 사라지고 기쁨이 차올랐다. 그들이 가까이 올수록 가슴속에서 뜨거운 기운이 솟구쳤다. 지혜와 유진은 사랑스럽

가족인 줄 알았는데, 사람이었어

고, 선하고, 아름답다. 땅에 떨어지고 썩어가는 낙엽들도 빛이 난다. 구부정한 허리로 다리를 절뚝거리며 걷는 노인들도 사랑스럽다. 인간은 의미가 없고 목적이 없는 허망한 지푸라기 개일지도 모르지만 '있는 그대로'의 존재들은 아름답지 않은가? 나는 진실의 세계를 잘 모른다. 하지만 사랑과 선함과 아름다움은 이 세상에 가득 차있다. 마음을 낮추고, 비우면 어디서나 볼 수 있다. 나는 먼지가 되어 그것들을 찾아다닐 것이다. 그속에서 그 너머의 세상을 볼 것이다. 지혜와 유진이 창밖에서 나를 보고 손을 흔들었다. 그들이 무인카페의 문을 여는 순간, 새로운 세계가 열렸다. 헤테로토피아였다.

가족인 줄 알았는데, 사람이었어

초판 1쇄 인쇄 2025년 5월 19일
초판 1쇄 발행 2025년 6월 5일

지은이 | 지상
발행인 | 강봉자, 김은경

펴낸곳 | (주)문학수첩
주소 | 경기도 파주시 회동길 503-1(문발동 633-4) 출판문화단지
전화 | 031-955-9088(마케팅부) 031-955-9530(편집부)
팩스 | 031-955-9066
등록 | 1991년 11월 27일 제16-482호

홈페이지 | www.moonhak.co.kr
블로그 | blog.naver.com/moonhak91
이메일 | moonhak@moonhak.co.kr

ISBN 979-11-7383-006-8   03810

＊파본은 구매처에서 바꾸어 드립니다.